LES VIEUX QUI SE FAISAIENT LA MALLE

Annette

LES VIEUX QUI SE FAISAIENT LA MALLE

ANNE-LISE BESNIER

City
Poche

ISBN : 978-2-8246-2039-8
Code Hachette : 32 1431 5

Collection dirigée par Christian English & Frédéric Thibaud.
Catalogue et manuscrits : city-editions.com

Dépôt légal : Avril 2022

Pour Gaëlle, à qui j'aurais
aimé ne pas dédier ce livre.

À mourir pour mourir
Je choisis l'âge tendre
Et partir pour partir
Je ne veux pas attendre
Je ne veux pas attendre

J'aime mieux m'en aller
Du temps que je suis belle
Qu'on ne me voie jamais
Fanée sous ma dentelle [...]

BARBARA, *MOURIR POUR MOURIR*

PARTIE 1

1

Lucien FLÉCHET
02/12/1948 - 17/06/2019

— C'est bien triste.

Nono venait de servir son troisième demi à Gilbert. Et, à chaque verre posé sur le comptoir, il avait dit la même chose.

— C'est bien triste.

Tout le monde avait hoché la tête. Rien à ajouter.

On était le 21 juin et, dans le bar de Richelieu, personne ne fêtait l'été. On venait d'enterrer Lucien. Lucien Fléchet, agent d'entretien depuis plus de trente ans dans l'unique lycée de la ville. Étaient présents sa femme, son fils, quelques cousins et ses copains. Les quatre loustics toujours là pour lui, comme il les appelait. Quatre copains sans lui maintenant.

— C'est bien triste.

Quatrième demi pour Gilbert.

— Prends-en un entier la prochaine fois, ironisa Édith, sa femme, avant de le laisser cuver son chagrin tranquille.

Jacques, lui, avait délaissé sa bière habituelle pour du whisky.

— Pourquoi tu bois ça, toi ? T'en bois jamais, demanda Gilbert.

Jacques grimaça.

— Non, et je déteste ça, mais Lucien en buvait… C'est mon humble façon de lui rendre hommage.

— C'est bien triste, répondit Gilbert.

Nono approuva. Tiens, Gilbert lisait dans ses pensées.

Ceux qui avaient de la route, qui avaient les enfants à doucher, le repas à préparer quittèrent le bar. La fin d'un enterrement, c'est le vrai début de la mort. La même sensation que celle que provoque le claquement de porte chez pépé, quand tout le monde part à la fin d'une fête de famille, laissant le vieux enveloppé dans un silence que les rires avaient momentanément étouffé. Pareil.

Les verres et les « C'est bien triste » continuèrent à claquer sur le zinc. Et les langues se délièrent.

— Mourir sur les chiottes, on n'a pas idée, dit Armand.

— T'es marrant, toi, comme s'il l'avait choisie, sa mort, répondit Gilbert.

— Et juste avant de prendre sa douche en plus…

— C'est peut-être ça le pire… pour lui, j'veux dire.

Gilbert pensa que, lui, le fait de mourir sale, il s'en ficherait.

— Et qui l'a retrouvé déjà ? demanda Armand.

Un « Moi ! » vif résonna au fond de la salle. Rémi Fléchet jouait au flipper. C'est lui qui avait trouvé son père. Raide. Il finit sa partie et s'approcha de la bande de profs, comme les appelait Lucien. Gilbert Petitbon, prof de techno. Jacques Guidon, prof de sport. Martial Bolac, de lettres. Et Armand Poupineau, de philo. Ils avaient tous la tête dans leur verre et ponctuaient le silence de soupirs qui se répondaient. Presque. Conversation de comptoir.

— Il était déjà quasiment blanc. Enfin, une espèce de vert un peu clair, tirant vers la prune, un joli vert mirabelle. Par contre, ses yeux…

Martial l'arrêta gentiment.

— Rémi, on n'a pas besoin de détails. S'il te plaît.

Il n'était pas méchant ce gosse, de bientôt trente-trois ans, mais il avait toujours été particulier, différent. Lucien disait qu'il était né sans filtre. Que c'était peut-être parce qu'il était sorti avant l'heure. On dit bien que les derniers jours, in utero, les oreilles se collent. Pourquoi ne pas penser que d'autres ajustements s'opèrent en même temps ?

Rémi haussa les épaules, commanda un Coca et imita l'assemblée. Tête dans son verre et longs soupirs.

En pensée, ils étaient tous avec Lucien. Certains eurent même l'impression de l'entendre entrer dans le bar, claquement de talonnettes, commander un whisky sans glace manquerait plus qu'ça, et s'asseoir sur sa chaise attitrée. Mais sa chaise demeurait vide. Pas de Lucien. Pas de petit bonhomme toujours fraîchement rasé, chaussures en cuir même sous sa blouse de ménage, Lucien en costume le week-end. Lucien, que personne n'avait jamais vu négligé, pas lavé ou en pyjama. Lucien qui était mort sur les toilettes, juste avant sa douche du matin. Et c'est Martial qui formula la pensée collective.

— C'est pas une belle mort, ça, pas une belle mort. Surtout pour lui. Si on lui avait dit qu'il finirait comme ça. Et qu'il serait enterré même pas douché…

— C'est bien triste.

Au comptoir, il y avait Jeannot. Pas qu'il avait été invité à la commémoration qui avait suivi l'enterrement, mais comme il était toujours au bar à cette heure-là…

— J'ai entendu qu'en Inde, les vieux choisissent leur mort. C'est pas idiot. Ça aurait évité ça, quoi.

— Comment ça, ils choisissent leur mort ? dit Martial, intrigué.

— Bah, ils décident de comment ils vont clamser et ils programment et tout.

Jeannot replongea dans son verre.

Jacques, Gilbert, Armand et Martial, pour la première fois de la journée, sans même se concerter, sourirent.

Choisir sa mort. C'était même pas idiot du tout.

Pour une fois que Jeannot avait une bonne idée, ce serait couillon de la laisser passer. Quand même.

2

Sans même se concerter, ils attendirent que le bar se vide complètement pour rebondir sur l'idée. Ils étaient désormais entre eux, tous les quatre. Il y avait aussi Nono mais comme c'était son bar… et puis Rémi mais il n'y avait aucune raison de s'en méfier.

Les « C'est bien triste » s'enchaînèrent puis Jacques prit les devants.

— Je trouve que c'est fort intéressant comme concept que celui de choisir sa mort, ne trouvez-vous pas ?

— Oui, répondirent-ils en chœur.

— Et si nous faisions ça, nous aussi ? continua-t-il.

Armand, Gilbert et Martial l'observèrent. Inexpressifs. Un ange passa.

— Vous savez, moi, ma hantise c'est de faire partie de la vague de vieux morts de la canicule. J'aurais tellement honte, pensa Armand à voix haute. Finir comme ça.

— Oh oui, ça, ce serait horrible… Mais pour moi, le pire, ce serait dans une maison de viocs, après m'être fait torcher pendant des années par des gamines bien roulées… dit Gilbert.

— Et moi, je voudrais mourir avant de perdre la vue, continuer à respirer sans pouvoir lire, ce serait atroce. Ou alors ne plus avoir envie, ou les capacités pour suivre une histoire. Paraît que dans les Ehpad, les anciens ne s'intéressent plus à rien, même pas à la télé, alors aux romans classiques… C'est terrible. Terrible !

— Tu présentes une addiction sévère à la lecture, Martial, sache-le, jugea Jacques.

Personne ne réagit. On avait l'habitude des grandes phrases de Jacques. Il se donnait un genre.

— Je peux vous aider, moi, proposa Rémi.

Rémi n'obtint pas de réponse mais continua.

— Admettons que vous vouliez décider de votre mort, qu'on la programme, pour, je sais pas moi, dans un an… Je peux vous aider à organiser. Si vous voulez.

Rémi était né sans filtre et sans empathie. Marthe Fléchet n'avait jamais voulu le faire tester, comme on dit. Elle ne ressentait pas le besoin de mettre un nom officiel sur la différence de son fils. Elle lui donnait ses propres noms, qui variaient selon les jours, du sobriquet mignon au substantif de ras-le-bol. Mais elle concluait toujours par un convaincant : « C'est pas un mauvais bougre, c'est déjà ça. Vous imaginez la mère de Dutroux ? On en est quand même loin. »

Rémi avait proposé ce projet comme il aurait parlé de mettre en place une sortie scolaire. Une sortie collective intitulée « Prenons le bus de la mort ».

Après tout, pensa Jacques.

— Pourquoi pas, répondit Martial, mais à condition que j'aie le temps de finir ma liste de livres à lire avant de mourir.

Armand s'enthousiasma. Ça faisait un bon moment que l'idée lui trottait dans la tête. Celle de partir. Quarante-deux ans que sa femme était morte. Il craignait de finir centenaire et que, là-haut, Carmen ne le reconnaisse pas.

— C'est pas juste, moi je voudrais bien mais… se plaignit Gilbert.

— Mais tu peux point, compléta Armand. Pauvre bichon, heureux en ménage. Il ne peut pas participer au projet suicide des copains. Il a même aucune raison de mourir, dis donc !

Ils s'installèrent tous à la même table, très enjoués soudain, prêts à comploter. Rien de tel qu'un grand projet pour ranimer un groupe. Des « Et si on faisait ça » complétaient les énièmes « C'est bien triste ».

Rémi les observait depuis le comptoir, comme si de rien, et ne perdit pas une miette de la conversation surréaliste qui eut lieu entre quatre petits vieux pleins d'alcool et de chagrin qui avaient la sensation soudaine d'enfin décider de leur sort.

Les conditions furent rapidement posées. Ils mourraient tous le 1er août de l'année suivante, en hommage à Lucien qui partait toujours en vacances le 1er août. Quoi qu'il se passe. Sauf l'année de la naissance de Rémi. Qui avait eu le bon goût de contrarier la manie paternelle. S'opposant vivement à Marthe dont l'accouchement était prévu trois semaines plus tard, Lucien avait fini de charger la voiture le 1er août à dix heures comme tous les ans. Marthe s'était résignée, après tout, il y avait une maternité à Royan, Lucien avait bien noté tous les numéros nécessaires, ils rentraient deux semaines plus tard, à temps, tout était sous contrôle. À peine Lucien avait-il claqué le coffre, satisfait – il n'avait mis que quarante-trois minutes pour tout caler – que Marthe avait perdu les eaux.

— Il va me faire chier ce gosse, je sens qu'il va me faire chier, avait été la première réaction du futur papa face à l'imminence de l'heureux événement.

Pour venger leur copain autant que pour lui rendre hommage, même les juilletistes avaient décidé que le 1er août était la date parfaite.

— Mais on doit mourir chacun de notre côté pour pas faire suicide collectif de vieux qui veulent échapper à la maison de retraite, dit Armand.

— Et à l'étranger, ajouta Martial qui avait déjà une idée en tête.

Ils acquiescèrent, pas contre un peu d'aventure avant de provoquer un rendez-vous avec la dame en noir.

— Et chacun à sa façon, avec interdiction formelle et contractuelle d'opter pour la même, précisa Jacques.

— Tu veux pas parler normalement de temps en temps, Jacques ? Même quand t'es soûl, on dirait une voix off de dico, grogna Gilbert.

— Mais c'est que notre Gilbert semble quelque peu énervé. Me trompé-je ?

Gilbert ne répondit pas à Jacques mais se mit à bougonner :

— J'en ai ma claque, vous allez encore faire un truc sans moi, et quel truc !

— Et pourquoi donc que tu l'ferais pas, toi ? demanda Armand.

— Bah, je peux pas…

Et Gilbert pensa à son Édith et à sa robe blanche, sa robe tendresse comme elle l'appelle… et reprit :

— C'est plus facile pour vous, vous avez pas de bonne femme qui vous empêche de vivre !

— De mourir plutôt, non ?

Nono qui, jusque-là, n'avait pas réagi, se marra.

Jacques se dit que, pour une fois, il était bien content d'être divorcé. Martial, d'être vieux garçon. Et Armand conclut que ce serait l'unique fois qu'être veuf lui donnerait du courage pour mener à bien un projet. L'idée de retrouver sa Carmen encore fringant lui réchauffait le cœur presque autant que les douze pastis qu'il s'apprêtait à regretter.

Ils commandèrent une bouteille de pétillant, pour fêter ça. Ils chantèrent du Julien Clerc, Lucien était fan, certains se lancèrent même dans quelques pas de danse, puis l'euphorie retomba.

— Mais, concrètement, comment on va faire ? demanda Martial.

— Pour ? répondit Jacques encore essoufflé par sa chorégraphie improvisée sur Femmes… je vous aime.

— Pour communiquer, pour voyager, pour se tuer. Concrètement, quoi.

C'est là qu'attirés par une force étrange, ils tournèrent tous la tête vers Rémi. Il était toujours là, assis au comptoir, se rongeant les ongles en attendant d'être utile. Il leur sourit un peu de travers et leur fit un signe de la main. « Pas un mauvais bougre », disait Marthe.

« Pas la lumière à tous les étages », précisait Lucien. Martial, Armand et Jacques, la folle équipe des suicidaires joyeux, ne savaient trop que penser de ce gamin toujours habillé en bleu des pieds à la tête, avec un pull jaune noué sur les épaules, sur un marcel pendant la canicule et par-dessus son manteau, l'hiver. Mais, en l'état actuel des choses, ils n'avaient d'autre choix que de lui faire confiance pour l'organisation de leur rébellion face à la Mort. Cela dit, on a toujours le choix.

3

Le lendemain.

— Bonjour l'assemblée !

Martial, Jacques et Armand s'étaient retrouvés le lendemain après-midi pour reparler de leur projet dingue. Chacun était persuadé que les autres allaient faire marche arrière, conclure que l'alcool et le chagrin ne faisaient pas bon ménage, décider qu'ils étaient trop jeunes pour mourir. Quoique. Mais personne n'avait changé d'avis.

Martial était bien décidé à mourir dignement tant qu'il finissait sa liste, il devrait insister sur cette condition. Se fixer une date, c'était bien beau, mais il était tout de même particulièrement difficile de prévoir exactement le temps que lui prendrait une telle entreprise. Il s'imaginait mourir à un livre de la fin, voire à quelques chapitres… l'horreur. Pire que de mourir centenaire et de ne même plus avoir la force de rattraper ses fesses décharnées.

Jacques avait pensé à Laurence toute la nuit. Son ex-femme. En se disant qu'elle serait sûrement triste et rien que de l'imaginer pleurer lui faisait un bien fou. Fou comme un projet de suicide collectif individualisé entre copains de soixante-dix-sept ans ou plus.

Quant à Armand, il restait assis en tailleur sur son petit nuage. Toute la nuit, il avait rêvé de Carmen. Il lui caressait les cheveux en lui parlant. « Mi amor, te echo tanto de menos, nos queda un año sin vernos mi amor, un año, no más[1] » et tout son espagnol remontait et toute sa tendresse pour sa belle se rallumait.

Armand était loin d'avoir changé d'avis. Ce qu'ils prenaient pour un rendez-vous d'annulation raisonnable d'un projet qui ne l'était pas se trouva être une rencontre de confirmation. Il leur restait quelques détails à caler quand un « Bonjour l'assemblée ! » les interrompit.

Il avait été prononcé par un homme trop. Trop grand, trop souriant, trop mou.

— Bonjour l'assemblée ! Moi, c'est François Détours, vendeur de protections hygiéniques pour personnes âgées mais dynamiques à Orléans.

Il semblait fier. De tout. De son travail, de sa ville, de sa phrase.

— Je suis là pour vous proposer une réunion Tupperware !

Personne ne réagit.

— Une réunion Tupperware de couches, bien sûr.

Il rit puis continua.

— Parce que bien connaître le produit permet de ne pas faire de mauvais choix. Même si vous n'en avez peut-être pas encore besoin…

---

1 « Mon amour, tu me manques tant, il nous reste un an sans nous voir mon amour, un an, pas plus ».

François marqua une pause commerciale et fit un clin d'œil à Armand.

— Quand ce sera le cas, ce sera un tracas de moins ! Et grâce à qui ? Grâce à François !

Armand, Jacques et Martial observèrent la clientèle du bar. En dehors d'eux, il y avait Jeannot, le pilier de bar accro aux bonbons qui écoutait tout, Nono qui ne perdait rien des conversations et la vieille Gisèle qui faisait semblant d'avoir perdu la tête pour qu'on ne se méfie pas d'elle.

Ils pensèrent tous la même chose. Une réunion Tupperware de couches chez l'un d'entre eux serait la couverture parfaite pour une rencontre clandestine de mise au point d'un suicide collectif individualisé. Et puis, surtout, ça pouvait franchement être drôle. François Détours faisait partie des types qu'on aimerait avoir toujours chez soi dans un placard, pour le sortir de temps en temps et se marrer un peu.

— Pourrait-on organiser cela chez Gilbert, pour qu'il se sente moins à l'écart ? proposa Jacques.

— Bah, y'aura Édith, dit Armand.

— Tu parles, elle va au lit avec les poules, sûr que ça la barbera, les couches, et qu'on aura tout le loisir de discuter sans qu'elle se doute de rien, dit Martial.

François Détours, sur le chemin du retour à Orléans, appela sa mère.

— Môman, j'ai réussi !

— Allô, mon petit ? Francis ? répondit Colette.

— Oui, oui, enfin, c'est François môman, mais c'est pas grave.

— Ah, t'as réussi quoi mon grand ?

— Mon idée ! Tu sais, les réunions Tupperware de couches ! J'ai fait trois ou quatre villes seulement et j'ai réussi à en organiser une. Pour dans un mois. Le 21 juillet. Ce que je suis content.

— Eh bah tant mieux, mon petit, tant mieux.

Colette raccrocha, s'approcha de Plouf, son poisson rouge, et ne put s'empêcher de conclure :

— Et il est content, il organise une démonstration à domicile de couches et il est content. Qu'est-ce que j'ai fait au Bon Dieu pour mériter un gamin pareil, hein ? Tu le sais, toi, mon bon Plouf ?

Le poisson rouge fit un nouveau tour de bocal, sans répondre.

4

L'arsenic est inodore.
Insipide : pas d'odeur, pas de goût.
Durée d'action : quelques heures si grosse quantité. Sinon, petites doses régulières.
Premier test de détection : 1832.
Relire l'affaire Marie Besnard.
Arsenic et vieilles dentelles, *regarder le film ?*

Marthe parcourut des yeux la page intitulée « Arsenic » puis referma le carnet.

5

La première fois que Martial Bolac avait pensé au projet à tête reposée, il lui avait paru évident que sa mort devrait être romanesque. Quitte à mourir relativement jeune, autant que ce soit spectaculaire. Perdu au milieu de piles de livres lus et relus, il tournait les pages à la recherche de la description d'une mort volontaire idéale, mais rien ne l'emballa. Les scènes de suicide se faisaient rares dans sa bibliographie personnelle essentiellement composée des classiques à faire étudier. Du Proust à la pelle, du Balzac en conteneurs, le lot de tout professeur de littérature en Touraine. Mais maintenant, il avait sa liste. Tous ces titres de romans qu'il gardait pour ce plus tard qui était désormais d'actualité. Il l'avait bien dit aux copains, mourir oui, avec plaisir, ou du moins le projet l'avait comme réveillé, mais il lui restait une chose à faire, indispensable, incontournable, la seule qui pourrait mettre à mal leur mission commune : réunir les titres notés en pagaille et en ajouter d'autres. Martial Bolac s'était présenté, élégant, à la librairie de la ville voisine. Il avait remonté légèrement ses lunettes, avait tiré sur sa chemise déjà parfaitement lisse, avait tendu ses oreilles, dessinant un sourire sur son visage déjà ridé.

— Auriez-vous une liste de livres à lire avant de mourir ?

La jeune libraire, plus habituée aux commandes de manuels scolaires ou à la remise en main propre sans commentaires du dernier prix Goncourt, ne savait trop que répondre.

— Une liste personnelle, vous voulez dire ?

— C'est ce que je veux dire.

— Non, monsieur. Je suis navrée. Par contre, je peux vous proposer ce titre : *Les Ouvrages à lire avant de mourir.*

Martial consulta le livre un long moment.

— Nul, fut l'unique réaction qu'il offrit à la libraire.

— Ah.

— Je les ai déjà presque tous lus, que des classiques et beaucoup de romans étrangers. Je voudrais essentiellement du roman français et une sélection… exotique ensuite.

Martial cultivait son petit côté chauvin. Si on n'aide pas son voisin, qui le fera ? Certainement pas un fermier australien. Ni un jeune trader coréen.

Tout à coup, le papi rougit.

— Et j'apprécierais de découvrir des auteurs modernes, pas forcément très très… littéraires.

— C'est-à-dire ? murmura la libraire qui adopta le même volume sonore que son interlocuteur sans trop savoir pourquoi.

Martial se redressa, lissa de nouveau sa chemise et décida d'assumer. Après tout, s'il n'acceptait pas ses choix à son âge et à un an de la mort, il ne le ferait jamais.

— Je veux lire du Levy et du Musso !

Il avait parlé si fort que les clients qui attendaient à la caisse s'étaient retournés. Il repartit avec une bonne sélection pour sa liste de lecture pré-mortem. Les premiers romans de Marc Levy et de Guillaume Musso, les essentiels d'Éric-Emmanuel Schmitt et de Katerine Pancol. La libraire lui ayant soufflé qu'il était indispensable d'avoir lu du Amélie Nothomb, il les prit tous. Puis, il se laissa tenter par un peu d'exotisme avec les sept Harry Potter, quelques Agatha Christie, comme lecture-souffle et enfin, les aventures de Sherlock Holmes.

Arrivé chez lui, il ouvrit son carnet et nota soigneusement tous les titres choisis puis créa une future liste d'achats. Il lui manquait encore *Cent Ans de solitude* de García Márquez, *Le Cahier de Maya* d'Isabel Allende, le premier roman de Foenkinos et surtout l'intégrale des écrits du marquis de Sade. Il avait osé demander de l'auteur populaire, il pouvait bien acheter de l'érotique maintenant.

Affalé dans son fauteuil club en cuir, le vieux garçon se laissa aller à un petit temps de repos bien mérité. Aucun chat ne s'allongea sur son ventre fluctuant, bercé par des ronflements sereins. Mais, ça aurait pu.

Quand Martial se réveilla, il était presque quinze heures. Émergeant à peine, il eut une pensée pour son copain Lucien à qui il aurait passé un coup de fil en temps normal pour lui raconter son avancée dans sa liste de lecture. Lucien écrivait très bien, il aurait pu tenter d'être publié ou devenir prof de lettres. Souvent, il taquinait Martial, le menaçant de postuler à sa place, se ravisant en clamant qu'il faisait un métier-passion.

Ils ne devaient pas être nombreux, les hommes de ménage comme lui. D'ailleurs, il n'en reste sans doute plus, pensa Martial. Mon copain. Cette association d'idées fit réaliser à Martial qu'il avait une autre liste à reprendre. Celle des suicides qu'il pourrait envisager pour ensuite, par élimination, trouver sa propre méthode finale. Martial avait toujours été un piètre nageur. Il faut dire qu'il n'est pas d'une génération de champions de natation. Ses parents avaient autre chose à faire que d'emmener leur rejeton à la mer pour qu'il barbote comme un poisson. Ils travaillaient, et dur. Martial s'était élevé presque seul, s'ennuyant beaucoup dans la bicoque familiale avec pour seule compagnie sa grand-mère paternelle grabataire qui avait, très tôt, perdu les mots, comme on disait dans la famille. Puis, il avait appris à lire et sa vie avait changé du tout au tout. Il s'était mis à voyager depuis le vieux canapé marron, en Afrique la plupart du temps, sa mère ayant trouvé un lot de livres sur les tribus africaines dans un vide-grenier. Au début, Martial avait rechigné, il aurait largement préféré des BD ou des livres sur l'espace ou les Indiens maya. Va pour l'Afrique, avait-il pensé, conscient du fait qu'entre deux fois le même choix il n'était pas nécessaire de tergiverser. Et Martial s'était payé une passion. Une passion d'enfant, de celles qui occupent un temps puis passent, évincées par les copains, par le printemps et les parties de foot. Mais l'Afrique finirait par remonter à sa surface. Tout à coup, Martial se rappela l'aspect d'un homme mort par noyade aperçu dans le journal. La déformation du visage, la couleur de la peau… Surtout, Martial pensa au froid. Il se fit une tasse de thé pour repousser cette idée. Rien que d'imaginer ses poumons, dont il avait pris soin, refusant de fumer toute sa vie, même pendant son service militaire, pleins d'une eau sale et poisseuse… parce que se noyer dans sa baignoire à l'eau savonneuse demande un courage qu'il n'aurait pas, il se connaissait, depuis le temps. Cette histoire finirait en barbotage absurde, en tentatives ridicules de tête sous l'eau avec remontée à la surface précédant un enveloppement réconfortant dans une serviette bien chaude. Il pourrait s'entraîner, après tout, ils avaient un an pour mener à bien leur projet de mort parfaite. Ça valait peut-être le coup d'y penser. Après tout, la noyade, c'est mieux qu'un coup de fusil à plomb dans la bouche, en tout cas pour celui qui nettoie après.

Il pensa à des falaises, se demanda si mourir noyé au pied d'un pic rocheux était considéré comme une noyade, si le cœur s'arrêtait avant que le corps ne touche l'eau. Martial Bolac avait toujours aimé la précision. Il pensa à Lucien. Il prit un bain. Il se mit à relire *Le Vieil Homme et la Mer*, comme il le faisait chaque mois depuis plus de cinquante-cinq ans. La dernière page arriva encore trop vite et la fin n'avait toujours pas changé. Tant mieux, elle convenait tout à fait à Martial.

Après avoir tenté de ne pas retenir sa respiration sous l'eau, il trouva une grande partie de la solution à son problème qui, dans le fond, n'en était pas vraiment un.

6

Yaoundé.

Martial irait mourir à Yaoundé. On ne choisit pas les trottoirs de Manille, de Paris ou d'Alger pour apprendre à marcher. Mais on peut choisir dans quelle ville mourir, pensa Martial. S'il avait pu, il n'aurait pas choisi une autre famille, ni même un autre lieu de naissance. « On sait ce que l'on a, pas ce que l'on aura » avait été la maxime de sa vie. À force de se la répéter, il n'avait jamais déménagé et ne s'était jamais marié. Pour ce qui est du mariage, ce n'était pas faute d'avoir été sollicité quelques fois, voire harcelé si l'on repense à la boulangère qui avait fini par frôler le ridicule avec son obsession du prof de lettres. Bon sang, ce que Martial s'était retenu pour ne pas être violent une bonne fois pour toutes ! Il en avait fait un zona. On n'a pas idée d'insister autant. Martial lui aurait fait bouffer ses « Une baguette bien chaude pour notre cher professeur » avec ses yeux en cœur. On pourrait penser qu'elle n'avait pas un physique agréable, l'imaginer suintante entre ses pains au chocolat, on se tromperait alors. Elle était prête à mettre à disposition de Martial un corps bien fait surmonté d'une tête raisonnablement pleine. Mais Martial avait beau se dire que ce serait un choix tentant, avait beau écouter les multiples réflexions des copains, au café, des « Moi, j'la laisserais pas dormir dans la baignoire » ou encore « Elle doit sentir le beurre. C'est vrai ça, un corps plutôt bien dessiné, pour être poli hein, qui sent le beurre, ça doit être une des définitions du paradis, non, les gars ? ». Mais Martial ne disait rien, pensant que la peau de la boulangère, selon ses goûts personnels, manquait grandement de cuisson. Il était bien dans sa maison, tout seul. Il était avec ses livres, il avouait regarder également la télévision, quand il s'ennuyait il prenait un bain ou faisait une promenade dans la campagne. Il avait toujours été un homme de silence. La semaine, il devait subir les piaillements de ses élèves, le soir et le week-end, il appréciait de ne pas entendre les histoires de travail d'une épouse, peu importe laquelle. Les histoires de pain ne doivent pas être plus barbantes que celles des coiffeuses ou des préposées à la Poste. Bien sûr, régulièrement, il se disait qu'il aurait bien écouté des histoires de Yaoundé, qu'elles auraient été les seules histoires supportables après six heures de cours.

Il se demandait dans quelle mesure sa ville avait changé. Enfin, sa ville, c'était un bien grand mot mais il le vivait ainsi. Il se considérait secrètement comme un Camerounais. Tout ça pour un séjour de deux mois quand il avait seulement vingt ans. La vie devant lui. La peau alors seulement effleurée par la main maternelle et vaguement par celle d'une petite copine, au collège, qu'il n'avait même pas embrassée. Il y avait eu dans la vie de Martial Bolac un avant et un après Cameroun, un avant et un après Prisca.

Son café était prêt, son moment arrivait, le moment du ressassement. Il se demanda s'il avait passé plus de temps à se remémorer les scènes d'amour avec Prisca ou à les vivre. Il aurait dû chronométrer. Tasse à la main, sourire aux lèvres, il était déjà presque assis, presque prêt pour son moment favori quand on sonna à la porte. Martial détestait ça autant que la sonnerie du téléphone. Il ne se résignait pas à être esclave d'un engin sonore, à devoir interrompre ce qu'il faisait, même si ce qu'il faisait était une action idiote, parce que Tartampion ou Duchmole l'appelait. Il hésita un instant. Si sa mémoire était bonne, les lumières du salon étaient éteintes. S'il ne bougeait pas, il n'y avait aucune raison pour que son visiteur dominical sache qu'il était là. Il pourrait tout aussi bien être parti se promener.

— Martial, je sais que t'es là !

Ce n'était donc pas un livreur de colis qui avait oublié de se réveiller la veille.

— Martial, ouvre-moi… S'il te plaît.

Le vieux garçon reconnut la voix de Gilbert. Gilbert Petitbon, notre marié.

— Qu'est-c'que tu veux, le marié ? dit Martial en ouvrant la porte.

— Ne m'appelle pas comme ça, je n'en peux plus.

Et Gilbert ôta ses chaussures, rangea son imper dans la penderie de l'entrée, fila à la cuisine et se servit un café.

— Le café est encore chaud, tu m'attendais ou quoi ?

Martial préféra ne pas répondre. Il lui faudrait quelques minutes pour se remettre d'avoir été interrompu dans son moment Prisca. Gilbert reprit.

— Pourquoi tu m'appelles le marié ?

— Parce que tu es le seul de la bande à l'être encore. C'est tout.

— Je n'en peux plus.

— Tu l'as déjà dit.

— Quoi ?

— Tu as déjà dit « je n'en peux plus ». Mais tu n'as pas dit de quoi.

— D'être marié.

— Avec Édith ? s'étonna Martial qui avait souvent pensé que, de toutes les femmes qu'il avait rencontrées après Prisca, Édith aurait été la seule qu'il aurait pu épouser, même si elle était franchement pâlotte.

— Non, pas avec Édith.

— Tu me pardonnes si je ne comprends rien ?

Gilbert rit. Pas très courant depuis l'enterrement de Lucien.

— J'aime Édith, c'est vrai, on va pas s'mentir, c'est une bonne épouse et une femme surprenante… mais c'est pas Édith le problème, c'est vous !

— Nous ? dit Martial en observant la pièce vide.

— Oui, votre projet, ce suicide collectif individualisé, je ne peux pas y participer, moi.

— La question est plutôt : pourquoi voudrais-tu y participer si tu es vaillant et heureux en ménage ?

— Je veux pas mourir comme ma mère.

Gilbert prit son visage entre ses mains et retint quelques larmes.

— Ta mère est morte d'un cancer des ovaires, Gilbert. T'es souvent poissard mais là, y'a peu de chance.

— Tu vois très bien ce que je veux dire. Je veux pas être malade, perdre des forces, délirer ou je ne sais quoi, devenir un vieillard impotent… Mais toi, pourquoi tu veux mourir, au juste ?

Martial ne s'était pas vraiment posé la question de cette façon-là. Il s'embarquait dans ce projet morbide comme dans une mission humanitaire. Pour conserver telle quelle sa propre humanité. Intacte. Il s'aimait tel qu'il était, à son âge, bien plus qu'à trente ou quarante ans. Il était plus serein, moins obnubilé, il s'intéressait aux choses sans précipitation, ne dépensait plus de son énergie quotidienne pour nourrir quelque ambition. De temps en temps, il riait quand il se revoyait faire le beau auprès du proviseur pendant des semaines pour devenir prof principal des terminales L. Ou quand il lisait quinze livres sur l'astrologie pour être sûr d'avoir accès à la bonne information. Les années l'avaient tranquillisé et il ne souffrait de rien, pas d'articulations grinçantes, pas de problèmes de vue ou de mollesse musculaire pénible. Il se considérait comme encore en forme et l'idée de figer son corps dans cet état lui plaisait bien.

— Ça me dit bien de bloquer le temps maintenant, avant de ressembler à ma grand-mère, celle qu'on avait plantée dans mon salon jusqu'à ce qu'elle flétrisse vraiment. Celle qui avait perdu les mots.

Gilbert finit son café d'un trait.

— Moi, mon problème, c'est que je suis heureux, tu vois.

— Tu parles d'un problème, toi, murmura Martial.

— Et surtout que, continua Gilbert, je ne peux pas laisser Édith seule, tu comprends ?

— Je comprends.

— Pour le chien, c'est pas un problème. Édith le déteste, elle n'aura qu'à le donner à la SPA, ça lui fera enfin une excuse pour s'en débarrasser.

Gilbert parlait en oubliant Martial.

— Et pour les enfants… de toute façon ils sont déjà indépendants et pour ce qu'ils donnent de nouvelles… Y'a bien Pénélope… mais elle a rencontré quelqu'un… je t'avais dit ?

Il n'attendit pas la réponse avant de continuer.

— Elle en oubliera que son père est mort, elle se concentrera sur son mec. Et puis, les trois, ils préfèrent leur mère. Je peux pas leur en vouloir, une mère, c'est un peu une maison. Moi, ils aiment que je sois là mais si je n'y suis pas, tant pis. Je ne suis pas porteur, une cloison agréable, tout au plus.

Martial se décida à ouvrir un paquet de gâteaux au chocolat. Le meilleur médicament, disait sa mère, à raison. Et les deux petits vieux grignotèrent en silence, l'un pensant aux mois précédant sa mort programmée et à la façon presque magique de pouvoir en optimiser chaque minute, l'autre au fait qu'il n'avait pas de bol d'être trop heureux pour mourir.

7

Il pourrait changer de ville de destination. Le Cameroun ne se résumait pas à Yaoundé et à des souvenirs lointains. Ce pays pourrait lui offrir une carte vierge, d'autres lignes à tracer. Et puis, il ne retrouverait pas le Yaoundé qu'il avait connu et tant aimé, plus de cinquante ans auparavant. Les bâtiments avaient dû s'élever, la ville s'étaler, les gens avaient vieilli, même Prisca, s'il partait du principe qu'elle était encore au Cameroun et encore à Yaoundé.

Il brancha sa mappemonde lumineuse et observa l'Afrique. Il fut tenté par de nombreux autres endroits, qu'il connaissait de nom ou pas encore, s'imagina y vivre, y rencontrer des gens, y envoyer ses livres. Quelle serait l'adresse sur le conteneur, le nom de la rue, la ville, le pays… ? Il avait l'impression de s'offrir une nouvelle existence, courte, avant un extraordinaire voyage. Le dernier. Et si Prisca était morte ? Dans ce cas, il la retrouverait dans un an, ce qui n'était pas pour lui déplaire non plus. Faute d'avoir pu vivre une vie ensemble, pourquoi ne pas opter pour une éternité ? À Yaoundé, il ferait le tour des cimetières, enquêterait discrètement, pour ne pas éveiller les soupçons. Elle pourrait tout aussi bien être une femme mariée désormais. Qui était-il pour débarquer ainsi et risquer de tout déranger ? Martial, à sa manière, en choisissant de retourner vivre à Yaoundé avant le grand saut, en décidant que ce serait l'endroit qui accueillerait sa dernière année de vie, entreprenait de courir, à sa vitesse, après son rêve, après son amour trop court. Il se dit que ça aurait fait un beau sujet de roman. Il pensa à Lucien et se servit un verre de vin. Blanc. Un bien sec mais fruité, pas comme ceux du bistro qui ravivent les dents creuses.

Depuis le départ de Gilbert, le temps avait semblé s'accélérer. Il était déjà dix-huit heures quand Martial but son premier chardonnay. À peine dix-neuf heures quand il passa au second. Perdu à Yaoundé, tantôt au cimetière, tantôt dans la maison qu'il imaginait habiter, le vieux garçon avait oublié de dîner. À vingt heures, au troisième verre, il sortit un reste de mousse de canard et un quignon de pain de la veille. Ça ferait bien l'affaire.

— On mangera mieux demain, dit-il à sa mappemonde, qui ne répondit rien.

Ce qui n'empêcha pas Martial de continuer.

— Et encore mieux au Cameroun.

Et le voilà reparti. Il l'aurait juré, là, à Richelieu, devant sa table en formica, il sentait le fumet du poulet grillé et la douceur de la banane plantain. Avant d'aller se coucher, un peu soûl, il fallait l'avouer, il ajouta sur sa liste de lecture *Le Journal d'un corps* de Daniel Pennac qu'il n'avait jamais eu le courage de lire, quelque peu effrayé par ce que lui réservait son enveloppe charnelle et désormais libéré de ce fardeau d'anticipation.

Puis il nota en rouge : « Programme de suicide collectif individualisé », lieu : Yaoundé, Cameroun. Façon de mourir : à définir plus tard, demain ? Il commençait à avoir la bouche pâteuse et devait se coucher avant que le mal de crâne ne s'installe.

Il se connaissait, depuis le temps.

8

Martial se réveilla tard. Ça faisait bien longtemps qu'il n'avait pas sauté les sept heures matinales sur la grande pendule à gauche du frigo. Voire les six heures. Le chardonnay lui avait en quelque sorte offert du sommeil supplémentaire mais il ne sentait pas plus reposé que la veille pour autant. Ça tapait là-dedans. Comme une multitude de petites aiguilles qui s'agitaient dans sa boîte crânienne. Quatre ou cinq verres de vin sans réellement manger, c'était loin d'être raisonnable. Il avait trinqué à Prisca, à leurs retrouvailles, avec un peu d'avance. Si tant est qu'il la retrouve.

— J'ai passé l'âge de boire trop, se dit-il.

— J'ai passé l'âge de me priver, se répondit-il.

Il n'avait pas éteint la mappemonde. Mince. Il s'autorisa le petit déjeuner pour ne pas penser, ensuite, il se déciderait une bonne fois pour toutes sur la façon dont il comptait en finir. Les infos ne lui en fournirent pas tant que ça. Ses livres avaient donné leur langue au chat. Gilbert, la veille, avait rechigné à l'aider à trouver le suicide parfait alors que, lui, il en était privé. Il ne pouvait pas demander à une tierce personne de lui fournir une idée, risquant de mettre à mal leur projet secret. Il pensa un instant interroger la boulangère mais c'était prendre le risque de semaines de harcèlement pour une seule minute de rigolade. Martial avait de plus en plus tendance à penser en « bénéfices-risques ». Plus il vieillissait, moins il avait d'énergie pour le dérisoire, la perte de temps. Face à de nombreuses situations, comme croiser une vieille pipelette dans les rayons d'un supermarché, son cerveau encore affûté pensait « bénéfices-risques ». Elle dira que je suis poli et courtois mais elle ne me lâchera pas la grappe pendant, au bas mot, vingt minutes. Je fais un détour. Quand on dispose de moins d'énergie qu'avant, on doit juste trouver des combines pour compenser la perte. Il fit un saut à la Maison de la presse. Martial adorait quand les personnes âgées utilisaient l'expression « faire un saut ». Surtout celles appuyées sur leur canne. Ou avachies sur leur déambulateur. Il acheta tous les journaux du coin. L'offre étant limitée, il étendit sa sélection aux canards nationaux, aux magazines de faits divers et d'affaires criminelles. Au pire, le buraliste pensera que papi prépare un coup, ça l'occupera. À Richelieu, comme dans toutes les bourgades de France, un mystère équivaut à un trésor. Un rayon de suspense dans l'ennui. En rentrant chez lui, il se fit cuire tranquillement une bavette bien fine, décongela quelques frites, Martial pensa quelques frites pour ne pas culpabiliser de déroger à un régime habituellement sain. Il faudrait qu'il le repense, d'ailleurs. Maintenant qu'il était décidé à ne pas vieillir longtemps, il serait peut-être temps d'arrêter de bouffer des graines, ou tout bio. À lui les hamburgers dégoulinant de fromage orange, les acides gras saturés et le sucre industriel ! Il devrait quand même être vigilant, l'idée n'étant pas de clamser avant de monter dans l'avion pour le Cameroun.

Dans son fauteuil club, il hésita entre avancer sur son projet personnel et faire une sieste. Afin de se décider au mieux, il ferma les yeux un instant. Une demi-heure. Une heure. Quand, un peu plus tard, le voisin lui demanda s'il avait besoin d'aide, Martial pensa que ça faisait partie du lot de la vieillesse. De ne plus pouvoir déconnecter sa sonnette, tournevis à la main, sans qu'un jeune – un plus jeune, du moins – propose de l'assistance. Il y arrivait parfaitement seul, merci. Pour le test sonore, c'était plus compliqué, il pouvait difficilement être dehors à appuyer et dans le salon à écouter, mais ça aurait été problématique même avec quarante ans de moins.

Repas pris, sieste faite, sonnette déconnectée, il n'avait plus aucune excuse pour ne pas se pencher sur le sujet qui, il devait l'avouer, lui donnait du fil à retordre. Comment se tuer ?

— Je pourrais m'affronter en duel, se proposa-t-il.

— Sois donc un peu sérieux, Martial, s'il te plaît, se supplia-t-il.

Et il se plongea frénétiquement dans les journaux qu'il froissait quand ils ne lui apportaient rien et qu'il découpait quand il sentait une piste. À peine deux heures plus tard, Martial se retrouva assis sur son tapis de salon entouré de coupures de journaux, Stabilo à la main. Il se revit, jeune prof, préparer ses cours de cette façon, organisé dans son désordre, souligner, découper, reconstituer. Toute sa vie lui sembla alors un puzzle dont les pièces s'emboîtaient presque. Si Lucien avait été là, avec nous, il aurait écrit : « Toute la vie de Martial était un puzzle aux couleurs douces à peine patinées auquel il avait toujours manqué une pièce, Prisca. » Mais Lucien n'était pas là, c'était d'ailleurs le pourquoi du comment de tout ce cirque.

« Meurtres en séries en Belgique. » Pas chez nous et plutôt compliqué. Martial trouva la chose ardue que de s'arranger pour croiser le chemin d'un tueur en série, au Cameroun, pile à la date prévue. D'autant que, si lui était un tueur en série, il ne tuerait pas un vieux. Ça ne doit pas compter comme une vraie vie, tout au plus comme un quart. Ça ne vaut pas le coup. D'ailleurs, on entend rarement parler de serial killers qui s'attaquent à des personnes âgées et on est plus choqués par ceux qui ôtent la vie à des enfants. Ça rapporte plus de points. Un article sur une attaque au couteau lui fit penser que c'était une option valable. S'il visait au bon endroit, en un coup, il pouvait se tuer rapidement. Et presque proprement. Il attrapa un couteau à beurre, l'idée, rappelons-le, n'étant pas de mourir de façon idiote avant la date prévue. Il fut incapable d'approcher le couteau de sa jugulaire comme il pressentait qu'il devrait le faire, le moment venu.

Incapable de se noyer.

Incapable de se poignarder.

Décidément.

Il fallait à Martial Bolac une mort volontaire involontaire. Sans action violente de sa part, sans qu'il ait à demander lui-même à son cerveau d'activer ses muscles. Une mort qui arrivait quand on appuyait sur un bouton. Il en était à espérer que Gilbert vienne pleurer chez lui pour le tirer de son incapacité à choisir avant de se souvenir qu'il avait coupé la sonnette et qu'il s'éclairait à la bougie pour ne pas laisser entrevoir sa présence depuis l'extérieur. Il bougonna. Mit en boule les articles fluotés. Tenta de les jeter dans la corbeille à recyclage, rata sa cible, bougonna de nouveau. Puis il aperçut une page qui avait glissé sous le canapé. Un article sur une famille de Tourangeaux morts d'une intoxication au monoxyde de carbone.

Il la tenait ! Il l'avait sa mort parfaite. Celle qui ne l'obligeait pas à agir. Une bonne intoxication au monoxyde. Indolore. Pas violente pour un sou. Il sourit comme rarement en pensant qu'avec un peu de chance, il pourrait même mourir en lisant *Le Vieil Homme et la Mer*.

Lucien aurait écrit : « Martial décida de mourir dans un sommeil incertain, se nourrissant des mots du *Vieil Homme et la Mer*, unique cadeau qu'il avait fait à Prisca, un roman, en quittant la première fois le Cameroun et en laissant derrière lui sa douce qui s'était engagée à le retrouver tous les mois dans les mots d'Ernest Hemingway. » Mais Lucien est mort et c'est la raison de tout ce cirque.

9

Depuis sa conversation, la veille, avec Martial, Gilbert s'était mis à fortement hésiter. Après tout, son ami était l'exemple même du type heureux sans femme. Il semblait drôlement s'épanouir en vivant seul. De temps en temps, Gilbert en rêvait. Il adorait Édith mais il aurait aimé essayer la solitude. L'expérience de la vie seul n'était pas vraiment de son époque. Il était passé de la maison familiale à une autre maison familiale. Édith était tombée enceinte juste après leur mariage. Gilbert n'avait jamais trop eu le temps de se poser des questions sur ce qu'il aimait, lui, en tant qu'individu individuel. Un truc de la génération suivante, ça. Ses gamins pourraient facilement lui dire :

— Non, mais, tu comprends, papa, j'ai besoin de connaître mes propres goûts, de définir mes ambitions et les concessions possibles sur ces ambitions si j'intègre une tierce personne à ma vie quotidienne.

Il trouvait ça pragmatique et calculateur mais tout de même tentant. Il avait passé la soirée à s'imaginer habiter un studio à New York, New York lui était venue comme ça, sans attirance particulière, c'était juste le lieu de l'action de l'épisode de la série policière qu'il avait vue avec Édith, la veille. Seul, dans son studio, il choisirait une déco différente de l'actuelle à laquelle il n'avait pas participé et qui s'apparentait plus à un amas de bibelots accumulés avec le temps qu'à une déco de magazine suivant un thème à la mode. Avant de définir ce qu'il aurait, il fit une liste mentale de ce qu'il n'aurait pas. Des fausses fleurs. Des lustres pendouillants. Des napperons, même s'ils ont été crochetés par leur fille aînée. Une bible et une fiole d'eau de Lourdes. Le côté bigote d'Édith le fatiguait, par moments. Mais il préférait ça à une femme qui faisait du yoga ou de la boxe. Il imagina soudain Édith en position du lotus méditant avec d'énormes gants rouges et rit. Lui qui n'avait pas cogité depuis des années se révélait fertile en images décalées. Il aurait un canapé en cuir marron foncé avec des pieds en acier. Pas de tissu et pas cet immonde châle auquel sa femme donnait un nom anglais. Il accrocherait aux murs des photos en noir et blanc. Plus de bateaux en aquarelle ou de dessins des gosses encadrés dont ils ne se souviennent même plus mais qui font sourire Édith dès qu'elle passe devant. Le sourire d'Édith. Merde !

Ayant déjà ressassé toute sa discussion avec Martial, il se décida à aller taper la discute avec son pote Jacques, Jacques Guidon, notre divorcé. Encore un sans attaches, pensa Gilbert en sonnant. Jacques avait la tête dans les mains et les coudes sur sa table de cuisine quand ça sonna. Il n'eut pas le courage de regarder l'heure sur la pendule en marbre avant d'aller ouvrir. Une petite vérification visuelle sur son salon, tout était en ordre. La femme de ménage était passée la veille et Jacques avait repassé un petit coup, impossible de s'en empêcher. On ne se refait pas. Et c'est pas à soixante-dix-sept ans que le changement s'opérera, j't'le dis. Un petit arrêt devant le miroir en pied de la penderie de l'entrée. Moustache bien lissée, pull parfaitement repassé soulignant légèrement une musculature solide mais non vulgaire, muscles profonds, la gonflette, quelle horreur ! Jean ajusté, comme il faut. Pas ces pantalons pour vieux en coton détendu imitation denim. Chaussons en cuir qui allaient bientôt être remplacés par des mocassins à bouts pointus, italiens bien sûr, on ne renie pas ses origines.

— J'arrive.

Gilbert était encore là. Il avait pris l'habitude d'attendre sans faire de réflexion. Au départ, il s'était imaginé que, pour atteindre la porte et ouvrir, son ami devait traverser un couloir sans fin puis, à la longue, avait compris. Le chemin était court mais entravé de tocs. Jacques tenait à ce que ce soit parfait.

— Ah, c'est toi.

— Sympa l'accueil, dit Gilbert en prenant bien le soin de retirer ses baskets qu'il rangea dans la penderie entre deux paires de souliers en cuir.

À la vue d'une telle association, Jacques refréna un petit rictus.

— Ne te vexe surtout pas, voyons. J'attends la visite imminente de Victor.

— Ton fils intello ?

— Oui et il se révèle de plus en plus barbant.

— Tu veux dire qu'il pense comme tu parles ?

Jacques, au départ, n'apprécia que peu la réflexion de Gilbert, puis se ravisa. Tout à coup, il imagina le gamin de sept ans qu'il était écoutant le vieux monsieur qu'il était devenu. Impossible de le nier, il ne s'exprimait pas comme les autres. Il aimait se laisser bercer par de grands mots et ce qui avait été une défense contre les préjugés au début était devenu une source de plaisir. Il aimait s'écouter parler comme il aurait pris plaisir à entendre quelqu'un d'autre réciter une poésie. Rien de narcissique là-dedans. Des années, il avait attendu que la poésie du monde arrive à lui. Des années, il avait cherché l'ami écrivain, psychologue ou poète qui saurait user de phrases alambiquées pour se rapprocher des étoiles, un peu. En vain. Alors il avait joué de la syntaxe, avait accru son vocabulaire et avait ainsi fait taire ses origines plus que modestes de fils d'Italienne immigrée et cloué le bec aux préjugés du prof de sport aux cent mots en stock. Désormais, il en faisait bien trop. Et il s'en rendait compte. Mais, à mon âge, je fais bien ce que je veux, j'ai passé le cap de me soucier de l'avis des autres. Maintenant ou jamais, comme disait Lucien qui s'était profondément ancré dans le jamais sans avoir vraiment pimenté son maintenant. Pauvre de lui.

— Je veux dire qu'il n'a rien, Victor est une coquille vide. Il est enrichissant d'être cultivé, de maîtriser les concepts intellectuels de base, le vocabulaire de plusieurs domaines d'activité mais si l'on ne couple pas cela avec des sentiments, à quoi bon ?

— Mais tu ne serais pas tristou, mon Jacques ?

— Non, je ne suis pas tristou, mon bon Gilbert, juste…

— Oh excuse-moi, je viens de raccrocher les wagons, c'est l'anniversaire de Victor et tu dois te taper ton ex tout un déjeuner… c'est aujourd'hui ?

Gilbert sortit son smartphone et vérifia la date. Oui, c'était bien ça.

— Et quelle était la raison initiale de ta visite, mon ami ?

Jacques désirait vraisemblablement parler d'autre chose.

— Bof, me plaindre.

— De ?

— Du fait que je suis mis de côté dans votre foutu projet que je trouvais idiot au départ, se tuer à notre âge, on n'a pas idée, mais qui me convainc de plus en plus.

— Toi ? Mais tu es marié, et tu as une famille.

Jacques pensa à Édith, la douce Édith, toujours de bonne compagnie. Et aux enfants de Gilbert aussi.

— Et toi, tu as Victor.

— Cela me fait une belle jambe. Une coquille vide, je te dis. Vide.

Jacques soupira et reprit :

— Tu voudrais faire partie de l'épopée suicidaire alors ?

— À des moments, oui, à d'autres, non. En fait, j'en sais rien.

— Décide-toi mon cher ami, tu sais que tu demeures le bienvenu mais moi, je l'aime beaucoup

Édith et il serait bien dommage de lui causer tant de peine, tout de même.

— Tout de même, conclut Gilbert juste avant que la sonnette fasse de nouveau des siennes.

Après avoir sonné, Victor entra. Il avait sa clé. Ce qui rendait fou Jacques. Un jour d'égarement, il la lui avait donnée. Seul jour de sa vie de père où il avait perçu un brin d'humanité poindre chez sa progéniture. Victor venait d'être quitté par Aurore, la douce Aurore. Et il avait ressenti le besoin de se faire consoler par son père qui lui avait ouvert sa porte de bon cœur et lui avait fait le plat de pâtes de crise familiale. Une recette de Barbara, la mère de Jacques, un délicieux plat de pâtes, recette secrète, pour transformer la tristesse en plaisir. Elle avait ce don-là, Barbara, de transformer la mélancolie en douceur joyeuse. Jacques avait été touché, son fils avait des sentiments. Longtemps, il s'était senti mal à l'aise face aux reportages sur les tueurs en série, quand la famille parlait d'un gamin sans histoires, quoiqu'étranger aux émotions et avec de légères tendances à prendre les animaux pour cible de sa cruauté. Jacques ne se détachait pas du souvenir de Victor qui enfermait des fourmis dans des boîtes pour les regarder mourir. Et le « Tss Tss ne t'inquiète pas » de Laurence n'avait jamais amoindri ce malaise.

— Bonjour la compagnie !

Victor observait Gilbert remettre ses baskets, amusé.

— La terre est basse, Gilbert ?

— Sale gosse, répondit-il, en plaisantant, à moitié.

— T'as dormi avec papa ?

— Victor, arrête, tu veux bien ? intervint Jacques, déjà agacé par cet abruti en costume qui, le week-end, quand il n'était pas au tribunal en robe, se croyait drôle.

— À plus, mon bon Jacques. On reparle de notre projet plus tard ? Je te laisse à la fête, lança Gilbert avant de claquer la porte.

— À plus, mon bon Gilbert, fit glisser Jacques le long de sa moustache fine.

— Tu m'offres un café, pôpa ?

Ce « pôpa » exaspérait Jacques. Comme si ça pouvait l'attendrir.

— Non, je préfère que tu en prennes un chez ta mère. Je ne voudrais pas arriver en retard, tu la connais, elle est précise.

Chiante. Et plus vite nous sommes arrivés, plus vite je serai parti. Victor ne contredit pas le paternel qui, ensuite, refusa de monter dans sa nouvelle BM, intérieur cuir, parking assisté et tout le tintouin. Pas impressionné pour deux sous. Jacques voulait surtout avoir sa propre voiture sur place pour avoir le loisir de rentrer quand il le voulait, Victor était bien capable de vouloir rester dîner, flemmard qu'il était de cuisiner dans sa cuisine high-tech propre comme un sou neuf. Très peu utilisée, dirait l'annonce. Ils furent accueillis par Laurence, dans sa petite robe noire, celle qui lui avait toujours fait perdre la tête. De la provoc. Elle devait bien s'en souvenir. Et par un homme, sa nouvelle conquête, « son ami », comme elle le présenta, souriante et nerveuse. Tout de même. Déjà que la voir était un supplice à la fois sucré et amer, que se taper son fils était à la limite du supportable, alors l'ami… Jacques regretta de ne pas avoir établi un plan avec Gilbert, le fameux « Si je te bipe, tu m'appelles tout de suite et j'invente une excuse béton pour fuir ». Il espéra très fort que son portable sonnerait mais personne ne l'appelait jamais. Même un appel commercial pour un contrat de prévoyance ferait l'affaire. Il posa son portable sur le buffet de l'entrée après avoir mis le volume à fond. Avec un peu de chance, une vraie mauvaise nouvelle interromprait ce qui s'apparentait déjà à un supplice sans l'obliger à mentir.

Avec un peu de chance.

10

Jacques y pensa pendant tout l'apéritif, tout le repas, fit une pause au dessert, un tiramisu, Laurence faisait-elle réellement exprès de tirer de nouveau les ficelles de leur bonheur ? L'idée soulageante d'une mort imminente revint au café et le poussa jusque chez lui. En arrivant, il alla au courrier. Cela faisait bien quelques jours qu'il n'avait pas pris le temps de le faire. Il pensait trouver son magazine d'actu. Au lieu de ça, il déplia une invitation de la ville pour le bal des seniors. Quand la journée s'annonce merdique, elle tient parfois pleinement ses promesses, pensa-t-il. Il se refit le repas entier, seul chez lui. Sa façon à lui de tout évacuer. Il se connaissait, s'il passait à autre chose, tous ces instants le hanteraient. Plus tard. Les blagues, réussies il fallait l'avouer, de l'ami. Sa main sur la hanche de Laurence. Ces sourires complices entre eux, leurs sourires polis à eux. Cette tendresse dénuée de toucher que Laurence lui réservait, comme elle regarderait son grand-père engoncé dans un fauteuil en tissu en repensant à leurs promenades en forêt d'avant, d'un avant où ils avaient été tous les deux acteurs d'un bonheur trottinant. Bonheur actif duquel elle avait évincé Jacques, sur une décision arbitraire, un début d'automne, faisant de lui un beau souvenir de sa vie de femme, lissant leur histoire, l'aplatissant, la figeant sur papier glacé. Jacques avait eu l'impression de faire la une de Paris Match, de n'être plus qu'un personnage d'une histoire à raconter désormais, d'une histoire qui ne se vivait plus. Elle lui avait mis un coup de pied au cul qui l'avait envoyé dans un passé dont il ne sortirait plus jamais. Laurence lui avait parlé longuement de ses sentiments qui s'étaient transformés en tendresse, de leurs rapports sexuels qui ne la faisaient plus vibrer, première nouvelle, de leurs sorties qui n'avaient plus le même goût. Puis, Laurence avait fait appel au merveilleux champ lexical du changement. Jacques n'avait rien vu venir. Il était bien, lui. Il ne se posait pas tant de questions. Le matin, il se réveillait à côté d'elle et il était heureux. Ils riaient moins, certes, mais il avait mis ça sur le compte de l'âge, avec le temps qui passe on a déjà ri de tout, non ? Apparemment non : Laurence, pendant le repas, avait beaucoup ri… avec l'autre. Jacques aurait aimé le détester, apercevoir un furoncle derrière son oreille, noter quelques fautes d'accord de subjonctif ou des erreurs vestimentaires. Mais rien. Il semblait être un homme bien. C'en était d'autant plus rageant.

— Bientôt, je n'aurai plus de problèmes, pensa Jacques. Bientôt, je m'en ficherai des hommes qui baisent ma femme.

— Mon ex-femme, précisa-t-il à sa pensée, qui en plus d'être vulgaire, se révélait inexacte.

Quand Victor ouvrit ses cadeaux, Jacques pensa au poison. Une solution viable. Efficace. Radicale. Cet air niais que son fils prit quand il retourna la montre offerte par son beau-père, histoire de vérifier qu'elle comportait bien un numéro de série. Pour sûr qu'il l'avait estimée en un coup d'œil. Apparemment, ça lui lui convint, il sourit. Et cet air déçu quand Victor déballa son cadeau à lui. Ce sentiment idiot de déception proportionnelle au prix. Comme si la valeur d'un cadeau était celle que l'on donnait au receveur. Jacques avait passé des semaines à chercher. Il avait visité des magasins qu'il ne fréquentait jamais d'habitude. Rien que pour son fils. Persuadé que l'important dans le présent était le temps passé à le chercher. La Foirfouille. Gifi. Même Emmaüs n'avait plus de secret pour lui. Au départ, il était parti sur un vase kitsch, encombrant mais tout de même de très bonne qualité. Victor pourrait connaître l'usine et estimer a posteriori l'objet. Sans savoir que c'était de l'occasion, il risquerait d'être content. Il lui fallut chercher encore. Dans sa quête, Jacques avait plusieurs fois ressenti une sorte de soulagement devant un objet mais n'avait jamais maintenu son niveau de satisfaction jusqu'aux caisses. Sauf quand il avait aperçu la cravate. Une merveille. Une cravate presque en soie, presque made in France, presque de bon goût. Légèrement à pois, mais pas trop non plus. Relativement colorée. Sur un malentendu, Victor pourrait penser que ça plaisait à son père et ne pas trop savoir comment réagir. Il avait complété son cadeau par un tablier de Venise, trouvé dans le bac des promotions mais, ça, Victor ne pouvait pas le savoir. Avec un petit mot. L'important dans les cadeaux, c'est avant tout le petit mot, non ?

En souvenir de mamie, bon anniversaire, ma crotte en chocolat.

Tous les ingrédients qui mettraient mal à l'aise son fils. La recette parfaite. Jacques, en se repassant la scène, partit dans un fou rire qui lui fit, un instant, oublier qu'un autre était en train de faire la sieste avec sa femme. Il faudrait qu'il lui envoie les papiers du divorce avant le suicide, pas de raison qu'elle touche son assurance vie vu qu'elle ne faisait plus l'effort de le toucher, lui.

Si Barbara avait vu son petit-fils déplier son tablier, sûr qu'elle aurait ri. C'est quand Victor analysa le filet mignon de sa mère que Jacques pensa aux médicaments. Victor disait : « Cuisson basse température ? », Jacques pensait : « Lexomil et whisky. » Mais il abandonna l'idée. D'abord, parce qu'il imagina que l'on devait baver avant de mourir d'empoisonnement aux médicaments et qu'il ne savait pas encore qui trouverait son corps, et si ladite personne était capable de prendre une photo. Avec les réseaux sociaux, on devait être méfiants. Quelle mort atroce qu'une mort avec la moustache mousseuse ! Et puis, il finit de se convaincre en se rappelant qu'un lavage d'estomac avait de grandes chances de le sauver, si, par malheur, il était retrouvé à temps. L'échec. Si tous ses copains réussissaient à se tuer dans les temps et d'une façon agréable, selon leurs volontés et que lui, il se ratait… Il avait raté son mariage, pas question de rater sa sortie volontaire. Impossible.

— Pôpa, ça va ? Tu as l'air ailleurs…

— Oui, Jacques, vous avez presque l'air de planer, ajouta l'ami.

— Tout va bien ? cria Laurence depuis la cuisine.

— J'ai acheté un coucou, un petit avion planeur, tu veux faire un tour avec moi Laurence ? répondit Jacques, sans préméditation aucune.

— Certainement pas, certainement pas. Tu as donc oublié comme j'ai peur de l'avion ?

Non, Jacques n'avait pas oublié, il se délectait juste d'une petite piqûre de rappel, pour le plaisir. C'est à ce moment précis qu'il eut une révélation. En avion. Il devait mourir en avion. Rien de tel, pour nourrir la phobie d'une ex-femme qui cuisinait encore son dessert préféré, que d'y associer un événement dramatique personnel. Tout avait du bon dans cette stratégie : il se vengeait un peu de Laurence et par la même occasion, il enquiquinait l'ami qui travaillait depuis des semaines Laurence au corps (il l'avait bien formulé ainsi, si, si) pour qu'elle l'accompagne en Australie.

— Un voyage en amoureux, avait-il répété.

Dix fois.

Manquant neuf fois de subir une déviation de la cloison nasale.

11

Ce repas de famille fit comprendre de nombreuses choses à Jacques. D'abord, qu'il était réellement d'accord pour participer au projet absurde proposé à l'enterrement de Lucien. Il n'avait plus aucune attache concrète en ce bas monde. Sa femme allait bientôt ne plus l'être et il gagnerait un nouveau rôle dans son quotidien pendant quelques semaines. Elle serait bien triste quelque temps, non ? Quant à son fils, c'était l'enfant de Laurence plus que le sien. Et ça l'avait toujours été. Il avait tenté de le mettre au sport, de partager avec lui différentes passions, le cerf-volant, la musique, la boxe. Mais ils ne trouvèrent jamais un axe d'intérêt commun. Jamais. Jacques s'était dit que, quand il serait grand-père, ça le rapprocherait de Victor, que les petits-enfants seraient un sujet riche, qu'il serait un merveilleux papi. Mais Victor n'avait pas de cœur et appelait les enfants des PDT (pertes-de-temps). Et le temps, c'est de l'argent, répétait-il à qui ne voulait pas l'entendre. Personne d'ailleurs, en général, ne voulait vraiment l'entendre. Victor n'avait pas trop d'amis et avec Aurore s'étaient envolés les espoirs de grand-parentalité de Jacques.

Juste avant le tiramisu, Jacques avait déjà pris deux décisions.

1. Il ne finirait pas grabataire dépendant de Victor. Jamais, plutôt mourir. Il s'imagina soudain dans une petite chaise roulante, laissé seul toute la journée dans un coin d'appartement aseptisé, une vague odeur de café accompagnant un baiser rapide sur le front. « Bonne journée pôpa, l'infirmière vient à dix heures. Je rentre tard. Amuse-toi bien. »
2. Il allait s'écraser, encore vaillant, contre une montagne. Il lui restait quelques mois pour prendre des cours de pilotage et apprendre à ne pas se rater. La tête de Laurence à l'annonce du crash de son ex-mari. La tête de l'ami quand il comprendrait qu'il irait en Australie seul.

La vengeance est un plat qui se déguste à petites bouchées, pensa Jacques en vérifiant la cuisson des pâtes de crise.

— À toi maman, dit-il en levant son verre, à Barbara !

— Un bon chianti n'a jamais tué personne, au contraire, ajouta-t-il pour se tenir compagnie.

Il lui restait à décider du lieu de l'accident.

S'il y a un truc que Jacques n'avait jamais réussi à faire, et ce n'était pas faute d'avoir essayé, avec une mère italienne qui avait tout tenté, c'était d'apprendre une langue étrangère. Ça rentrait par une oreille et ça sortait par l'autre. Aucune capacité de mimétisme auditif, rien. Même un simple « How are you ? » sonnait faux. Si faux que, même lui, n'y comprenait plus rien.

Cette idée de mort l'enchantait. S'écraser contre une montagne, se confronter aux éléments en sachant d'avance qui gagnerait. Ça lui rappellerait l'époque de ses combats de boxe, quand il allait au front conscient qu'il allait perdre. Ce serait une belle mort. Spectaculaire, rapide. Un feu d'artifice de ses pièces détachées. Partir en fumée dans une explosion sonore. Mélanger son corps à des éclats de mécanique. Il trouva ça magnifique. Une larme perla. Il lui fallait désormais trouver un pays francophone avec des montagnes. La Belgique le tentait bien, mais en termes de massifs rocheux… Le chianti monta et il s'imagina projeter son avion contre une montagne de frites et finir en particules de ketchup. Puis il conclut que la Suisse serait l'endroit parfait. Un peuple poli, courtois, calme. Vivre au ralenti pour une dernière année de vie, c'est bien. Ce serait comme une réduction du rythme de travail juste avant une fermeture d'usine. Il lui restait à enquêter sur les aérodromes et les villes suisses.

— Y'a plus qu'à, se dit-il en s'affalant dans son lit sans prendre le temps de lisser sa moustache, de retirer son jean ni même ses chaussons en cuir souple.

Il avait beaucoup trinqué avec Barbara. Juste avant de fermer les yeux, il sourit en se disant qu'il allait bientôt la retrouver.

Et une raison de plus.

Y'a pas d'âge pour être un fils à sa maman.

12

Mardi 9 juillet 2019.

Rémi jouait au petit chimiste dans sa chambre quand Marthe, sa mère, vint l'avertir qu'il avait de la visite. Ce qui était trop rare, à son goût. Elle aurait aimé que son fils ait des amis, surtout en ce moment. Perdre un père est quand même une situation traumatisante pour un gamin. Elle avait bien essayé d'aborder le sujet avec lui mais Rémi restait factuel. Oui, je sais que papa est mort, c'est vrai que c'est triste. J'aurais aimé que ça ne soit pas le cas, mais c'est comme ça, disait-il avant de demander la permission de retourner à ses expériences. Marthe se demandait si, un jour, cet enfant verrait les choses différemment. Ou juste normalement. Elle qui détestait entendre ce mot culpabilisait de l'utiliser, en pensée du moins. En attendant, elle laissait son fils cuver sa peine ou la nier, dans sa chambre. Elle, elle s'était remise au tricot.

Chacun sa façon de ne pas penser, après tout. Marthe était perdue dans le décompte de ses mailles, Rémi dans les millilitres à mélanger.

Jacques n'osa pas tout de suite l'interrompre. Le gosse lui avait fait un vague signe de la tête l'autorisant à s'asseoir sur son lit pendant qu'il terminait sa mixture. Un léger sursaut quelques minutes plus tard fit comprendre à Jacques qu'il avait dû s'assoupir. Devant lui, sur sa chaise de bureau à roulettes, Rémi attendait en le fixant derrière ses lunettes-masque. Déstabilisant.

— Rémi… tu te souviens de notre projet ?

— Le projet de mort commune ?

— Oui.

— Bien sûr !

Rémi retira son masque et ouvrit le tiroir de son bureau.

— Tout est prêt ! clama-t-il, fier.

Jacques feuilletait le dossier sans en revenir. Il y avait là-dedans des études sur le suicide dans tous les pays d'Europe, sur les différents médicaments à ingérer et résistant au lavage d'estomac, des explications sur l'intégration des molécules mortelles, leur vitesse d'absorption… Rémi avait même volé de la laine à sa mère pour s'entraîner à faire des nœuds coulants, au cas où un ami de son père opterait pour la pendaison, histoire de le préparer au mieux. Il avait listé toutes les compagnies aériennes qui desservaient Orly par ordre de confiance. Il ne savait pas encore quelle destination allait choisir chacun des petits vieux mais pas question de mourir en avion sur le trajet. L'intercalaire « Suicides célèbres » était encore vide, Rémi s'en excusa platement. Il n'avait pas eu le temps de finir mais il promettait que ce serait le cas pour la réunion de mise au point.

— Pas grave, risqua Jacques un peu perturbé.

— Sinon, pourquoi t'es là ? demanda Rémi.

— Je voulais savoir si tu étais toujours disposé à nous aider mais j'ai ma réponse.

Rémi ne répondit pas. Il ne répondait pas quand on ne lui posait pas de question. Lucien lui avait appris les mots-clés qui sous-entendaient un retour verbal de sa part sans interrogation claire. « Bonjour », « au revoir », « merci » en faisaient partie sans que Rémi comprenne réellement pourquoi. Jacques continua.

— Et je voulais te demander, c'est stupide, bon sang, si tu connaissais un massif montagneux en Suisse contre lequel on peut s'écraser facilement.

— S'écraser contre une montagne ?

— Oui, en avion.

Rémi attrapa un de ses stylos Disney, un Mickey, très enthousiaste. Une nouvelle idée pour compléter son dossier. Il n'y avait pas pensé. Malin.

— Laisse-moi réfléchir un instant. En attendant, tu peux lire.

Rémi tendit un magazine à Jacques qui y jeta un coup d'œil en se disant que jamais il n'aurait pensé que l'on puisse remplir quarante-trois pages en parlant uniquement de types de combustion.

— Allemand ou français ?

— Français.

Et il se replongea dans sa mémoire. Rémi avait décidé de n'utiliser Internet qu'en cas d'extrême urgence. Pour les informations nouvelles, bien sûr, il en faisait bon usage mais quand il estimait qu'il avait déjà croisé la donnée recherchée, il s'interdisait formellement de tricher. Il avait déjà passé vingt-deux heures à fouiller dans son cerveau, juste pour un prénom. Ferdinand ! C'est Ferdinand de Saussure ! avait-il crié, à deux heures du matin, seul.

— La pointe Dufour, conclut-il, les joues rouges.

En pleine combustion, pensa Jacques.

— La pointe Dufour… répéta Jacques.

Rémi ne répondit pas. Pas de question.

— Tu peux me donner plus de précisions, Rémi, s'il te plaît ?

— Oui, bien sûr. La pointe Dufour est le plus haut sommet de Suisse, il culmine à 4 634 m et se situe dans le canton du Valais, suisse bilingue. En Suisse bilingue, on parle allemand et français…

Rémi continua son exposé mais Jacques n'écoutait déjà plus. Il en avait capté l'essentiel. Au milieu du méli-mélo de mots, il avait entendu « Sion ». Sans doute un nom de ville pas trop éloignée de la fameuse montagne. L'important est qu'il y ait un aérodrome. Il vérifierait plus tard.

— Rémi, je dois y aller. Tu viens bien à la réunion de mise au point ?

— Oui. C'est dans exactement treize jours.

— Nous nous réunirons chez Gilbert avec comme prétexte une vente de couches à domicile similaire à une réunion Tupperware.

— Je me souviens.

Rémi referma son dossier, le rangea dans son tiroir, rechaussa ses lunettes-masque et attrapa de nouveau ses éprouvettes en saluant vaguement son invité.

Marthe réussit à s'éloigner juste à temps de la porte avant que Jacques ne sorte. Elle se dit, après son départ, qu'elle devrait penser à se faire appareiller : elle n'avait capté que des bribes, la Suisse, le nom d'une montagne et une réunion de couches Tupperware. Pour sûr, ses oreilles lui jouaient des tours.

13

Digoxine

La digoxine s'extrait facilement de la feuille de digitale laineuse. Diminue la fréquence cardiaque. Une des substances les plus toxiques au monde, par arrêt cardiaque. Pour 0,015 mg/l de sang, temps de mort : une demi-heure.
Efficace, voir l'affaire Rodica Negroiu et l'affaire Simone Weber.
Intéressant.

Marthe tournait les pages.

14

La réunion approchait. Plus que onze jours et Rémi n'était pas prêt. Il craignait d'être pris au dépourvu. Ce qui ne lui réussissait que très peu. Affronter une situation sans avoir toutes les cartes en main risquerait de déclencher un nouvel « événement », comme sa mère avait appelé l'incident du cours de géo.

Il était encore au lycée. Il s'était présenté, un jour de contrôle, en connaissant la leçon par cœur. Il aurait su situer la moindre ville d'Asie mais ne maîtrisait pas les disparités géographiques et économiques du continent africain pour autant. Lorsqu'il avait reçu la feuille de questions, Rémi était passé directement au stade 2. Marthe lui avait appris à reconnaître ses propres niveaux de nervosité et elle seule savait stopper les crises de son fils, avant le stade 3. Après, c'était peine perdue. L'unique option était alors de se mettre en position latérale de sécurité, sous un meuble, et de n'en ressortir que lorsque plus rien ne tremblait. PLS !! criait alors Marthe avant de rouler sous la table. Mais, dans cette salle d'examen, ce jour-là, Marthe n'était pas présente et Rémi avait beau crier « PLS ! », personne ne bougeait. Avant ça, bien au chaud dans son stade 2, Rémi avait essayé de comprendre les questions qu'on lui posait et de rassembler ses vagues connaissances sur le sujet. Il réussissait relativement bien l'épreuve de concentration jusqu'à ce que, en une seconde, il passe au stade 4. Maxime Dupuis avait prononcé la phrase de trop.

— Alors, Rémi, t'es content de connaître toute la géo de l'Asie ?

Et Rémi s'était alors souvenu que c'était Maxime qui l'avait orienté vers la mauvaise leçon. Il n'avait rien répondu. C'était pourtant une question. Et même pas implicite. Il s'était levé, regard froid, gestes lents et avait entrepris de vider la trousse dudit Maxime, stylo après stylo, les envoyant valser dans toute la salle d'examen. Au professeur qui s'était approché pour mettre de l'ordre, Rémi avait montré un compas, à hauteur de son visage, sans un mot. Monsieur Delafeuille était retourné s'asseoir à son bureau, espérant que la tempête passe. Une fois la trousse soigneusement vidée, Rémi s'était approché de Maxime, lui avait souri et avait déchiré la copie de l'élève modèle, en un nombre incalculable de morceaux que seul Rémi comptait, minutieux. Et, brisant ce silence épais, Rémi s'était mis à hurler « PLS !!!!! » sans que personne comprît. Rémi retournait tout sur son passage. Arrivé dans le fond de la classe, il s'était mis lui-même en position latérale de sécurité, sous la table d'une camarade dont il était amoureux en secret depuis qu'il l'avait croisée devant son casier. Bien sûr, Rémi n'appelait pas ça de l'amour, ou de l'attirance, ou de l'émotivité romantique, il aurait simplement dit, si quelqu'un l'avait interrogé, que c'était une passion comme une autre. Il aimait la regarder comme on aimerait observer des maquettes en bois. Bien sûr, le coup de la PLS sous la table n'avait pas séduit la jeune fille qui se souviendrait toujours de Rémi comme d'un être… à part.

Il ne lui restait donc que onze jours pour se préparer, et pas question de ne pas avoir toutes les infos et le matériel le jour J.

Douze cases restaient à cocher.

Il décida par conséquent de se rendre en ville, d'abord à la papeterie puis au magasin de maquettes. Ensuite, il irait boire un café là où son père allait de temps en temps histoire d'annoncer son décès à qui l'ignorait encore. À l'enterrement, il n'avait vu personne de cette bande-là et cela avait perturbé le scénario qu'il avait minutieusement répété dans sa tête la veille. Il devait savoir pourquoi.

Ce même jour, à Orléans, François s'était réveillé un peu anxieux. Il n'avait aucune idée de la façon de procéder pour animer une réunion Tupperware de culottes ouatées. Il vendait bien en face-à-face, avait travaillé pendant des années un dialogue sur les couches, question du client, réponse argumentée et chiffrée, toujours chiffrée. Ça marchait plutôt bien. Mais voilà, ils avaient augmenté les tarifs de Center Parcs et sa femme, Cécile, ne voulait pas aller ailleurs en vacances. Je suis habituée, disait-elle. Elle affirmait que les enfants seraient perturbés de modifier leurs vacances pour cause de baisse de pouvoir d'achat. François aurait pu rétorquer que leur pouvoir d'achat n'avait pas baissé, d'ailleurs il avait même un peu augmenté malgré le fait que Cécile soit en congé parental, encore. Il aurait voulu répondre que ce n'était pas de sa faute si Center Parcs se prenait pour un Club Med en République dominicaine. Il aurait voulu dire aussi que Martin et Lucie se fichaient totalement de l'endroit où ils allaient en vacances, réclamant à cor et à cri d'aller chez leur mamie Colette, à Châtellerault. Mais François ne dit rien, François n'avait jamais été un grand courageux. Il devait donc cravacher pour augmenter son pouvoir d'achat qui, comme on l'a vu précédemment, n'avait pas baissé.

Il le pressentait, les ventes en groupe à domicile étaient l'avenir de sa profession mais il avait beau se répéter cela, il ne savait toujours pas comment s'y prendre. Heureusement, le soir même, Cécile l'avait inscrit à une réunion de robots cuiseurs, chez leur voisine, qui, à chaque réunion chez elle, gagnait un livre, qu'elle exposait comme un trophée dans sa cuisine rouge laquée ouverte sur une pièce de vie, carrelage au sol, tout pareil que chez le voisin de droite et que chez le voisin de gauche. François, en arrivant, alla directement chercher une bière dans le frigo.

— Pardon, dit-il, penaud face au regard de feu de la maîtresse de maison, c'est qu'on a le même frigo, au même endroit, à la maison, à côté, on est voisins.

— Je sais qu'on est voisins, répondit la voisine.

Pendant toute la démonstration, François prit des notes, qu'il tacha de velouté de légumes parfaitement lisse dont la faible quantité de matière première pour le résultat en décilitres de soupe le bluffa. Ce que c'était bon.

« Offrir un livre à celui qui invite », écrivit-il sur son carnet. Un livre sur les couches ? « Un livre de photos de personnes âgées mais pas trop, en couche devant des paysages connus. Souriants. Sereins. Devant les Dix Merveilles du monde », poursuivit-il. À moins qu'il y en ait moins. Il regarderait sur Internet, plus tard. L'heure était à l'inspiration. Enfin, c'est ce qu'avait dit Cécile. Il conclut de tout ça que faire participer les clients était efficace. Il avait adoré monter lui-même les petites brochettes de poulet. Il ne lui restait plus qu'à trouver une idée d'atelier pour la réunion qu'il animerait. Il y penserait plus tard. L'heure était à remplir des papiers. Ça le barbait mais c'était un échange relativement juste si l'on considérait le repas gratuit dégusté en bonne compagnie.

— Alors, cette réunion ?

— Bien. Par contre, tu devras patienter sept semaines avant de goûter au velouté…

François embrassa chaleureusement sa femme dans le cou.

— Comment ça, goûter au velouté ? dit Cécile, le petit dernier au sein.

— Il y a sept semaines entre la commande du Thermomix et la livraison, précisa François qui s'étonna que sa femme n'ait pas compris ce qu'il avait dit précédemment.

Elle avait pourtant l'esprit vif.

— François ? Ne me dis pas que tu as commandé un Thermomix…

— Bah si, c'est toi qui m'as envoyé à cette réunion…

— Je t'ai envoyé à cette réunion, comme tu dis, pour que tu observes les techniques de vente, pas pour que tu dépenses l'équivalent de l'augmentation de la semaine de vacances dans un robot à soupes.

— Mais ça cuit aussi la viande !

Cécile choisit de ne pas répondre. Elle trouverait une solution le lendemain. Sûre qu'il y avait un délai de rétractation. De temps en temps, rarement parce que ça serait oppressant, Cécile pensait que sa belle-mère avait raison : François était souvent con comme une valise sans poignée. Et puis le filtre de l'amour faisait de nouveau effet et elle concluait que chacun avait droit à ses petits moments d'égarement. De toute façon, elle réussissait toujours à arranger les choses, comme quand François avait inscrit Martin à l'école de ski pour l'année suivante à la place de la semaine suivante, enchanté par les tarifs étonnamment bas ; comme quand il avait acheté un superbe tracteur-tondeuse quand ils vivaient encore en appartement – « Mais il tond super bien, je t'assure » avait été le seul argument pour ne pas annuler l'achat ; ou comme quand il avait dit oui à leur fille pour un piercing au nombril. « Mais elle en veut un, si ça lui fait plaisir, après tout… » n'obtint même pas en réponse : « Mais elle n'a que sept ans. »

François était déjà dans son bureau, prêt à renoncer à ses projets de soirées-velouté, pour tenter de plier des couches en éventail. Une façon d'occuper une soirée comme une autre. Qui n'a jamais fait ça lève la main.

Ce même jour donc, mais un peu plus tôt, Rémi arriva à Châtellerault. Il descendit au bon arrêt de bus, « Blossac », répétait-il pour lui depuis déjà douze minutes de peur de le louper.

— Blossac ! cria-t-il juste avant que le chauffeur stoppât le bus.

Il faisait relativement beau et Rémi ne croisa personne, deux arguments pour le mettre de bonne humeur.

— Stade zéro, murmura-t-il en faisant un léger pas chassé.

La papeterie semblait n'attendre que lui. Rien n'avait bougé depuis sa dernière visite. À part peut-être les stylos-plumes un peu plus loin, dans le bac rose.

— Bonjour ! lança-t-il, dans son élément tout à coup.

Il n'obtint aucune réponse.

Stade un, constata-t-il, déçu.

15

Il s'approcha de la vendeuse qui se faisait sécher les ongles derrière son petit comptoir. Quatre jours qu'aucun client n'avait foulé le seuil de la papeterie. Quatre jours qu'elle regardait ses ongles écaillés, dépitée, mais se refusant à prendre sur son temps de travail, ou plutôt d'ennui, pour se faire belle. Et à peine avait-elle fini la main gauche, la dernière, qu'il était entré. Rémi Fléchet. Elle était avec lui au lycée, et était présente le jour du contrôle de géographie, et d'autres fois aussi, qu'elle avait préféré oublier.

— Le mot « bonjour » bien que non suivi d'un signe de ponctuation marquant l'interrogation appelle une réponse.

— Bonjour, pardon, je n'avais pas entendu. En quoi puis-je vous être utile ?

Elle me vouvoie pensa Rémi, comme si je ne l'avais pas reconnue. Grognasse.

— En rien, à moins que j'aie besoin d'un renseignement sur les manuels scolaires ou les techniques de manucure.

Elle resta silencieuse en se promettant de ne plus se faire les ongles au travail de peur que cela n'attire Rémizarre, comme ils l'appelaient.

Rémi parcourut la papeterie en prenant son temps, remplissant son panier d'articles utiles pour ses prochains dessins, aquarelles et pastels, mais surtout pour la fameuse réunion mise au point. Du papier coloré, des ciseaux crantés, des rollers et des stylos-billes, quatre de couleurs différentes, quatre trousses également, des carnets et des pochettes cartonnées.

Dans sa tête et plus ou moins en silence, il cochait des cases. Armand, fait. Couleur pour Martial… bleu. Je prends quand même pour Gilbert.

Rémi continua à remplir son panier, alternant moments d'immobilité et gestes vifs pour attraper les articles dans les rayons.

Il hésita à lire quelques quatrièmes de couverture, pour le plaisir, mais regarda l'heure. S'il voulait aller au magasin de maquettes, il devait payer et partir. Il ne se demanda pas vraiment s'il voulait y aller, c'était sur son programme et c'était tout.

Il craqua pour un Mirage 2000. Son avion de chasse préféré. La maquette était superbe. L'emballage disait que la peinture fournie permettait de reproduire à l'identique les rayons du soleil à peine filtrés par les nuages sur l'acier de l'avion. Il rangea le paquet dans son sac à dos, heureux par avance des heures qu'il allait passer à assembler son œuvre. Après la réunion, bien entendu.

À peine eut-il de nouveau posé le pied sur le trottoir qu'il visualisa une case vide. À cocher. Aller au

Carlingue, le bar où son père avait ses habitudes ponctuelles. Lucien restait cependant fidèle à son QG de Richelieu, il fallait soutenir l'économie locale avant tout. Mais, de temps en temps, un vrai whisky à la ville lui faisait plaisir.

Lorsqu'il poussa la porte du bar, il constata que l'air y était épais. Dans le fond, ça fumait. Rémi se retint de réciter le texte de loi qu'il connaissait par cœur, il était déjà là pour annoncer une mauvaise nouvelle. Concentré sur son trajet porte d'entrée-comptoir, il ne remarqua pas les nombreux coups de coude qu'avait provoqués son arrivée. Il nota à peine la sortie discrète de quelques clients. Un hasard sans doute. Arrive toujours le moment de quitter le bar, après tout. Rémi retira sa veste en jean, la plia soigneusement, la posa sur le comptoir, installa de nouveau son pull jaune sur ses épaules et s'éclaircit la voix.

— Je vous annonce ce jour le décès de Lucien Fléchet, mon père et, par la même occasion, mon étonnement de ne pas vous avoir vus à son enterrement, pour ceux qui le connaissaient, bien sûr.

Silence d'à-propos.

Le patron se chargea de répondre.

— Toutes nos condoléances gamin. C'était un brave type, Lucien. Mais on était au courant, tu sais. Peut-être que certains étaient occupés, ou d'autres n'ont pas osé se pointer. Pour ta mère.

— Ma mère ? répondit Rémi, ne voyant pas ce qu'elle venait faire dans cette affaire.

— Oui, tu comprends, Lucien il buvait pas mal quand il venait là, et deux ou trois fois, il s'est pris une soufflante, alors on n'a pas voulu remuer le couteau dans la plaie. Et puis…

Le patron reprit son souffle.

— Et puis… les potes de bar, on les écoute, on les titille, on leur paye des coups, on les enterre pas.

Une vague silencieuse d'approbation envahit le café. Seul un groupe n'écoutait pas ce qui se passait et ricanait.

Rémi se tourna vers eux après avoir commandé un café et un whisky, celui que Lucien buvait.

— Tiens gamin, à notre bon vieux Lulu, dit le patron en se servant la même chose.

— Quelque chose vous fait rire ? demanda Rémi au petit groupe.

Personne ne bougea.

— Quelque chose vous fait rire ? demanda de nouveau Rémi en accentuant la tonalité interrogative, au cas où.

— Non. Rien, répondit un jeune type avec qui Rémi était au lycée mais qu'il ne reconnut pas.

Rémi, non satisfait par cette réponse, fut tout à coup envahi par les effluves d'alcool. Son regard changea. Le garçon murmura à sa copine :

— Oh non, Rémizarre, le retour.

Elle pouffa.

Stade 3.

Le patron écrasa sa deuxième cigarette et cria, comme le lui avait enseigné son pote Lucien :

— PLS !!!

16

Dans la vie, comme Pablo Escobar, Armand avait toujours procédé par élimination. Si vous lui demandiez de vous parler d'un choix qu'il avait fait sans agir de la sorte, Armand serait très embêté. Et peut-être un peu effrayé, puisqu'après tout, il ne vous connaît pas et que c'est une question étrange. Non ?

Armand s'appelait ainsi parce que sa mère, sa regrettée mère, rêvait d'un fils charmant. Faute, il faut l'avouer, d'avoir trouvé le prince (charmant) pour le concevoir. Elle vivait une vie parfaitement évolutive, un beau mariage, un très beau parti à dire vrai, mais aucune magie dans son quotidien. Elle comptait beaucoup sur ce fils qui, d'ailleurs, fit son bonheur. Moins celui de son mari, ce qui, secrètement, la remplissait encore plus de joie. Armand était adorable, charmeur, volubile, intello. Alors qu'il était destiné à être pragmatique, à avoir la fibre commerciale et à reprendre l'affaire familiale. Ce qu'il fit. Par élimination. Puisque son père le menaça de lui couper les vivres. Dans la balance pesait un autre choix, celui de vagabonder dans les rues, abordant des sujets existentiels avec des interlocuteurs improvisés. Mais Armand aimait les débats autant qu'il aimait l'argent, le luxe, et les années 1930, mais ça, c'est une autre histoire. Il devint donc, à la suite de son père, directeur général de l'entreprise Poupineau, leader du radiateur dans l'Hexagone. Les premiers clients à vivre le changement furent ravis. Il courut le bruit que le fils Poupineau était un partenaire commercial en or. C'est l'époque durant laquelle Armand se mit au veston, au foulard et à la pochette en soie. Dandy commerçant, selon ses propres termes. Plus tard, il ajouta à sa panoplie quotidienne le béret, la barbe taillée, pas encore à la mode pourtant. Armand avait du charisme. Sa mère exultait. Son père pestait. Armand ajustait les prix selon les connaissances philosophiques du client, au feeling, répétait-il à son père qui envisagea d'abandonner le doux repos que lui avait promis la retraite. Dans son coin, Jean, son petit frère, se préparait, coaché par sa compagne qui ressassait que c'était injuste que l'Autre ait eu la direction, rêveur qu'il était alors que son Jean avait la tête sur les épaules. Lui. Elle finit par gagner et obtenir le titre de femme de directeur général. Armand céda sa place. Les courbes qui chutaient le déprimaient. Il ne savait pas exactement à quoi elles correspondaient mais les graphiques présentés en réunions générales étaient d'une laideur. Et puis, il n'avait plus le temps de lire avec tout ça, et encore moins de converser. On élimina son nom de l'organigramme de la société, le poussant à partir avec une enveloppe grâce à laquelle il acheta un petit appartement dans le centre de Tours et un immense tas de livres de philo. C'est alors qu'il rencontra deux femmes le même soir. Erin et Carmen. Une Tourangelle et une Madrilène. Les deux le séduisirent. Chacune à son moment de la soirée et chacune à sa façon. Erin paraissait solide, une bonne mère de famille à coup sûr. Carmen était fantasque. Une compagne idéale, selon lui. Il lista les pour et les contre et, par élimination, décida de revoir Carmen, optant pour l'exotisme de l'ensemble, accent, peau dorée, passion en commun pour l'art déco, et puis Carmen était plus jeune. Un meilleur pari sur l'avenir, en somme. Tout fut rapide entre eux, en quelques semaines, ils emménagèrent ensemble, entre les livres. Et un soir, Carmen lui avoua son rêve le plus fou : avoir un jour une maison avec un pont au fond du jardin. Six mois plus tard, ils achetaient une maison à Richelieu avec un pont au fond du parc et de beaux radiateurs Poupineau. La ville fut choisie par… élimination, les maisons avec pont se faisant, mine de rien, rares.

L'arrivée du dandy fit jaser dans la petite ville. On lui proposa rapidement deux boulots. Par élimination, Armand devint prof de philo au lycée. Où il rencontra Lucien, un brin plus jeune que lui (mais l'âge n'est qu'une succession de chiffres), et le reste de la bande.

Carmen et lui furent heureux de nombreuses années à Richelieu, elle, traductrice, lui, prof. Ils conversaient des heures et faisaient, selon eux, l'amour comme personne. Mais comme il est impossible de comparer réellement sa vie sexuelle avec celle de ses voisins, il est aisé de croire ce que l'on désire. En tout cas, quand Carmen sentait arriver la chaleur de la peau de son Armand, elle laissait s'installer les frissons que l'habitude n'amoindrissait pas. Armand, lui, réagissait à l'accent chantant et au regard de sa douce. Ils se caressaient pendant des heures, il lui parlait de théories philosophiques folles, elle lui récitait des poèmes dans sa langue maternelle. L'unique détail qui avait plusieurs fois failli percer leur nuage était que l'enfant attendu n'arrivait pas. Armand tentait de théoriser le problème. Carmen l'écoutait, au début. Puis pleurait quand ils en parlaient, puis pleurait quand elle croisait une poussette ou que leurs amis accueillaient un nouveau-né dans leur foyer à eux. Et puis, dans le fond de son ventre, Carmen développa quelque chose de bien présent, de bien réel, qui grandissait doucement mais sûrement en elle. Une mauvaise herbe. Un cancer.

Armand la séduisait toujours, riait, dansait dans la pièce quand elle se tordait de douleur. Il l'invitait pour une valse, il ralentissait le pas. À la fin, il la portait comme une enfant et il tournait en plaisantant. Mais, malgré ses efforts, l'image de Carmen s'effaçait petit à petit de son corps, de ce corps qu'il avait tant chéri, tant caressé, dont il connaissait les contours par cœur et par raison. Ce corps qui pourrissait de l'intérieur et duquel disparaissaient les marqueurs familiers, cheveux, sourcils, sourire. Le jour où il réalisa que Carmen n'était plus qu'une façade, il lista les raisons pour lesquelles il était préférable que lui meure mais qu'elle reprenne vie. Il avait alors coiffé son béret, plié soigneusement sa pochette, noué son foulard et s'était rendu à l'église où il avait, au pied de la croix de Jésus, exposé froidement les faits. Il avait supplié le messie, son père, ou même son frère et ses cousins de l'emporter, lui. Mais Dieu n'opérait pas par élimination, personne ne savait comment Il choisissait ni n'avait le pouvoir de Le guider vers un autre chemin. L'écho divin ne répondit jamais. Deux mois après, Carmen partait dans un monde qu'il la laisserait affronter seule, culpabilisant de ne pas la suivre. Depuis leur rencontre, il l'avait toujours accompagnée partout, il avait toujours anticipé les potentiels dangers auxquels elle pourrait être confrontée. Il se sentait investi d'une mission, être à ses côtés. Il avait en quelque sorte failli à son devoir. Et ce n'était pas faute d'avoir essayé.

Ensuite, il avait vagabondé, silencieux et inerte, et la vie avait repris sa place en lui, comme elle sait le faire dans des endroits improbables ou désertés.

Désormais, l'idée de rejoindre sa Carmen le séduisait mais il devait choisir où et comment. Bien sûr, il partirait dans un pays hispanophone. Il les lista. Il écrivit aussi ses critères de fin de vie et le luxe ressortait largement dans ses exigences. Il faisait glisser son doigt sur les différents pays d'Amérique latine, les paysages verts de Colombie, les temples crème du Mexique, les plages blanches du Costa Rica, les montagnes grises du Chili, les plaines ocre d'Argentine… avant de se rendre à l'évidence : il ne possédait pas le courage de l'Amérique latine.

Il allait se résoudre à l'Espagne quand il fut traversé par un éclair de génie. Miami ! Mais bien sûr. Tout y était réuni, le soleil, la langue (si vous ne le savez pas, et Armand ne vous en voudra pas, il est possible de vivre à Miami en ne parlant pas un mot d'anglais, tout le monde y parlant espagnol) et le luxe. Sans oublier les façades années 1930 qui auraient tant plu à Carmencita.

Il se mit à danser, lissant son veston entre deux mesures. Il avait mine de rien déjà parcouru cinquante pour cent de son chemin décisionnaire.

Plus qu'à trouver comment se tuer maintenant. Il avait toujours imaginé que Carmen et lui mourraient en même temps. Une mort commune, un accident de voiture fatal et romantique par exemple, tout partager, jusqu'à l'heure de la mort. Ça aurait été magnifique. Il en rêvait. Enfin, tout est relatif. Mais il n'avait pas su attraper un cancer comme on attrape une grippe. Et ça n'avait pas été faute de mélanger leurs fluides. Maintenant, il devait se remuer les méninges, et vite.

Il pensa ingestion de médicaments mais il visualisa aussitôt une pompe à lavement. L'horreur.

Se jeter sous un train était quasiment séduisant, rapide, efficace mais sous-entendait que Carmen risquait de ne pas le reconnaître à l'arrivée. Il l'imagina, un bras arraché à la main, demandant aux anges ou autres compagnons de paradis si quelqu'un était en mesure de lui assurer que c'était bien celui de son mari.

Il conclut, par élimination, que la pendaison était la solution la moins pire. Quand il pensa « la moins pire », il se dit qu'il était trop fatigué pour penser correctement.

Le lendemain, alerte, du moins pour son âge – il approchait tout de même, comme ses camarades de suicide collectif, des quatre-vingts balais –, il décida que son critère principal était l'apparence de son corps après désertion de la vie. Il tenait à être beau même vidé de sa substance vitale. Il lui fallait une mort violente non violente.

Sans trop savoir pourquoi, il lista ses points forts et ses points faibles. Allure, charisme, capacité de séduction, verve… Un genou peu obéissant, un corps un peu mou, ayant manqué d'activité sportive, il se rattraperait à Miami, quoique le cardiologue lui eût conseillé de ne pas forcer. Laissant vagabonder son esprit décisionnaire, il eut comme une révélation. Le cœur ! Il la tenait sa mort violente non violente : finir de le faire lâcher. Depuis la mort de Carmen, il souffrait d'une faiblesse cardiaque. Ce qui lui semblait logique. La première fêlure était apparue le jour de l'annonce du cancer. La nouvelle fut tranchante, la fissure, nette. Et certains mots-clés l'avaient empêchée de se refermer. Voire l'avaient creusée. Une pincée de sel par-ci, une autre par-là. Chimio. Rayons. Métastases. Récidive. Phase terminale.

Carmen lui avait légué une insuffisance cardiaque tardive. Autant en tirer profit maintenant.

« Faisons de nos points faibles nos atouts ! » lui avait toujours, jusqu'à ce moment précis de sa réflexion, semblé un adage stupide. Armand fit la liste de tout ce qui était déconseillé à ceux qui avaient des soucis de cœur. L'idée de se tuer par sensations fortes l'excita tellement qu'il dut se calmer pour ne pas mettre immédiatement le projet à exécution. Il se renseigna : une crise cardiaque n'altérait que légèrement les traits du visage. Parfait ! Après quelques mois à Miami, il serait bronzé et la mort ne le défigurerait pas. Carmen le reconnaîtrait malgré ce qu'avaient dessiné les années sur sa peau. Elle le reconnaîtrait et elle l'aimerait. Pourraient-ils se toucher au paradis ? L'idée de cette mort prochaine le fit sourire. Puis, il revint à la liste.

Éviter les relations sexuelles trop intenses.

— Pas de risque, Carmen, dit-il en regardant sa montre, fidèle un jour, fidèle toujours !

Montre qu'elle lui avait offerte et à laquelle il parlait quand il voulait encore s'adresser à elle. La liste des choses à éviter (de ne pas faire) se remplit au fil des jours, remplissant, par la même occasion, sa jauge de bonheur.

C'est fou ce que l'idée de mourir peut parfois colorer la vie.

17

Scopolamine

La scopolamine, drogue du zombie et du parapluie. La scopolamine est l'équivalent du sérum de vérité, en dangereux. Ses consommateurs perdent la raison et la capacité de décision. En grosse quantité, elle peut être mortelle. Poison appelé Souffle du diable en Colombie.
Utilisé par les agents secrets, intéressant. Et par les violeurs et voleurs.
Poison trop médiocre finalement.

Marthe fut tentée de refermer le carnet.

18

— Et toi, Gilbert, t'en es où de ta réflexion ?

— Quelle réflexion ? répondit celui-ci.

— Mais tu sais bien, le projet secret, murmura Armand.

Gilbert soupira et changea de sujet. Déjà que ça l'obsédait. Comme si on venait au bar pour parler de vrais sujets, maintenant. On vient pour couper avec sa vie ou avec sa mort, peu importe. On vient pour claquer la porte sur ses problèmes, ses soucis, ses interrogations. Parfois, l'alcool les fait entrer de nouveau, mais on s'en rend moins compte. Quand on ferme la porte sur l'extérieur et qu'on grimpe sur le tabouret haut, on est bien.

— Vous avez vu le père Dupuis, la construction qu'il fait sur son terrain ? Sûr que c'est pas ce qu'il a déclaré, le salaud.

— Oh bah, si on faisait la liste de tout ce qui n'a pas été déclaré… D'ailleurs Gilbert, ton cabanon…

— Chuuuuut, lui intima Gilbert. C'est pas pareil de construire un abri de jardin d'à peine plus de vingt mètres carrés et un immeuble quand on a déclaré une grange, si ? susurra-t-il.

De l'avis général, on passa à autre chose.

Armand revint à la charge et même si Gilbert ne lui répondait pas, une phrase le bouleversa plus que les autres. Une simple phrase comme une graine qui, en poussant, fissura ses projets futurs.

— Donc tu n'en es pas ? Tu préfères que quelqu'un d'autre décide de ta façon de mourir. OK, c'est ton choix, mon pote. Moi, j'ai tout choisi, par élimination, et bon Dieu que j'suis sûr de moi. Mais, tu sauras tout ça le 21, pour la réunion, pas avant. N'insiste pas.

Gilbert n'insistait pourtant pas.

S'ensuivit une partie de tarot plutôt bruyante. Gilbert qui, d'habitude, aurait houspillé les bavards, semblait dans son monde. Se laissant fissurer de l'intérieur par la graine.

« Que quelqu'un décide pour toi. »

19

Un connard qui conduirait comme une buse.

Un vieux à béret qui louperait une priorité à droite ou un A qui aurait trop bu et me faucherait sur un trottoir.

Une maladie idiote mais efficace, contagieuse ou non, rapide ou non. Douloureuse ou non. Le résultat étant le même. Clamsé, le Gilbert. Et sans le moindre espoir de choix de quoi que ce soit.

Gilbert listait tout ce qui pouvait décider de sa mort à sa place.

Un bus qui ne m'aurait pas vu. Un vieux qui passerait sous un bus devant des écoliers médusés, traumatisés à vie en plus de ça, ce serait moche. C'est bien une mort que personne ne choisirait, ça. Et pourtant, ça arrive. Et nous, on vit notre vie, égoïstes, dans notre coin, sans même penser aux vieux qui meurent écrasés par des bus.

Une voiture qui me faucherait à vélo. J'ai toujours dit que le vélo, c'était craignos, maintenant y'a des casques, cela dit. Bof, le ridicule ne tue pas mais il devrait peut-être, parfois.

Il pensa qu'il n'y avait pire injustice que de ne pas décider de sa propre mort. Toute notre vie d'adulte, on nous forçait à décider de plein de choses, de détails insignifiants mais sur lesquels il fallait quand même trancher, la couleur des rideaux par exemple, impossible de dire à la vendeuse « Comme vous voulez », jusqu'aux sujets plus importants, le travail par exemple, lui, il aurait aimé faire chaque mois un travail différent, il aurait gardé les mêmes collègues par contre mais quel plaisir de changer d'activité. Et puis, le prénom des enfants, tu parles d'un choix… Mais la décision de notre propre façon de quitter la vie nous était toujours volée. Sauf dans le cas de ceux qui ont eu le courage de taper du poing sur la table et de confectionner leur propre nœud coulant.

Un mégot de cigarette entraînant un incendie autour de moi. Un petit con qui déciderait, en jetant sa clope dans la pampa, de l'heure de Ma propre mort. Un petit con que je ne connais ni d'Ève ni d'Adam.

Une fuite de la chaudière, inodore, incolore, imprévue. Un défaut du mécanisme ou l'erreur humaine d'un chauffagiste révisant la bête. Un loquet non clipsé et bim ! Au revoir Gilbert. Finies, les parties de tarot avec les copains, fini, le ballon de chinon qui va avec, c'était bien la peine de s'inquiéter tant pour mon diabète, tiens.

Une fuite de la gazinière, ou simplement un gamin qui ouvrirait une vanne en passant. Personne ne s'en rendrait compte et pim, la factrice qui sonne, la maison qui explose. Ça ferait de l'animation dans le bourg. Il ne pouvait pas faire ça à la factrice, non.

Plus il listait, plus son cœur s'emballait d'indignation.

Un fou furieux qui dézinguerait tout le monde dans un centre commercial et qui m'abattrait parce que j'ai mis trop de temps à choisir la marque des petits pois-carottes. Parce que j'aurais dû partir dix minutes avant mais que je réussis de moins en moins à lire les étiquettes. Encore une décision du quotidien idiote, ça. Toutes les boîtes de petits pois-carottes sont immangeables de la même façon, en plus. Trop cuit, trop orange, trop acide.

Un réacteur d'avion qui exploserait en vol l'unique semaine de mes vacances et ferait s'écraser l'engin. Encore faudrait-il que je prenne l'avion. Ou, avec la chance que j'ai, je pourrais être en dessous, sur un des transats de mon jardin minable et prendre un morceau d'acier dans la gueule.

Un glissement de terrain provoqué par mère nature sous mes pieds, juste sous mes pieds. Je serais alors englouti dans une faille spatio-temporelle me menant au Jugement dernier. Sans correspondance.

Une tornade qui m'emporterait jusqu'à l'océan, mon bel océan, bleu miroir, où je me noierais comme une merde.

La liste finit par rendre notre Gilbert un brin vulgaire.

Un putain d'orage qui s'abattrait sur moi, et pas sur un autre.

— Cible atteinte, prononça-t-il alors avec une voix grave avant de se mettre à rire.

Un doigt qui traînerait dans une saloperie de prise, quoiqu'il serait intéressant de se renseigner, est-ce que mettre les doigts dans les prises modernes est encore un danger ou est-ce une légende telle que « regarder le micro-ondes grille des neurones » ou « observer la lune rend fou » ?

Tout à coup, tout semblait ligué contre lui. Tout lui paraissait être un danger. Si ça continuait, il allait croire aux théories du complot ou finir par craindre que des extraterrestres ne le kidnappent. Même envisager que la Terre est plate, que les vaccins tuent les gens, que les étrangers sont la plaie de l'univers. La terreur rend vite idiot. Pour contrer ses angoisses, Gilbert fit ce que tout homme a tendance à faire : chercher à être câliné. Édith accueillait ces réminiscences d'enfance avec tendresse. Elle se disait que la mort de Lucien y était pour quelque chose, que son gros nounours de mari était triste, désorienté. Et Gilbert se blottissait contre elle et en elle comme si c'était, chaque fois, la dernière fois.

Oui, tout était toujours une histoire de décision, de la couleur des rideaux au choix de vivre avec sa femme ou de se suicider avec les copains.

20

21 juillet 2019.

On y était. François, Gilbert, Armand, Martial, Jacques, tout ce petit monde se préparait pour la fameuse réunion. Chacun à sa façon. Bien sûr, n'oublions pas Rémi qui avait bouillonné toute la veille comme un futur marié. Inquiet, excité, dubitatif et enfin courageux. Tout ça pour se réveiller ce fameux matin du 21, serein et sûr de lui. Les douze cases étaient cochées, l'une après l'autre. Un joli V de victoire, caressant d'abord le papier et finissant en un crissement d'encre vainqueur. Y'a plus qu'à, se répétait-il, en se rasant de près, en déambulant dans le village comme s'il venait d'être élu maire, en sirotant son café comme l'aurait fait la reine d'Angleterre, petit doigt levé. Y'a plus qu'à.

Il avait largement fait sa part du boulot et avait hâte de voir si les petits vieux aussi. Il avait parié avec lui-même qu'au moins un d'entre eux choisirait la pendaison, la facilité, le premier résultat Google sur la manière d'en finir. Il avait même prévu que deux d'entre eux opteraient pour la même mort ou le même endroit. Pour ces cas de figure, il lui suffirait de sortir ses cartes suicide, dans le soufflet droit de son carnet. Il avait trié les différentes morts possibles par grade. Grade de banalité, grade de douleur, grade de conservation de l'image corporelle originelle et enfin, grade de facilité. Pour ce qui était des lieux, tout était également au point. Si deux choisissaient Milan, par exemple, il lui suffirait d'organiser un tirage au sort, plutôt un courte-paille (vieille habitude de Lucien), Rémi pensa alors que son père ne lui manquait pas. Il avait opéré une sélection de villes selon la langue parlée, le nombre d'habitants et le nombre de bistrots. Tout était prévu. Au point ! Il possédait une cartographie mentale en étoile de ce qui pouvait se passer. Chemin A, décision B, bifurcation gauche, retour droite.

Y'a plus qu'à.

Il était loin de se douter que la tribu avait fait preuve d'une imagination sans borne. Pourquoi donc se limiter, tiens ? Et, en plus, à nos âges. Si on ne le fait pas maintenant, on le fera quand, dis ?

Rémi faisait ses petits paris sur qui, où et comment, imaginant déjà le retour triomphant des petits vieux dans leur boîte respective et la beauté d'un enterrement commun, sa réussite ultime. La concrétisation solennelle d'un projet fou mais qu'il se sentait capable de mener à bien. Peut-être le projet de sa vie. Il faudrait qu'il pense à le mettre sur son CV. C'était, tout de même, un sacré travail d'organisation. Et « Coordinateur de suicide collectif individualisé », ça sonnait carrément bien.

À exactement dix-huit heures vingt-deux, il boucla sa valisette. Tout y était. Carnets personnalisés, stylos, papier à en-tête et bon nombre de détails. Peaufiné. Il devait partir à dix-huit heures quarante-deux pour arriver pile à l'heure chez Gilbert. Il s'assit sur son lit pour tuer le temps, en souriant. Marthe, comme souvent, vint lui raconter sa journée. Au milieu d'une phrase du monologue maternel, dès que l'alarme de son téléphone sonna, Rémi se leva et partit. Sans un mot. Personne ne sait combien de temps Marthe continua à parler, une fois embarquée dans les détails, il était bien difficile de l'arrêter.

François s'était levé anxieux. Cécile avait beau l'encourager et le coacher comme s'il était un cheval de course un jour de grand prix, il appréhendait. Il se rappela sa récitation chaotique de poésie en quatrième. Quand sa langue ne cessait de fourcher. « Férafine est cholie », répétait-il sans réussir à se corriger. Et plus ses camarades riaient, plus il trébuchait sur les mots. Jusqu'à avoir la sensation de tomber dans un puits sans fond. Une lente descennnnnnnte. Marcelin, son voisin de table au collège, aurait rattrapé sa première écorchure de mots par un sourire ou une blague, lui. Il aurait même pu tirer à son avantage cette bafouille. Mais pas François. Ça avait toujours été. Il s'était comme résigné à n'être pas un Marcelin, à n'être pas le commercial de l'année dans sa boîte, à n'être pas le meilleur vendeur régional ni même le chouchou de sa mère qui pourtant n'avait qu'un enfant. François était lâche, pas très fute-fute mais il avait le talent de se contenter de ce qu'il avait, de se suffire à lui-même et bon nombre d'intelligents gâtés devraient lui envier cette qualité suprême. La seule et unique qui rende heureux. Recompter son pécule en savourant chaque unité sans rêver sans cesse à la centaine au-dessus. Mais Cécile voulait son Center Parcs. Elle en était obsédée. Il la surprenait même à en rêver la nuit. Elle murmurait « Center… » dans son sommeil en simulant la brasse coulée. Il s'en fichait de ces fameuses vacances, lui, il aspirait à traîner en pyjama dans son pavillon, à se baigner dans sa piscine hors-sol, à écouter le chant des oiseaux dans son petit jardin similaire à celui de son voisin et à jouer au Mille Bornes. Mais il aspirait aussi à rendre Cécile heureuse. Comme il s'y était engagé, d'ailleurs, et ce qu'elle ne manquait pas de lui rappeler. De façon humoristique, mais cependant régulière. Alors, il irait à cette vente de couches à domicile. Dans le fond, il avait hâte d'y être. Peut-être qu'il réussirait, peut-être qu'il était un champion, qu'il passerait la ligne d'arrivée en avance d'au moins une oreille, qu'il ne trébucherait sur aucun obstacle avant d'aborder un dernier virage serré par l'extérieur. Il se demanda pourquoi Cécile lui disait tout ça. Pourquoi elle se fixait sur cette foutue image de cheval de course. Il hésita à faire une blague graveleuse sur le fait qu'il était un étalon mais, depuis quelque temps, avec cette histoire de Center Parcs, il rongeait un peu son frein. Pas trop de place pour les activités horizontales. Madame était pré-o-ccupée.

Sa tenue était prête, son atelier et son cabas avec les livres Thermomix à offrir aussi (il n'avait pas trouvé le livre de photos de couches, et les livres de recettes étaient si beaux). Son discours d'introduction était su sur le bout des doigts.

Y'a plus qu'à.

Il fit le trajet en voiture accompagné tout le long par un podcast motivant, choisi par Cécile, qui reprenait cette satanée métaphore hippique. Où avait-elle bien pu trouver une émission préenregistrée pour jockey ? Elle en avait, de la ressource. Mine de rien. Quand femme veut…

Édith pestait. Toutes ces voitures garées dans son allée. Sûre qu'au moins un d'entre eux allait froisser ses hortensias avec une portière. Une réunion de couches. Un dîner de cons, oui. Ils la croyaient tous idiote ? Elle avait vu la différence chez son Gilbert, il ne la lui ferait pas, à elle. Mais elle avait passé l'âge de se préoccuper des bêtises de son époux. Et tant mieux. Qu'il s'amuse un peu. Depuis la mort de Lucien flottait le bourdon dans la maison. Il était tout juste dix-neuf heures quand François sonna à la porte. Être toujours pile à l'heure était son objectif quotidien. Pas en avance, même de deux minutes, à la seconde près, et pas en retard. Encore moins. Il lissa son costume sombre, soupesa sa mallette pour être sûr de ne rien avoir oublié. De toute façon, il était déjà trop tard. Orléans était à plus d'une heure. Mais il la soupesa quand même, au cas où. Il attendait encore qu'on lui ouvre la porte quand stoppa derrière lui un individu inquiétant. Silencieux. Une ombre bleu et jaune. Rémi bouscula légèrement François et sonna plusieurs fois de suite. Il passa ensuite devant le représentant en couches sans un regard et sans ménagement quand la porte s'ouvrit enfin.

François se sentit godiche, et ce n'était pas qu'une impression. Il était là, dans une entrée vide, accroché à sa mallette, ne sachant plus trop qui portait qui. Il prit le parti de retirer son pardessus, de l'accrocher soigneusement au portemanteau, de le coiffer de son chapeau, de lisser sa veste et d'entrer dans ce qui lui semblait être le salon, sûr de lui et de son produit.

Les petits vieux étaient assis en cercle, autour d'une chaise qu'il pressentit être la sienne pour la soirée mais alors occupée par le mec en bleu. Excepté le pull jaune sur les épaules, il était tout en bleu. François le détailla du foulard aux chaussettes et en compta six nuances. Tout à coup, il sortit frénétiquement son carnet de la poche de sa veste et écrivit « Créer des couches de couleur pour tous les goûts ». Il fut parcouru un instant par le frisson de l'idée de génie, persuadé que les milliardaires actuels, ceux qui ont créé un objet révolutionnaire, se promenaient toujours avec un carnet et ne laissaient passer aucune idée. Une idée suffit ! Colette, sa mère, aurait ri de le voir noter ça. Mais ri. Mais Colette n'était pas là, elle roucoulait, mais ça, c'était encore une autre histoire. François osa se racler la gorge. Avoir des idées, c'est bien, mais il faut surtout agir !

— Je déclare ouverte la première réunion de vente de couches à domicile !

Il souriait tant que l'on avait presque du mal à comprendre ce qu'il disait. L'enthousiasme nerveux.

Pourquoi avait-il dit que c'était la première ? Il n'avait jamais réellement appris à refréner ses pensées.

— Bon, bon, êtes-vous prêts ?

On discerna quelques oui timides et même un non franchement amusé. Les vieux, c'est plus ce que c'était.

— Voici le programme de notre soirée.

Il sortit une feuille blanche épaisse.

— Tour de table, pas de timidité, c'est moi qui commence.

Il ricana. Seul.

— Présentation de mes produits et des avantages dans votre quotidien présent ou futur.

Ce qu'il avait été fier quand il avait trouvé cette tournure, quelques années auparavant. Le quotidien futur. Ça sonnait comme un concept philosophique. C'était, jusqu'ici, la meilleure idée qui avait caressé son carnet. Avec le projet des couches colorées.

— Puis arrivera l'évaluation économique. Il s'agira de remplir un petit questionnaire, tout petit, ne vous inquiétez pas. C'est vraiment pas long. Très court. Tout au plus quinze minutes, non, non, plutôt dix. Même sept si vous êtes rapides. Pour votre âge. Et, j'ai des stylos !

Il n'écouta pas la petite voix oppressante dans sa tête qui répétait « Arrête-toi, François ». Note pour la prochaine fois : ne pas insister sur le temps de remplissage nécessaire, ne pas souligner la contrainte. Erreur de commercial débutant. Et arrêter cette danse des mains. Rémi interrompit le massacre par un bâillement peu discret. Réaction en chaîne. Pichenette sur ligne de dominos. François faillit perdre son public.

Il mit une petite musique de fond, relativement dynamique. Un air classique aurait été trop risqué, il devait les garder éveillés jusqu'à la signature. Ou jusqu'aux signatures ! Cette anticipation joyeuse du pluriel le fit se frotter les mains. Rémi se demanda si François faisait exprès de faire le guignol et mourut d'envie de le lui demander. Envie qu'il réprima, revoyant Lucien lui dire : « Rémi, évite au maximum d'exprimer ton opinion sur quelqu'un. » Il ravala alors sa question et se dit que, vraiment, Lucien ne lui manquait pas. Après tout, son père lui avait sans doute déjà donné tous les conseils possibles. Rémi conclut qu'avoir de la mémoire pouvait remplacer l'utilité d'avoir un père, sur le long terme. Le tour de table se passa bien. Rémi ne participa pas, un peu tôt pour s'inscrire dans un fichier de futurs incontinents. Cependant, il garda l'idée pour la seconde partie de soirée. Il n'avait pas trop prévu comment allaient parler Martial, Gilbert, Armand et Jacques. Il avait pensé au volontariat plutôt mais, finalement, l'idée du tour de table orchestré par lui-même le séduisait. Il suffisait de faire partir cette marionnette. Le plus vite possible. Il écouta la présentation, relativement bien faite, de ses produits, couches de jour, couches de nuit, lingettes et autres accessoires d'hygiène intime. Il eut presque envie d'en acheter. Il envisagea de commercialiser la mort, vendre le suicide dans des assemblées vieillissantes, gagner de l'argent avec un travail d'avenir. Il se rappela que sa mère avait une amie d'enfance qui était banquière. Quand toute cette histoire sera pliée, pensa-t-il, quand les quatre petits vieux seront en boîte, j'irai la voir pour lui présenter mon business plan.

Rémi ne comprit pas pourquoi on lui offrit, comme à tous les participants d'ailleurs, un livre de recettes au robot cuiseur. Il trouva l'idée stupide mais ne se lança dans aucune argumentation, pour ne pas faire durer le déplaisir. Il fut tenté quarante-huit fois d'interrompre François, ne le fit que trois fois et constata avec désarroi que la réponse de celui-ci était de plus en longue à chaque fois. À la troisième interruption, il lui répondit pendant neuf minutes, non-stop, soit 33 % de temps en plus que pour sa question précédente. Donc, Rémi se tut. Même pendant l'atelier pliage de couches. François était brouillon tant dans son exécution de son propre projet de pliage que dans son explication. Rémi ne comprit pas le parallèle entre les couches et les serviettes de table sur la table familiale de Noël. Édith participa à l'atelier, ravie. Elle se délecta de voir son mari contraint par ses copains à tourner et retourner des bandes de ouate pour former un éventail ou un poisson, elle ne comprit pas trop ce qu'était le modèle. Elle savourait aussi l'enthousiasme de ce fameux François, vendeur de couches à Orléans. Il était sans doute de ceux toujours contents de tout. Il n'avait pas été avare en compliments en dégustant son brownie au chocolat, pourtant industriel. Elle l'avait juste réchauffé pour l'entourloupe et l'avait accompagné d'une boule de glace vanille et d'un pschitt de chantilly. Pour le repas-couches, elle ne s'était pas enquiquinée, elle avait convié son ami Picard. Elle, elle avait dégusté un plateau-repas dans sa chambre.

Elle dînait au lit environ deux fois par an et savourait la transgression de ce moment. Braquer une banque n'aurait sans doute pas été plus sensationnel pour elle. Elle voyait tomber les miettes sur sa couette en ricanant comme les enfants observant tomber les flocons de neige. Juste après l'atelier pliage, François sortit les bons de commande et Édith remonta dans ses appartements. Courage, fuyons.

Chacun observa le papier commercial en regardant son voisin. Le premier à remplir la case « nombre de lots » fut Armand, plutôt du genre à penser que tout travail mérite salaire. Et puis, ça ne se faisait pas de faire venir quelqu'un de si loin pour ne rien lui acheter. Ils suivirent tous l'exemple d'Armand et François repartit fier comme un pape. Quatre achats en une seule soirée. Il le pressentait, il allait devenir riche, millionnaire ! Quand il dirait ça à Cécile. Et à sa mère ! Ça lui en boucherait un coin. Enfin !

Gilbert s'éclipsa un instant. Il alla vérifier que sa femme avait bien éteint la lumière de leur chambre, descendit ensuite à la cave, fit péter, doucement tout de même, le meilleur champagne qu'il avait en stock et annonça :

— J'en suis !!!! J'en suis ! Je me bats avec vous contre les chauffeurs de bus et les vieux à béret.

Jacques remit en place son béret et se racla la gorge.

— Je ne parlais pas pour toi mon Jacques… et merde, j'ai raté mon annonce.

Gilbert rentra la tête dans ses épaules, penaud, mais continua tout de même:

— J'étais si content de vous l'annoncer. Je participe, les gars. J'en suis.

Tout le monde applaudit, sauf Rémi qui n'avait jamais compris l'intérêt de taper dans ses mains. Il avait du mal à supporter les bruits humains et le corps en faisait assez, seul, pour ne pas en ajouter. Les gargouillements de l'estomac, les raclages de gorge, les pets, le son de la salive qu'on avale, les dents qui grincent le débectaient.

— Bon, bon, suffit ! les interrompit Rémi.

Face à l'autorité étrange, tout le monde se tut. Même Gilbert.

— L'autre simplet étant parti…

Un murmure de désapprobation envahit l'assemblée.

— Nous allons commencer la réunion mise au point de suicide collectif individualisé que j'animerai en tant que coordinateur de mort volontaire.

Rémi reprit son souffle et demanda à tout le monde de bien vouloir déposer son téléphone portable dans le bocal prévu à cet effet. Pas de distraction, pas de possibilité de prendre une photo ni d'enregistrer.

— Bien. Je vais d'abord vous distribuer une partie du matériel nécessaire à la bonne réalisation de cette mission d'un an. Nous sommes le 21 juillet et vous clôturerez votre vie, tous, en même temps, le 1er août, soit un an tout pile après votre départ de France pour l'étranger. Des questions ?

Rémi aurait fait un bon professeur de mort, pensèrent-ils, à peine étonnés par leur ressenti.

— Pas de questions, très bien. Voici un carnet et un stylo. Pour chacun. Vous remarquerez que chacun a sa propre couleur et son nom inscrit sur la première page.

Armand, Jacques et Martial lisaient déjà la deuxième page du carnet intitulée « Devoir numéro 1 à faire le

20 août, soit 19 jours après votre arrivée ». Gilbert, quant à lui, était à moitié effrayé.

— Dis-moi, Rémi, pourquoi tu avais prévu un carnet pour moi ? Je n'avais jamais dit que je faisais partie du projet.

— On le savait tous que tu participerais. Entre vivre une aventure aussi mortelle et rester en couple dans un pavillon minable de petite ville de province, qui serait assez idiot pour rester ? À part peut-être le vendeur de couches, tiens…

Rémi partit dans sa réflexion, laissant Gilbert hausser les épaules et découvrir le calepin. Rémi avait bien ciblé les couleurs pour chacun. Chaque prénom était calligraphié à merveille. C'était élégant. La page de devoir disait cela :

Exactement le 20 août 2019, faire une liste de tout ce qui pourrait me ramener sur le chemin d'un projet de vie, le moindre détail, le moindre désir, la moindre rencontre ou envie. Contrebalancer chaque argument vital par une chose négative qui m'arrivera, pour sûr, dans les années à venir. Si besoin d'exemples, contacter Rémi. Ne pas hésiter. Première piste : la mâchoire qui s'affaisse, obligeant, à terme, à être appareillé. Seconde réalité : des dysfonctionnements de prostate entraînant fuites et mictions en morse.

Tous approuvèrent l'initiative. C'est vrai qu'à l'étranger, malheureusement, on a vite fait de passer de bons moments et de se projeter dans un avenir divertissant.

Ça pouvait être dangereux. De leur point de vue, bien entendu.

Les quatre compères continuèrent à découvrir les trésors du carnet.

— Chaque mois, vous m'écrirez une lettre, à partir de septembre soyons précis. Je réceptionnerai les lettres et en ferai un résumé que je vous enverrai à chacun. Des questions ?

— Non Rémi, hasarda Jacques, tout à coup anxieux face à cette organisation militaire.

— Bon. Je vous ai prérempli onze enveloppes avec mon adresse, chacune contenant un papier à lettres de votre couleur. Le mois est inscrit en haut… Je vous invite à ouvrir le soufflet de votre carnet, se força-t-il à aider les petits vieux qui cherchaient partout les enveloppes.

— Maintenant que tout cela est dit, reprit-il, nous allons…

— Je peux aller aux toilettes ? l'interrompit Gilbert.

— Je l'accompagne, décida Martial.

— T'avais qu'à mettre une couche, ricana Armand.

Rémi se mit en veille, ferma les yeux pour se ressourcer et ne pas refuser la pause pipi. Marthe lui avait appris quelques techniques d'autohypnose pour ne pas exploser, faute de patience.

— Il est pas flippant le p'tit ? demanda Martial à Gilbert.

— C'est le moins qu'on puisse dire. Je suis content qu'il vienne pas avec moi au Portugal. J'aurais peur.

— Ah, tu as choisi le Portugal, toi. Chouette.

— Bon, on en reparle après, j'avais vraiment envie de pisser en fait.

— Vas-y, je t'en prie.

La pause finie, Rémi reprit :

— Avec les enveloppes en papier traditionnelles vous aurez remarqué une enveloppe kraft. Elle contient des cartes en carton prévues normalement pour les nouveau-nés, pour marquer leur âge en mois, de leur naissance à leur premier anniversaire.

Les petits vieux se jetèrent un regard intrigué que Rémi ne remarqua pas, lancé.

— Vous afficherez au-dessus de votre lit, chaque début de mois, une carte. Au bout d'un mois « J'ai un mois », au bout de deux « J'ai deux mois »…

— Comme si c'était notre projet suicide qui parlait ? demanda Martial.

— Exactement, soupira Rémi, exactement.

Il faut tout leur expliquer, bon sang. Gilbert trouva l'idée amusante, Jacques, astucieuse. Armand ne réagit pas, froidement impressionné.

— Désormais, nous allons passer au tour de table. Chacun votre tour vous énoncerez votre nom, votre date de naissance, votre lieu de mort, la date de celle-ci, pour la rappeler, et votre méthode.

Rémi aurait beaucoup aimé enregistrer. Il pressentait que ça ressemblerait à une douce poésie macabre.

— Moi, Armand Poupineau, né le 8 septembre 1950, je vais mourir le 1er août 2020 à Miami d'une overdose de sensations fortes.

Rémi était en train de noter, attentivement, sur son carnet. Il releva la tête, énervé.

— Plus précis, bon sang !

Ça jeta un de ces froids dans l'assemblée ! Gilbert, Jacques et Martial étaient très intrigués par cette overdose de sensations fortes.

— Je vais faire lâcher mon cœur, l'affaiblir petit à petit et lui faire subir un choc tel qu'il s'arrêtera.

— Whaou, et tu as prévu quelque chose en particulier ? demanda Martial.

— Un peu mon n'veu ! Un saut à l'élastique. Pas loin de Miami. Le pied pour une dernière heure de vie, non ?

— Je ne suis pas plus emballé que ça par le projet mais j'ai l'impression qu'il te correspond tout à fait. Je te félicite. C'est loin d'être une mort banale, mon ami, conclut Jacques.

Rémi était dérouté par la tournure des événements. Ça ne devait pas se passer comme ça ! Chacun devait juste réciter sa phrase, pas tergiverser ou réagir. Stade 1. Autohypnose. Il répéta, comme pour lui-même :

— Moi, Armand Poupineau né le 8 septembre 1950, je vais mourir le 1er août 2020 à Miami d'un arrêt cardiaque pendant un saut à l'élastique.

Puis, il reprit comme pour se répondre à lui-même :

— Très bien Armand, je pense que le projet est viable, je le valide. Tu me fourniras, s'il te plaît, tes examens cardiologiques me prouvant la faiblesse dont tu parles, il ne s'agit pas de participer au projet sans valider la mission, d'accord ?

— Euh… si tu veux… oui.

Comme personne ne se décidait à poursuivre, Rémi désigna un volontaire forcé. Comme quoi, on sous-estime les traumatismes liés à l'école sur de jeunes adultes fragiles psychologiquement. Maltraité, tu deviendras bourreau.

— Martial, nous t'écoutons, allez, à toi.

— Martial Bolac, né le 6 juin 43, ai décidé de mourir sans me rater le 1er août 2020, en hommage à mon copain Lucien…

Martial interrompit sa phrase pour faire un signe de croix en regardant le plafond. Rémi n'y vit rien d'autre qu'une suspension d'un autre temps. Il ne comprit rien mais comme Martial reprit…

— … à Yaoundé d'une intoxication au monoxyde de carbone.

Rémi eut presque envie d'applaudir. Presque.

— Quelle belle idée ! cria-t-il en gribouillant son carnet, quelle belle idée !

— Merci, bredouilla Martial.

— C'est où, Yaoundé ? demanda Gilbert.

— Bah, au Cameroun, répondit Rémi.

— Ah oui, c'est vrai, j'avais oublié, mentit le marié.

— Je veux mourir à Yaoundé, parce que, quand j'avais vingt ans…

— La consigne de départ ne sous-entend pas d'explication Martial. S'il te plaît, respecte les règles, un minimum. C'est l'heure de raconter sa mort, pas sa vie.

Martial retint une formidable envie de doubles claques.

— On t'écoute Gilbert, à toi.

Gilbert s'éclaircit la voix. C'était son moment. Il était fier de s'être décidé.

— Moi, Gilbert Petitbon, né le 20 mai 1942, j'ai pris la ferme décision de m'ôter la vie, le 1er août 2020, pas un jour de plus, pas un jour de moins…

Il donna un coup de coude à son voisin, heureux de sa rime, avant de reprendre :

— … à Albufeira, au sud du Portugal, pour ceux qui, légitimement, ne connaîtraient pas…

Il lança un regard de défi à Rémi.

— … en m'électrocutant.

Martial, Jacques et Armand partirent dans un fou rire à s'en tenir les côtes.

— Ah ah ah quelle belle mort pour un prof de techno, résuma Armand. BzzzZZzzzzz… C'est génial de simplicité Gilbert, gé-nial !

Rémi ne sut comment gérer la situation. Pas prévus non plus, les rires.

— Vous allez réveiller Édith… tenta-t-il.

Gilbert l'aida alors à maintenir l'ordre. Il n'avait pas peur de mourir mais n'était pas rassuré face à sa femme.

— À toi, Jacques, reprit Rémi.

Jacques adopta un ton solennel.

— Moi Jacques Guidon, né le 15 avril 1942, m'octroierai la mort le 1er août 2020 en hommage à mon ami Lucien…

Jacques se signa et regarda le plafond. Rémi ne vit toujours que la suspension qui ne s'était pas modernisée et ne comprit toujours pas le pourquoi du comment, ce qu'il détestait. Stade 2.

— … à la pointe Dufour, haute de 4 634 mètres, soit le plus haut sommet de Suisse, pour les nuls en géo.

Il fit un clin d'œil à Gilbert qui lui tira la langue.

— … en m'écrasant contre le sommet avec un avion à hélices.

Ils applaudirent tous. Bravo ! Merveilleux ! Spectaculaire !

— Trinquons, proposa Gilbert. À nos délicieux projets de morts volontaires.

Rémi autorisa un quart d'heure de pause, pendant laquelle chacun expliqua aux autres le pourquoi de la méthode et du lieu. Pas une minute de plus. Ils rigolèrent tous en imaginant Laurence Guidon encore plus phobique de l'avion, en visualisant Gilbert les cheveux en pétard et le nez cramoisi, en voyant Armand mort un fil à la patte et en pensant à Martial sans vie, costume bien lisse allongé sur une banquette de voiture au Cameroun, un livre à la main. C'était la rencontre la plus gaie entre eux depuis de nombreuses semaines, même avant la mort de Lucien. Mine de rien, les conversations s'essoufflent avec le temps. On a déjà abordé tous les sujets et à part renouveler la discussion avec l'actualité brûlante, ce qui occupe quelques minutes, il est inévitable de ressasser. Ou de s'ennuyer. Ce projet donna pleinement vie à la soirée. L'ambiance était au beau fixe mais c'était sans compter sur l'intervention pragmatique de Rémi Fléchet.

— Top ! cria-t-il dès que son alarme sonna. Asseyez-vous !

Personne ne pipa mot.

— Ce gamin aurait pu être dictateur, murmura Jacques à Martial.

— Bon, je valide pour vous tous la mort choisie.

Il s'attendait, en prononçant cette phrase, à une liesse collective. Après tout, il donnait son consentement sur leur choix de mort, ce qui n'est pas rien dans une vie. Mais rien. Alors qu'ils avaient tant ri pour l'électrocution. C'était à n'y rien comprendre. Mais Rémi était habitué. Il était souvent dérouté par les comportements humains. Moins pas les animaux. Les insectes, par exemple, avaient une façon de vivre bien plus logique que celle des hommes. Bref, ce n'était pas le moment de penser à ça. Il continua.

— Maintenant, nous allons passer à l'atelier.

Il distribua à chacun un tutoriel soigneusement mis en page sur la façon de réaliser un nœud coulant et une mini-pelote de laine volée à Marthe. Chaque pelote étant de la couleur de leur carnet respectif. Tout est en ordre, se félicita silencieusement Rémi.

— J'ai intitulé cet atelier participatif « L'atelier du pendu » parce que nous apprenons à faire un nœud coulant. Parce que, même si j'ai, comme je vous l'ai dit avant, validé, pour chacun, votre choix de mort…

Il attendit mais la liesse n'arriva toujours pas. Il repensa aux fourmis et à leur logique extraordinaire pour ne pas passer au stade 3 et reprit :

— … parce que si, pour une raison ou une autre, vous ne réussissiez pas à mourir comme vous le désiriez, si le monoxyde ne sort pas correctement, si l'électrocution vous crame seulement les poils de nez, si l'avion se pose tout seul, ce dont je doute quand même, si votre cœur résiste, vous vous engagez à vous pendre, le 1er août 2020. C'est parfaitement stipulé dans le contrat. Ligne 24.

— Le contrat ? s'exclamèrent-ils, en chœur.

Ils firent leur nœud coulant, obéissants, puis signèrent ledit contrat qui aurait pu faire pâlir un avocat chevronné. Rémi Fléchet avait rédigé un parfait document de consentement à une mort volontaire et avait eu le temps, pendant la pause, de stipuler par écrit les conditions propres à chacun. Il garderait les contrats, pour éviter qu'ils ne tombent dans des mains bienveillantes. Hors de question de mettre à mal le projet avant le 1er août 2020.

Oui, Rémi Fléchet était très organisé.

21

Rémi sortit de son carnet une pochette plastique renfermant les destinations desservies par toutes les compagnies opérant à Orly. Pour une question de praticité, ils devaient tous partir du même aéroport le même jour, le 1er août 2019.

Il avait trié les compagnies aériennes par niveau de sûreté. L'idée n'était pas de prendre une low cost et de mourir bêtement et surtout avant l'heure d'un accident d'avion. Son plan était, à terme, de rapatrier les quatre corps en même temps et de vivre un magnifique enterrement. Il commençait déjà à s'imaginer ce jour sacré. Les quatre corps alignés, quatre copains réunis pour un même voyage. Il vérifia que les petits vieux avaient bien signé au bon endroit. Pas question de laisser traîner de futurs prétextes de rupture de contrat. Les bons comptes font les bons amis. Surtout quand il s'agit de projets de si grande ampleur. Le projet de leur vie. Il leur intima l'ordre de ranger leur stylo dans leur trousse respective. Il n'avait pas tout prévu pour qu'ils ruinent son organisation par leur inattention. Il précisa qu'aucun d'entre eux n'avait Alzheimer et qu'il ne pardonnerait donc aucun manque de vigilance. Un peu dans le brouillard pétillant de l'alcool, ni Jacques, ni Martial, ni Gilbert, ni Armand ne remit Rémi à sa place. Vaguement, Gilbert pensa qu'un bon coup de pied au cul lui ferait du bien. Martial se dit bien que Marthe aurait sans doute dû lire Dolto. Jacques élabora silencieusement une opinion floue à propos de leur coordinateur de mort volontaire qui se résumait à : il ne me semble pas que cette personne soit entièrement saine d'esprit. Armand imagina un instant son fameux élastique autour du frêle cou de Rémi puis chassa cette idée de la main.

— Oui, Armand, tu as quelque chose à ajouter ? Une question ?

Rémi frétillait. Enfin un qui levait la main. Il s'était préparé à trente-trois questions différentes depuis le début de son exposé, on était déjà presque à la fin et personne n'avait rien demandé. À croire qu'ils gobaient tout en disant oui. Pratique mais pas passionnant. Armand se demanda si le gamin avait lu dans sa tête, avait compris que l'idée de l'étrangler était légèrement passée dans son esprit. Sans qu'il s'en saisisse. Bien sûr. Il y a une limite entre envisager de devenir un assassin et passer à l'acte. Le problème fondamental de la société étant que l'homme est pleinement capable de franchir cette limite. Avec ou sans raison.

— Non, non, rien, pardon.

Personne ne lui demanda de préciser pourquoi il s'excusait. Entre les vapeurs de champagne et d'inquiétude, le silence régnait.

— Bon, bon, conclut Rémi, déçu. Passons aux vols. C'est que je dois dormir huit heures et douze minutes par nuit, sinon je n'exploite pas le maximum de mes capacités le jour suivant et mon réveil est déjà mis.

Il regarda sa montre.

— Il me reste exactement quarante-trois minutes, trajet de retour compris, pour acheter vos billets d'avion après avoir validé avec vous le budget personnel et commun pour ce projet. Pas de temps à perdre.

Ils définirent ensemble un budget commun qui remboursait d'abord Rémi pour ses achats à la papeterie et qui couvrirait ses frais à venir, dans lesquels Rémi compta quelques maquettes de véhicules variés sans le préciser aux payeurs concernés. Rémi avait toujours été étrange mais honnête. Sauf quand il ne l'était pas. Les préoccupations pécuniaires classées, il était temps de prendre les billets d'avion. Gilbert, Armand, Martial et Jacques reprirent des couleurs. Ils avaient tous hâte de partir en voyage. Pendant un court instant, chacun se souvint de son dernier périple. Gilbert, à Rome avec Édith. Sourire puis moue triste. Martial, à Milan avec Lucien, un salon littéraire. Une merveille de week-end. Armand, à Cuba avec un groupe. Il se remémora, entre autres images furtives, les maux de crâne dus au rhum… Jacques n'avait pas pris l'avion depuis une éternité, bizarrement il pensa à sa dernière virée dans le Limousin. On néglige l'exotisme du Limousin. À tort ! Puis, Martial pensa à Prisca.

— Allez, allez, on se bouge, moi j'ai déjà préparé ma carte et Rémi, son ordinateur. En avant Yaoundé, j'arrive !

Rémi sortit donc sa fiche « Afrique », fouilla un peu et brandit un document intitulé « Cameroun ». Martial se décida rapidement. Classe affaires. Après tout, il ne prenait pas de retour. C'était son assurance qui prendrait en charge le rapatriement du corps. Il l'avait appelée la veille pour s'en assurer.

— Bonjour madame. Dites-moi, si, par hasard, je meurs en Afrique, disons au Cameroun, est-ce que vous organiseriez le rapatriement de mon corps et en couvririez les frais ? Je veux dire que, moi, je ne pourrais pas vraiment faire les démarches, à moins que je les prévoie avant, mais comme ce n'est qu'une hypothèse, de mourir au Cameroun, je veux dire…

Martial avait toujours eu l'impression d'être un fin négociateur.

— Oui, Monsieur, si vous décédez, malheureusement, à l'étranger, la MAIF prend en charge le rapatriement de votre dépouille.

Eh voilà, encore une négociation rondement menée, avait pensé Martial qui n'avait cependant pas réussi à dépasser ce mot odieux de « dépouille ». Il serait un mort élégant, habillé, dans une belle boîte. Non, mais, oh. Et dépouillé de quoi, hein ? D'une vie dans laquelle il s'ennuie à mourir ? Ça lui convenait tout à fait ! De quoi elle se mêlait ?

— Cinq cent quatre-vingt-dix-neuf euros, lui précisa Rémi.

— Dis donc, je fais des folies, il faudra que je dépense moins d'argent l'été prochain sinon, je vais me ruiner.

Rémi ne rit pas.

— Tu dois mettre ton numéro de carte.

— Ah, d'accord.

Rémi cocha sa feuille « Billets d'avion ». Martial, OK. Gilbert arriverait à Faro puis prendrait un taxi jusqu'à Albufeira, bord de mer. Le pied, dans l'eau. Armand choisit un vol direct, en classe éco pour voir ce que c'était, jamais essayé. De temps en temps, quand il voyageait en business, il faisait le tour de l'avion. Ces sièges serrés les uns contre les autres, les positions étranges prises par les gens, les astuces d'optimisation de l'espace, tout ça lui semblait exotique. De là à passer le cap… Mais pour un dernier trajet, c'était maintenant ou jamais. Jacques booka un vol pour Genève, ravi d'avance par l'élégance de sa ville d'arrivée.

— Il existe de fortes probabilités pour que mon vol soit l'unique à être à l'heure.

Comme personne ne rit, il expliqua sa blague. Ce qui est, toujours, une mauvaise idée.

— Parce que j'atterris en Suisse. Le dernier pilote qui a posé la carlingue avec du retard a été exécuté sur le tarmac. Sans autre forme de procès… ajouta-t-il avec une voix grave.

Gilbert se força à rire. Solidarité alcoolisée.

— Étant donné que tout le monde a son billet d'avion, je vous les imprimerai demain et vous les ferai parvenir dans les plus brefs délais, je vais vous laisser. Il ne me reste plus que dix-neuf minutes pour rentrer chez moi, avec une marge de deux minutes sur ce qui est prévu. Si on part du principe que je ne perds pas de temps en jérémiades d'au revoir.

Il avait déjà bouclé sa valisette quand Martial l'interrogea.

— Dis-moi, Rémi, nous avons bien sept jours pour dénoncer le contrat que nous avons signé, je veux dire, pour changer d'avis. Comme tout contrat, non ?

Rémi tomba le cul sur sa chaise. Sa mallette glissa de sa main, rebondit légèrement mais retomba sur la tranche, tout de même.

— Pour le contrat, oui.

Il avait réussi à reprendre son souffle rapidement.

— Mais pour les billets d'avion, pas de marche arrière possible.

Il regarda sa montre et fila, pas le temps de tergiverser. Il ne supporterait pas de ne pas dormir ses huit heures et douze minutes. Précisément. À peine eut-il claqué la porte que les petits vieux partirent dans un fou rire général.

— Affaire rondement menée, conclut Gilbert, affalé dans le canapé, pieds sur la table basse, avec ses chaussures.

On voyait bien qu'Édith dormait.

— Avec ta question sur la semaine de rétractation du contrat, Martial, intervint Armand, tu as failli nous le rendre fou, le Rémi.

— Comme s'il avait besoin de moi pour ça !

PARTIE 2

1

Les quatre petits vieux ayant tous décidé de leur propre façon de mourir et Rémi ayant tout organisé au mieux, ou au pire, selon le point de vue choisi, nous allons passer tranquillement à la seconde partie du roman.

2

Rémi claqua le coffre de la C4 de location à exactement dix heures. Comme le faisait son père, tous les 1er août. Lucien avait toujours acheté des Citroën, même jeune, faisant régulièrement baisser la moyenne d'âge des adeptes de cette marque. Lucien achetait une voiture neuve exactement tous les dix ans. C'était son plaisir. Il bossait comme un âne, disait-il, comme un âne qui souriait, précisait-il, en partie pour ça. Pour le plaisir de sentir le neuf pendant un an tous les dix ans. Rémi et Marthe avait interdiction d'ouvrir les fenêtres, pour conserver cette odeur envoûtante de vie réussie, du luxe de la voiture à étrenner, même une Citroën, le luxe étant relatif. Quand Rémi avait dit à Marthe que ce parfum était un parfum de synthèse et qu'il était possible d'en acheter une bombe sur le Web, Marthe avait fait promettre à son génie de fils de ne jamais le dire à Lucien. Et elle en avait commandé une, toute seule, sur l'Internet, comme une grande. Pas donnée mais pour faire plaisir à son mari… Elle en avait reçu, étonnée, un carton. Toutes les voitures de Richelieu sentaient le neuf. Sans que personne comprît pourquoi. Elle avait toujours un pschitt dans son sac à main et dès que quelqu'un laissait une vitre entrouverte, elle sévissait. Un petit plaisir comme un autre.

Rémi roulait donc en C4, la petite dernière de son père. Si papa avait su que c'était la dernière, ricana-t-il, il aurait pris la version cuir. Ce qu'il n'avait pas fait, répétant qu'il y avait un âge pour tout, que si, déjà, il prenait la version luxe, il n'y aurait plus d'étape après pour lui, que ce serait sans doute sa dernière voiture et que c'était une façon d'autoriser la mort à être sa passagère. Rémi pensa que son père avait eu tort. Sur ce coup-là. Rémi avait donc désormais sa propre voiture, qui sentait encore miraculeusement le neuf, mais avait préféré en louer une autre à Châtellerault pour ne pas éveiller les soupçons. Même modèle, Rémi détestait le changement, mais couleur différente. Richelieu n'était pas une grande ville, si on voyait partir en voiture Rémi avec ses acolytes pour ensuite le voir revenir seul, sûr qu'on se poserait maintes questions, embarrassantes. Et Rémi supportait peu d'être embarrassé. Il était donc allé en ville pour acheter une nouvelle maquette et les petits vieux avaient pris le bus pour apporter à une association de vieilles fringues, version officielle qu'ils donnèrent pour pouvoir quitter la ville avec une valise.

— C'est un peu une façon de quitter la ville en héros, non ?

— T'as raison, c'est classe…

— Préférable à l'excuse des cigarettes, j'en conviens.

— Va pour ça !

Avant, ils avaient élaboré une stratégie pour que Gilbert puisse préparer sa valise sans qu'Édith s'en aperçoive. Un jour, Armand réussit à l'occuper deux heures en gémissant sur la mort de sa femme, Carmen. Il avait calé des rondelles d'oignon dans ses manches de pull et, quand les larmes lui manquaient, il se frottait les yeux. Édith avait été patiente, compréhensive, mais arriva l'heure d'aller faire cuire son rôti, tout de même. Jacques, quant à lui, ne réussit à la maintenir hors de chez elle qu'une petite heure, à peine. Il bredouilla des inepties, mimant une remise en question de sa virilité avec l'âge. Il mit Édith si mal à l'aise qu'elle quitta le bar en crabe, profitant d'une pause pipi de Jacques.

— Raté, ricana alors Rémi, assis au comptoir.

— Sale gosse, répondit Jacques.

Martial battit le record. Deux heures et demie. Il faut dire que cet homme a de la conversation, ce qu'Édith avait toujours apprécié. Ils entamèrent une discussion passionnée sur les courants littéraires. Martial sortait ses romans préférés comme des armes, citait des passages illustrant l'évolution de l'écriture, finit sur des romans très modernes, avec des phrases sans verbe. Incroyable évolution.

Avec l'aide des copains, Gilbert prépara sa valise. Au début, c'était le chaos dans sa tête et dans son atelier. Il n'avait jamais fait ça. Édith avait toujours bouclé les bagages de toute la famille. Il n'avait aucune idée de ce qu'il devait emporter ou non. Et comme il ne partait pas vraiment pour quelques jours mais pour l'éternité… Quand il tenta de caler son grille-pain-radio dans le soufflet prévu pour les slips, il faillit abandonner le projet global. Mais s'il perdait courage pour finir sa valise, aurait-il celui de se suicider comme prévu ? Non, je dois m'y remettre, décida-t-il. C'est une question de vie ou de mort après tout ! Et il réussit. Il tenta de calculer le nombre de jours pour prendre le bon nombre de slips mais arriva à la conclusion rapide qu'il devait tous les prendre et qu'une fois sales, il en rachèterait d'autres. Pareil pour les tee-shirt, les shorts et tout le reste, d'ailleurs.

Pour Martial, ce fut plus compliqué. Il fallait qu'il prévoie le départ de son conteneur. Mais, maintenant qu'il avait l'adresse, c'était déjà plus facile à organiser. La liste de livres était prête et il avait fini ses achats littéraires. Il s'y mit dès le 22 juillet, lendemain de la réunion. Pour ce qui était des fringues, il dut se rendre à la triste évidence que le velours ne lui serait plus d'aucun secours. Ça avait toujours été ses vêtements préférés, il aimait l'hiver pour ça, le velours, c'est réconfortant. Il achèterait sur place des habits adaptés. Et il vivrait en slip, s'il fallait. L'important étant les livres. Il y allait pour ça. Et aussi pour mettre fin à ses jours. Bien sûr, il emporta sa fameuse chemisette, celle qu'il portait quand il avait rencontré Prisca, et quelques babioles qui lui faisaient penser à elle. Quand, sur le dessus de son bagage, il posa *Le Vieil Homme et la Mer*, il sut que sa valise et lui étaient fin prêts.

Armand et Jacques préparèrent leur départ ensemble, chacun acheta une bonne bouteille de gin et ils empaquetèrent leurs affaires en buvant, une fois chez l'un, une fois chez l'autre. Le gin étant en quelque sorte le

Judas des alcools, Dieu seul sait ce qu'ils emmenèrent. À découvrir sur place… mais ils passèrent deux soirées merveilleuses.

À dix heures pile, donc, depuis Châtellerault où ils s'étaient réunis, Martial, Gilbert, Jacques, Armand et Rémi prirent la route pour Orly. Rémi avait même prévu la playlist. Il y avait passé exactement deux heures et trente-trois minutes, faisant alterner une musique de chaque pays de destination avec une musique qu'il aimait lui. Dans la voiture, les petits vieux dormirent un peu, puis rirent, puis pleurnichèrent en pensant à Lucien. Ils étaient partagés. C'était le terme exact. Entre leur vie d'avant à laquelle ils ne trouvaient plus grand intérêt, celle de Richelieu, la routine presque bourgeoise, un jour qui en pousse un autre les guidant doucement mais sûrement vers le cimetière en passant ou non par la case hôpital et leur vie à venir qu'ils appréhendaient et espéraient à la fois. Bien sûr, s'ajoutaient au cocktail le regard terrifiant du gamin qui conduisait, la joie de décider de leur mort, la liste de romans tant attendus, le prébonheur de rejoindre Carmen et la satisfaction de faire chier Laurence. Les premiers bruits d'avion les tirèrent de leurs réflexions personnelles.

— Nous sommes arrivés à destination ! cria Rémi, surexcité.

Ils partagèrent un dernier déjeuner entre potes, chez Paul. D'un point de vue extérieur, ça ressemblait à un déjeuner classique. Quatre copains et le fils de l'un d'entre eux. Des discussions bateau. Des blagues douteuses. De bonnes plaisanteries aussi.

Sauf que, toutes les demi-heures, un petit vieux quittait la table, prêt à prendre son avion. Le dernier à partir était Armand. Rémi l'accompagna, sans émotion aucune, avant de reprendre la voiture direction Châtellerault où il arriva pile à l'heure prévue avec le loueur. À six minutes près. C'était décidément une très très belle journée. Du vrai papier à musique. Rémi avait rarement été aussi heureux. Il se sentait utile. Il avait remplacé son père dans l'étoile à cinq branches. Armand, Gilbert, Jacques et Martial n'étaient rien sans lui, des rameaux desséchés. Grâce à lui, l'étoile tenait, l'étoile brillait !

3

Quand Jacques fut accueilli par une jeune Suissesse en tailleur-jupe, chargée de l'emmener vers son appartement de location, il pensa qu'elle serait le premier point de son devoir du 20 août. Oui, la jeune femme aurait les atouts nécessaires pour le ramener à la vie. Il chassa cette idée de la main. Elle remarqua son geste et l'interrogea :

— Vous avez besoin de quelque chose ? Un café avant de prendre la route ? Nous en avons pour une heure trente-huit.

La précision suisse, pensa Jacques, cela me rappelle Rémi. Il chassa cette nouvelle idée de la main.

— Vous… vous ne voulez pas de café, c'est ça ? s'inquiéta l'hôtesse.

— Si, si, un café serait merveilleux, je vous remercie pour la proposition, charmante demoiselle.

Elle rougit. Jacques trouva l'appartement extraordinaire. Une vue à couper le souffle, mais ça, c'était la mort prévue de Martial, pas la sienne. Jacques n'avait jamais rien volé dans sa vie, il n'allait pas commencer maintenant. Quoique… il n'avait plus grand-chose à perdre. Il était peut-être temps d'expérimenter différentes adrénalines, celle de la cleptomanie lui parut intéressante. Mais, en prison, il ne pourrait pas interpeller son geôlier, le 1er août 2020, tout pile, pour lui dire qu'il lui était nécessaire de se donner la mort. Qu'il avait fait une promesse, bon sang ! Jacques se résolut à rester dans la légalité afin de ne pas mettre à mal le projet commun. Il spécifierait à Rémi dans sa première lettre de conseiller à ses camarades de faire de même. Il s'installa confortablement, plia soigneusement toutes ses affaires, les posa dans les nombreux placards prévus à cet effet. En à peine deux jours, il était installé comme s'il habitait sur place depuis dix ans. Il avait parlé avec tous les commerçants de Sion et renseignait même les rares touristes égarés. Même son débit de parole avait ralenti. Presque ses pensées. La prochaine étape serait d'aller s'inscrire à l'aérodrome mais il avait établi qu'il le ferait dix jours après son arrivée et anticiper cela aurait été une façon de se trahir lui-même. S'il ne respectait pas ses propres décisions qui le ferait ?

Armand arriva à l'aéroport épuisé. Il eut l'impression d'être lâché dans une fourmilière. Avec l'âge, la foule paraît de plus en plus menaçante. Jeune, on se sent rassuré par la multitude, porté par la masse. Mais, vieux, on nourrit des appréhensions déraisonnables mais pourtant réelles. Armand craignit de perdre sa valise, l'entendre rouler le rassurait, de se faire voler son portable ou son portefeuille qu'il serrait dans sa poche de blouson. Mais, dès qu'il sortit et aperçut les palmiers, toute inquiétude s'envola. La magie du vent chaud dans les palmes. Cet arbre qui résiste à tout, qui se gorge tant de soleil qu'il a ensuite la force de rester debout en pleine tempête. Armand pensa que les roseaux étaient vraiment surfaits. Puis, il prit un taxi. Direction South Beach. Enfin, il vit la mer. Et ces édifices années 1930, pas vraiment maison, pas vraiment immeuble. Des couleurs improbables, des musiques différentes qui se donnaient la main pour marquer un rythme frôlant la cacophonie.

— Je suis à Miami ! cria-t-il dans le taxi. Miiiiiaaaaamiiiiiiiiiiiii !

Il était surexcité. Un gamin qui, à peine arrivé à l'hôtel, s'écroula pendant quatre heures. Le réveil fut difficile mais la coupe de champagne le remit d'aplomb. Pendant trois jours, il ne sut pas quelle heure il était. Il mangeait quand il avait faim, il buvait quand il avait soif, il champagnait quand il en avait envie et il dormait quand il était fatigué. Il mit donc quatre jours à se caler sur le faisceau américain et sur un rythme normal. Il ralentit l'alcool. Il n'était pas question de mourir d'une cirrhose, voyons ! Il inscrivit « Balade au crépuscule sur Miami Beach » comme premier élément de sa liste de choses qui pourraient le ramener à la vie. Et, en face, pour contrebalancer, il eut envie d'écrire « Pas les moyens de faire ça plus de temps que prévu » mais il repensa au côté précis flippant de Rémi qui avait bien dit de contre-argumenter avec une dégénérescence corporelle. Aucune marge de manœuvre avec ce gamin.

Gilbert était perdu. Dans l'avion, déjà, il ne cessa de regarder les toilettes, persuadé qu'Édith en sortirait pour le rejoindre et se lover contre lui. Il n'arrivait pas à profiter. Elle devait mourir d'inquiétude de ne pas l'avoir vu revenir pour le déjeuner. Et Rémi qui avait gardé son portable. Il avait eu raison cela dit, bien sûr qu'il l'aurait appelée, pour la rassurer et sans doute qu'il aurait fini par revenir. C'était trop dangereux de le lui laisser. Mais Rémi n'avait pas effacé de sa mémoire les numéros. Pas encore ce pouvoir. Cependant, il n'appela pas. Arrivé à Faro, Gilbert fut envahi d'une sensation de plénitude. Il eut l'impression de retourner à une époque qu'il n'avait pas vécue, d'être enfin dans sa vie de jeune homme libéré de sa mère et pas encore marié. La vie solitaire s'offrait à lui. Il se voyait décider du restaurant dans lequel il allait manger, se goinfrer de gras sans sous-titres, boire comme un trou sans comptable de décilitres en voix off… Édith était une épouse merveilleuse, mais Édith restait une épouse. L'appartement que Rémi lui avait réservé à Albufeira était un enchantement. D'abord, la literie, point essentiel avait insisté Gilbert. M'en fiche que les sols soient en marbre, c'est pas par terre que je dors ! Du « mémoire de forme ». Il allait finir sa vie dans du mémoire de forme. Il s'y sentait tellement bien qu'il aurait pu en mourir de plaisir mais ce n'est pas ce qui était prévu. Relève-toi Gilbert, se dit-il en riant. Maintenant, pensa-t-il, quand je ferai une blague, je serai sûr d'être drôle puisque je serai mon seul public. Là, sur son balcon face à la mer, avec vue sur les falaises majestueuses de l'Algarve, Gilbert oublia l'inquiétude de sa femme. Il avait le sentiment qu'une seule bouffée d'air marin, qu'un seul petit rayon de soleil portugais pouvait étouffer une montée d'angoisse. Il passa les trois premiers jours à penser à la liste de Rémi, à ses devoirs et à se dire qu'il devrait opérer un tri drastique. Ici, tout semblait se liguer pour le ramener à la vie. Foutu pays !

Martial transpira, Martial pleura. Des années qu'il s'endormait en imaginant que cette chaleur humide envahissait de nouveau son corps. Il adorait cette sensation étrange de régulation de température d'une peau soudain soumise à une vingtaine de degrés de plus qu'à son habitude. Ce frisson chaud qui laisse la place à la transpiration. Ce phénomène naturel hors norme qui signifie « Tu es arrivé mon vieux, c'est l'Afrique ». Il chercha des yeux Prisca mais aucune femme ne portait une pancarte avec son nom, aucune femme ne lui ressemblait. Il l'aurait reconnue entre mille. Il se dirigea vers un local qui était chargé de l'emmener à bon port, dans un quartier populaire de Yaoundé, dans la petite maison, ou case, que Martial avait louée. Il aurait pleinement pu se loger dans une maison luxueuse avec gardes, dans un lotissement fermé mais dans ce cas-là, pourquoi aller en Afrique ? avait-il pensé. Autant finir sa vie au Club Med. La maison plut à Martial. Et elle avait un garage clos. Parfait pour y garer la voiture qu'il comptait acheter, pas pour se déplacer – pour aller où ? – mais pour se tuer. Il ferait tourner le moteur longtemps dans le garage fermé, s'installerait sur les sièges arrière en lisant *Le Vieil Homme et la Mer* et le tour serait joué. Il passa quelques jours à s'installer et à anticiper l'arrivée du conteneur, se demandant où il rangerait ses livres, comment il les trierait… Assis à même le sol, comme il aimait faire, il se fit un calendrier de lecture. La veille de l'arrivée prévue de sa livraison romanesque, il fut pris de sueurs froides. Il eut peur d'avoir mangé un peu trop rapidement des produits locaux mais il conclut que c'était l'angoisse qui s'exprimait. Il avait, l'espace d'un instant, imaginé que ses romans pourraient arriver en retard, mettant en péril son planning de lecture ou, pire, qu'ils étaient perdus. Au fond de l'eau. Abandonnés. Ses merveilles. Mais, dès le lendemain, un gamin débarqua chez lui, sans frapper. Martial dormait et fut réveillé en sursaut par un regard insistant.

— Je m'appelle Léké et je viens vous dire, monsieur, que votre boîte est arrivée.

— Ma boîte ? Mais qui es-tu ?

Léké sembla étonné.

— Je m'appelle Léké, hurla-t-il. Je vis à côté, dans le foyer d'orphelins Assa et votre boîte est arrivée !

Puis il s'enfuit, pas trop rassuré par ce vieux Blanc sourd. Martial était aux anges. Il pouvait entamer son projet. Pour l'instant, rien ne menaçait de le ramener à la vie. Pour l'instant…

À Richelieu, ça jasait sec.

— Mais où qui sont les petits vieux ?

— Je te dis que je les ai vus prendre le bus avec leurs vieux vêtements pour aller les donner au plus démunis.

Le chauffeur de bus, interrogé à de nombreuses reprises, démentit une attaque de véhicule sur le trajet : il les avait déposés à bon port. On murmura qu'ils seraient séquestrés chez Emmaüs, pour une rançon ? Rémi aussi formulait des théories, pour ne pas être soupçonné.

— Ils sont peut-être partis en vacances ? À Châtellerault ?

— Certainement pas, non, il leur est arrivé quelque chose, c'est sûr.

Nono écoutait mais ne disait rien, la curiosité ambiante lui remplissait presque autant la caisse que quand la bande était là. Presque.

4

Pour faire son devoir et pour, à l'avenir, écrire ses lettres mensuelles, Armand avait choisi un bar d'hôtel avec une petite terrasse sur la plage. Au calme. Il n'avait jamais réussi à écrire dans le bruit et à Miami, on ne cultive pas vraiment le silence.

Jacques, lui, avait opté pour un café-fromagerie. Un concept bien suiiiiisse. On s'habitue à tout, même au café odeur d'abondance. Il aimait la déco et la serveuse qu'il considérait comme équivalant à 65 % de celle-ci. Josette.

— On ne choisit pas son prénom, lui avait-il dit. Mais vous ne lui ressemblez pas.

Josette avait haussé les épaules, ne comprenant rien à la tentative de drague du Frenchie.

Gilbert avait pris ses habitudes dans un café près de la plage des falaises. Qui ne payait pas de mine. Agréable.

Martial resterait chez lui pour écrire. Sa maison comprenait un petit porche en bois, rudimentaire mais efficace. Il y ajouta une table et deux chaises en plastique beige, ce serait son endroit d'écriture et de thé. Quand il ne serait pas à l'intérieur à lire, bien sûr. Il rédigeait son devoir quand il sentit une présence au-dessus de son épaule.

— T'écris quoi ?

Léké était revenu. Le vieux Blanc sourd lui faisait toujours un peu peur mais il s'ennuyait tellement qu'il n'avait pas trop le choix.

— Eh oh ! Ne lis pas ! Ça ne te regarde pas.

Léké ne comprit pas cette expression mais répondit à la première partie de la phrase.

— Je sais pas lire, je risque pas.

— Ah, s'attrista Martial.

— Tu sais, toi ?

— Bah oui, et même écrire pardi.

Voilà que Martial se sentit fier.

— Tu m'apprendras ?

— Ah ça non ! cria Martial, ah ça non. Je ne suis pas là pour ça.

— T'es là pour quoi ?

Pour me remplir les poumons de monoxyde de carbone, pour mourir au Cameroun après avoir lu ma longue liste de livres et avoir retrouvé Prisca ou bien sans avoir retrouvé Prisca. Même à lui, la réponse parut confuse.

— Pour me reposer, j'ai été prof toute ma vie, maintenant, je me repose.

J'en ai marre de lire pour les autres, pensa-t-il, sans l'exprimer.

Léké disparut, triste. Il aurait bien aimé, lui, qu'on lui apprenne. Il retourna au foyer et en parla avec sa copine Centnon. Il l'appelait comme ça parce qu'elle avait été abandonnée sans lettre et trop jeune pour se souvenir de son prénom. Celle-ci, très astucieuse, lui conseilla de jouer de sa situation. De jouer la carte orphelin. Léké revint le soir même à la case de Martial.

— Je suis orphelin, monsieur. J'ai pas de parents. Ni maman… ni papa…

— Je sais ce que veut dire orphelin.

Qu'est-ce qu'il me veut à la fin ?

— Personne peut m'apprendre à lire. C'est ça que je veux vous dire. Sauf peut-être…

— Sauf qui ? demanda Martial qui regretta d'avoir posé la question.

— Le voisin.

— Bien ! Bah demande-lui de t'apprendre, je suis sûr qu'il acceptera.

— Eh bien, je vous le demande, c'est vous le voisin. Merci ! À demain.

Le gosse fila comme l'éclair. Malin. Martial qui n'avait mis sur son devoir que « Retrouver Prisca » avec en face « Devenir impuissant » ajouta « Passer du temps avec un gamin illettré qui demande à découvrir les mots ». Il peina à contrebalancer. Il hésita et il écrivit à la va-vite « Arthrose douloureuse ». Le lendemain, comme promis, Léké débarqua, s'installa sous le porche à la table en attendant que Martial sorte de chez lui. Il essayait de déchiffrer encore et encore un vieux manuel scolaire de CP qui racontait l'histoire de Louison. Il se souvenait qu'un adulte lui avait lu le nom. Il trouvait ça beau, Louison. Martial, devant le regard excité du petit, ne sut pas dire non. Bien sûr. Prof un jour, prof toujours.

— Bon, bon, juste une page alors, une seule.

5

Le 1er septembre, chaque petit vieux reçut son colis. Une lettre résumée de celles qu'ils avaient postées le 21 août sans faute, enveloppe préremplie avec date spécifiée dessus. Avec Rémi, c'était militaire. Quoique l'armée n'aurait sans doute pas voulu de lui. Trop instable et c'est dire.

Je vous informe par la présente que chacun de vous est bien installé dans sa destination d'origine. Martial a rejoint le Cameroun sans encombre où il a été rejoint par ses livres. Il est bien installé dans une case qu'il décrit comme conviviale, efficace et relativement confortable. Il dispose d'un porche avec une table en plastique beige d'où il m'a écrit en, je cite, pensant bien fort à vous tous. Il n'a, pour l'instant, engagé une vraie conversation avec personne en particulier, et je l'en félicite. La socialisation étant un grand danger dans votre projet. Pour ce qui est de son devoir, il m'écrit :

« Retrouver Prisca » = « Devenir impuissant »
« Passer du temps avec un gamin illettré qui demande à découvrir les mots » = « Arthrose douloureuse ».
J'ajouterai que les enfants sont de véritables plaies. Je me permettrai juste de te corriger @ Martial, quand je mets @votre prénom c'est que, dans la lettre commune, je m'adresse particulièrement à vous, je me permettrai donc de te corriger @Martial sur cette phrase : « cette maison est un parfait lieu de VIE en Afrique », lieu de DÉCÈS aurait été plus juste.
Gilbert est bien arrivé dans le sud du Portugal, en Algarve, et il me semble que notre ami n'a pas choisi le bon endroit. Il nous faudra tous nous unir pour aider Gilbert, le lieu développant chez lui des instincts de survie dangereux. D'ailleurs, c'est le seul d'entre vous qui n'a rien compris au devoir. La consigne était claire. Gilbert m'a rendu cela :
Le café noir portugais si délicieux = Vieillir
La gentillesse des gens = Devenir vieux ?
Le soleil caressant du matin = Prendre de l'âge
Les pieds nus dans le sable = Mûrir ?
Le poisson fumé et la bière légère = Avancer dans l'âge ?
Profiter du silence de la solitude face à la mer = Décatir.
Un exemple Gilbert, un exemple, avoir le dos qui se voûte. Tu vas vieillir, prendre de l'âge,

mûrir, décatir et te voûter, comme tous les autres viocs, regarder tes chaussures sans faire exprès, tout courbé, dos douloureux. Ça, c'est un vrai exemple, bon sang !
Armand est bien installé à l'hôtel à Miami, il a calculé à la journée près son budget avant de choisir l'hôtel et les restaurants envisageables. J'aime beaucoup cette façon de faire, précise et réaliste. Bravo. Dans son devoir, il parle de la mer, de balade au crépuscule sur la plage, le soir, et de baignades merveilleusement douces l'après-midi, mais il contrebalance bien avec la perte de vue progressive imposée par la vieillesse qui ne lui permettrait plus, de toute façon, de savourer longtemps de tels paysages.
Et enfin, Jacques, qui ne me cite que des femmes dans ce qui pourrait le ramener à l'envie de vie, ah et aussi la vue de son appartement. Il contrebalance les femmes par des fuites urinaires. Bien joué. Et la vue de son appartement en m'expliquant que la vue du ciel ne devrait pas être mal non plus.
En résumé, tout le monde joue le jeu. Ici, ça jase mais ça s'est un peu tassé. Vous restez le mystère du groupe de vieux qui a pris le bus. D'ailleurs, vous avez eu droit à un article dans La Nouvelle République.
Pour ce qui est de vos projets @Martial, n'oublie pas d'acheter la voiture et de calfeutrer parfaitement le garage. Si tu ne trouves pas le matériel

nécessaire, je te l'envoie mais il faut anticiper. @Gilbert, tu en es où de ta méthode d'électrocution ? Il ne s'agit pas de juste fantasmer, hein. @Jacques, tu as dû commencer les cours d'aviation, bien ! @Armand, je n'ai toujours pas reçu tes échographies du cœur, c'est inadmissible, je suis Colère. N'oublie pas de fatiguer ton cœur, les promenades sur la plage ne suffiront pas à l'affaiblir.
Je compte sur vous pour mener à bien votre projet,
Vous pouvez accrocher sur le mur dès aujourd'hui votre carte « J'ai un mois ».
Vous trouverez avec cette lettre un bonbon à la figue, le parfum préféré de Lucien,
Bien à vous,
Rémi

P.-S. : Avec l'âge, la peau prend une couleur grisâtre que l'on peut comparer à de la cendre de vieux bois.

Martial, Armand, Jacques et Gilbert, tout au long de la lecture, imaginèrent leurs copains, les falaises du Portugal, la plage de Miami, les montagnes suisses, la case de Yaoundé et regrettèrent de ne pas avoir leurs adresses respectives, de devoir passer par l'autre toqué qui, même encore en France, leur faisait peur. Mais c'était ainsi, c'est le jeu, ma pauvre Lucette. Ils replièrent la lettre et observèrent ce qui les entourait.

Ils avaient rarement été aussi apaisés. C'était, sans aucun doute, parce qu'ils ne savaient pas encore ce qui les attendait. Martial, Gilbert, Jacques et Armand se dirent aussi que c'était sympa de la part de Rémi d'avoir fabriqué un bonbon à la figue en hommage à leur Lucien.

6

Rémi avait finement observé les heures d'affluence du cimetière et surtout les heures d'absence de visiteurs. Il tenait à lire les lettres des loustics à son père, en paix. Il était trop dangereux de se faire entendre. Il les lui lut tout bas, à demi allongé sur la tombe paternelle. Sans aucune analyse, les mots crus tels qu'ils avaient été écrits, conservant même quelques fautes d'accord. Il se releva ensuite et, bien droit face à Lucien, prononça haut et fort cette fois :

— Si je réussis dans la vie, c'est grâce à toi !

Puis, alors qu'il s'apprêtait à partir, rebroussa chemin et ajouta :

— Ah, au fait, je ne sais plus si je t'ai remercié pour le kit de petit chimiste ! Une très bonne idée de cadeau, très bonne…

Rémi savait pertinemment qu'il avait déjà remercié son père, Rémi n'oubliait jamais rien. Mais ça lui faisait plaisir de le faire de nouveau. C'était vraiment un chouette cadeau.

7

— Louison po…

— C'est bien, continue. Louison po…

— re te ?

— Oui, Louison porte. Et qu'est-ce qu'elle porte ?

— Une robe ?

— N'invente pas, lis, bon sang, tu m'épuises, jeune homme !

En vrai, Martial s'amusait. Bien sûr qu'il avait depuis des jours dépassé la première page négociée par Léké. C'était en lui d'enseigner, et en plus la lecture, comment refuser ça à quelqu'un ? Ça aurait été inhumain.

— Louison porte un pa-ne-ta-lon.

— Un panetalon ? Tu es sûr ?

Et Léké se mit à rire, un rire qui résonne, un rire qui irradie sur son passage, il riait de si bon cœur que Martial ne put s'empêcher de l'accompagner. Léké était si heureux de déchiffrer ce livre qu'il avait réussi à emporter quand on l'avait forcé à quitter sa maison, ça et une peluche miteuse qui n'était même pas à lui mais à sa petite sœur qu'il n'avait pas réussi à emporter, elle. Le gamin remerciait Martial du regard à chaque syllabe et ça faisait bien longtemps que le grand-père ne s'était pas senti aussi vivant. Merde. Pas très productif, tout cela. Il se convainquait que tant qu'il se contenterait de voir Léké tous les trois jours et qu'il suivrait son programme, rien ne serait chamboulé. Il n'allait tout de même pas se laisser dicter sa conduite par un gosse. Toute sa vie, il avait maîtrisé des classes entières, c'était pas un bout de truc en culotte courte qui allait faire la loi. Oh ! Et il avançait parfaitement bien dans sa liste, à laquelle il ajouta l'histoire de Louison d'ailleurs. Il n'avait toujours pas trouvé la voiture mais, en Afrique, il n'était pas très compliqué d'en acheter une en état moyen moins. Et puis, Martial n'avait pas de prétention de marque pour son lieu de mort, mourir en 405 ou en Mercedes lui importait peu, l'important c'est de mourir, pensait-il. Il repoussa le moment de la quête de Prisca. Et en le repoussant, il l'allongeait. Il aurait pu mettre en place un plan d'action efficace qui lui aurait permis des résultats rapides : Prisca est-elle encore en vie, est-elle toujours en Afrique, toujours au Cameroun, toujours à Yaoundé, et toujours célibataire ? Il aurait aimé avoir une réponse tous les trois jours, découverte évolutive d'une possibilité d'ailleurs. Au lieu de ça, il se promenait, espérant la croiser, rêvant d'entendre son nom au détour d'une conversation, au croisement d'une rue, dans une échoppe colorée, Prisca, entre les épices. Au bout de trois semaines, Martial fit une surprise à Léké, il l'emmena faire un safari. C'était plus pour ne pas y aller seul, dans le fond. Oh que le gamin connaissait bien les animaux ! Il expliqua au grand-père les différentes espèces, leurs coutumes diurnes et nocturnes, il jouait au professeur et adorait ça. Martial, ce jour-là, se surprit à beaucoup rire et à admirer, comme si c'était une découverte transcendante, la beauté du monde dont il ne se lasserait jamais, en images ou en mots. Monde qu'il quitterait le 1er août suivant, ce à quoi il pensait de moins en moins. Ce à quoi il ne pensa plus du tout quand, dans le bus du retour, Léké s'endormit, la tête sur ses genoux, et qu'il lui caressa les cheveux, doucement.

8

L'aérodrome de Sion était magnifique. L'hôtesse d'accueil flirtait avec la cinquantaine et l'âge semblait lui avoir offert confiance en elle et connaissance de son corps. Fraîchement divorcée, elle vit arriver ce petit nouveau comme un Schoko-Bons en sortir de carême. Belle allure, sourire maîtrisé, du goût… jusqu'à ce qu'il ouvre la bouche, tout sembla se passer au ralenti, une scène de rencontre romantique comme on n'en fait plus. Brisée en une seconde par l'accent. Cette façon de dire bonjour… Ça aurait pu l'amuser un repas, mais à vie… non merci ! Tant mieux, cela dit, encore un obstacle potentiel de moins pour Jacques. Comment avoir le courage de s'écraser contre une montagne quand on est amoureux ? Jacques se sentit tout à coup intimidé. Plus par la situation que par la secrétaire, pour être honnête. Il n'avait jamais su garder un secret mais, en même temps, là, il y était un peu obligé. Impossible d'avouer, de front, que son intérêt soudain pour l'aviation était avant tout morbide.

« Bonjour madame, je me présente à vous pour m'inscrire à des cours de pilotage. Une passion ? Du tout. Je voudrais juste apprendre comment se pilote correctement un avion pour faire strictement l'inverse et ainsi être certain de bien m'écraser à un point GPS visé. Pas à côté. Mourir, je le fais en partie pour faire plaisir à mes amis mais également pour terroriser mon ex-femme. Phobique de l'avion. Vous savez, à la retraite, je crois que l'on a tous besoin d'un projet. Cela évite grandement de s'ennuyer. »

Il serait amusant, mais long, de faire une liste des projets des retraités. Quand on passe toute sa vie à bosser la semaine, à ressasser, le week-end et les vacances, les tics et tocs des collègues, les problèmes d'organisation que l'on croit propres à notre entreprise ou structure, et que, tout à coup, on est entouré de silence et que l'on a le temps d'observer ses deux mains en se demandant à quoi elles vont désormais servir… c'est un coup à devenir fou ! Quoique devenir fou doit occuper grandement le temps. À bien y réfléchir, c'est même l'activité la plus chronophage qui existe. Mais les gens se mettent au tricot, à la belote, à la pétanque, créent ou intègrent des associations en tout genre (l'asso des récupérateurs de métal industriel pour en faire des porte-clés, l'asso des femmes créatrices, l'asso des amoureux d'animaux qui les préfèrent aux hommes…). Contrairement au choix de la folie comme activité postlaborale, toutes les précédentes incluent une nouvelle socialisation. Bref, l'homme cherche l'homme. Et, en dehors des temps de vie en commun autour de l'activité élue, les gens continuent à commenter les tenues des uns, les tocs des autres et les défauts d'organisation. On prend les mêmes et on recommence. L'activité choisie, en apparence, par Jacques, est une activité un peu différente. Réservée déjà à une élite de vieux, parlons clairement. Voler. La panacée. Traverser les nuages, s'y enrouler, approcher le soleil, l'essence même de la lumière. Jacques risquerait d'y prendre goût et de renoncer à l'éclat de fin. Mais seule la suite nous le dira. En attendant, il découvrait un monde nouveau, pensant qu'il s'y attellerait sans enthousiasme démesuré. Il envisageait ces cours comme l'apprentissage de la méthode finale. Comme il aurait pris des cours de pendaison. Mais comment rester insensible au pouvoir de voler ? Comment retenir son cœur de s'emballer face à un tel spectacle ? Il est impossible de ne pas prendre du recul sur sa vie en prenant tant de hauteur. Son moniteur était une monitrice. Décidément. Pauvre vieux. Une ancienne pilote de chasse française à la retraite qui avait choisi la Suisse comme lieu de reconversion professionnelle. À la retraite sous-entendait qu'elle avait au moins trente-neuf ans. Pauvre vieille. Elle expliqua à Jacques son parcours professionnel, raconta ses guerres, parla de ses enfants, des différences entre la Suisse et la France culturellement et socialement surtout. Elle nourrit son discours d'exemples passionnants. Jacques pensa que le ciel mériterait plus de silence. Il aurait aimé ouvrir les fenêtres et sentir ce qui lui apparaissait comme la vraie vie, alors qu'il n'avait même pas anticipé une once de plaisir avant de décoller. Déjà le folklore. Jacques, des activités, avait toujours apprécié le folklore. Par exemple, au bowling, il préférait le moment de préparation, le changement de chaussures et le choix de la boule plutôt que le jeu en lui-même qui l'ennuyait. Quand il enfilait ses chaussures laides, il entrait dans une bulle. De l'équitation, il aimait brosser le cheval, mettre sa bombe, enfiler ses bottes, au moins ça, ça ne faisait pas mal au cul. Et le folklore de l'aviation. Mon Dieu. Un délice. Le point météo, le tour de l'avion, la conversation cadenassée avec le mécanicien, le réglage de tous ces petits boutons qui ressemblaient plus pour lui, pour l'instant, à une guirlande de Noël disséminée sur un tableau de bord. Dès la mise en route, il sentit le danger. Je vais aimer ça, follement aimer ça. Quelle infortune. Il sortit de sa première heure, soûlé par les émotions et par la monitrice qu'il aurait bien renvoyée à la guerre. Honnêtement. Elle était peut-être bonne pilote mais elle aurait été une piètre pêcheuse. Avant de rentrer à son appartement, il fit un petit tour à la boucherie où il avait déjà ses habitudes. Le vieux a une telle capacité de ritualisation. S'il apprécie un commerce, il se l'approprie tout de suite et la boucherie de Gérald Tournelle devint rapidement et sans l'avis de Gérard, qui ne s'y serait pas opposé, la boucherie de Jacques. « Ici, j'ai une boucherie les amis… merveilleuse. Une viande qui n'a rien à envier à la viande argentine de par sa qualité et sa tendreté. Un bonheur », écrivit Jacques dans sa deuxième lettre à Rémi. Mais n'anticipons pas trop et prenons l'avion pour Miami.

9

Après quatre jours d'adaptation cotonneuse – avec l'âge, on met plus de temps à répercuter le décalage horaire –, Armand avait pris ses marques. D'abord, il avait changé de tenue, le béret n'étant plus de mise quand il fait trente degrés et que le front ruisselle. Décider quel serait son nouveau couvre-chef occupa une journée complète de notre prof de philo vagabondant. Il vacilla entre la casquette grillagée et à motifs, la mode… et divers chapeaux. De la paille au feutre. Armand pensa que ses goûts personnels ne s'accordaient pas entre eux. Il y régnait une dissonance difficile à gérer. Il raffolait des palmiers et de la chaleur mais aimait foncièrement les chapeaux épais, les foulards de soie et les chaussures en cuir. Ici, il devait jouer de malice pour trouver une tenue adaptée au climat et à ses propres exigences d'élégance. Il opta pour un chapeau de paille la journée et un chapeau léger pour le soir. Dans les restaurants chics de la ville, il aurait bien l'occasion de le porter. Quand même. Pour ce qui était des chaussures, il essaya des tongs. Douce horreur.

Comment peut-on s'infliger cela ? Il s'imagina marcher dans la rue, nonchalant, baisser les yeux et apercevoir ce spectacle immonde. Ses orteils poilus posés sur une semelle en plastique séparés par un boudin rigide. Jamais. Et pourquoi pas un bermuda tant qu'on y était ? Il n'était pas contre l'évolution, la modernité, la technologie ou toute autre dénomination de progrès, mais pas les tongs. C'était trop. Quelques paires de sandales en cuir plus tard, sans oublier quelques mocassins, il cocha la case « Pieds ». Pour les jambes, il opta pour la flanelle. La meilleure alliée de l'homme élégant au soleil. Une dizaine de pièces plus tard, il ressortit du magasin, heureux. Il rentra à l'hôtel, retira son béret, le remercia et le rangea dans une boîte en carton prévue à cet effet. Il y ajouta son foulard en soie, plié en triangle, bien sûr. Et il adopta sa nouvelle parure, sans chapeau pour l'instant, le soleil jouant à cache-cache depuis la veille. Il brossa ses cheveux poivre et sel. Prêt à quitter sa chambre, il ouvrit son carnet, couverture en cuir clair, sur laquelle était écrit en italique et au feutre « Programme Armand Pou ». Son surnom par Carmen. Il se délecta de ce qu'il lut : Langouste. Il avait réservé tous les restaurants midi et soir jusqu'à sa mort. Peu de gens peuvent se vanter d'être si organisés. Il avait calculé au plus juste avec son budget et faisait alterner des repas magiques, grands mets, bons vins, et des grillades sur la plage, à la bière. Et ce midi, c'était langouste. Il se présenta au restaurant Capelo seul. Bien sûr. On lui offrit une table vue mer, surplombant une petite plage éloignée d'une dizaine de kilomètres de South Beach. Armand avait loué une décapotable pour ces quelques mois. Une Mustang évidemment. Quand il ouvrait la portière conducteur (de toute façon, il n'ouvrait pas les autres), un cheval était projeté sur le bitume chaud. Une merveille. Inutile. Mais merveilleuse. Rouler sans toit lui donnait une impression de liberté idiote. Comme s'il était seul au monde, ce qui était le cas. À la première accélération, il perdit son plan de la ville. Le serveur lui proposa un menu en anglais, il déclina.

— En español por favor, señor.

Un coq en pâte. Le soleil. La plage. Ce magnifique restaurant. La langue de Carmen. Il entreprit de dresser une liste de ce qui lui manquerait à Miami. Elle fut si courte qu'il conclut qu'il était bien. La langouste tint ses promesses. Moelleuse. Qui n'en a jamais mangé devrait, pensa-t-il, éloigné depuis l'enfance des préoccupations de moyens. Quand on est né fils du roi du radiateur en France, manger de la langouste est juste un extra, pas une folie. Le caviar, à la limite. Mais Armand n'aimait pas ça. Il pensa un instant qu'être fils du roi du radiateur à Miami lui aurait certainement offert un confort financier moindre. Sur la plage, en contrebas, peu de familles. Des jeunes, des vieux, des maillots de toutes les couleurs, de toutes les formes, certains si étroits que ce n'étaient même pas vraiment des formes, des peaux en général hâlées, mais pas d'enfants. Pas de seaux, pas de pelles, pas de châteaux à la construction approximative. Pas de bruits. Quelques joueurs de musique, un tam-tam et un guitariste. Armand n'entendait pas la musique de la plage depuis son mirador sucré. Il dégustait une tarte au citron meringuée bercé par du classique, derrière une table à nappe, observant la danse des pingouins. Après avoir réglé, il descendrait sur la plage et rejoindrait le groupe. La musique adoucissait son cœur avant qu'il ne soit brisé par Carmen. Depuis sa mort, elle avait quitté sa vie sans qu'il le réalisât. Jusqu'à cette plage de Miami. Il goba ses derniers morceaux de tarte, paya en laissant un large pourboire. Il noterait un extra dans son carnet de comptes et se priverait d'un futur dessert. Tant pis. Javier-Luis et Ernesto étaient cousins, d'origine cubaine. Musiciens amateurs. Leurs rythmes ne s'accordaient pas toujours, il y eut des couacs mais, à chaque fois, ils riaient, d'un rire de jeunesse, un rire qui ne déraille pas, sans fêlure. Celui d'Armand ne résonnait plus ainsi depuis tant d'années, depuis le diagnostic, pour être précise. Son éclat était teinté d'entailles, qu'il s'efforçait de remplir de petits bonheurs, pour le lisser au maximum. Cet après-midi-là, sur la plage, il eut l'impression d'avoir réussi à les combler en grande partie. La compagnie de Javier-Luis et d'Ernesto était si agréable qu'il accepta leur invitation à visiter une mangrove quelques kilomètres plus loin. Il partagea sa décapotable et laissa les cousins choisir la station de radio et le volume sonore. Après tout, il ne connaissait personne et, à Miami, tout était tellement démesuré qu'à part lui, personne ne fut gêné. La mangrove plut à notre Armand qui rentra à l'hôtel, heureux. Les heures et les jours suivants coulèrent sur lui sans qu'il réfléchisse trop. Il lisait l'actualité mondiale, se reposait, regardait des films, avec les mille chaînes proposées par l'hôtel, il trouvait toujours de quoi faire. Il se promenait beaucoup, sur la plage notamment. Comment s'en lasser ? Il parlait avec des gens mais sans chercher de vraies relations sociales. Ou bien éphémères, comme ce fut le cas avec les cousins. Il tirait des conversations diverses des données intéressantes mais derrière lesquelles il ne visualisait pas vraiment l'être humain. Il répertoriait tout cela dans un cahier, dans sa chambre qu'il appréciait beaucoup. Depuis sa rencontre fortuite avec les cousins, Armand avait de nouveau laissé entrer la musique dans sa vie. Il s'inscrivit même à un cours de salsa. Y'a pas d'âge. Il avait le rythme dans la peau depuis toujours. Un peu de technique et le tour serait joué. Il opta pour la salsa cubaine. Le prof était drôle et parlait espagnol. Évidemment. Ces deux heures hebdomadaires furent complétées par des soirées dédiées. Armand dansait, dansait, jusqu'à pas d'heure. Il virevoltait. Il changeait de partenaire, la jouait délicat ou sportif. Cela dépendait du rythme de la chanson et de son énergie du moment. Un soir, un peu plus de trois semaines après son arrivée, il participa à un événement dingue. Une soirée latine dans un hangar immense, légèrement en périphérie. Des milliers de personnes, plusieurs DJ. Armand évoluait comme un poisson dans l'aquarium d'une veuve qui s'ennuie. Dans sa prochaine lettre à Rémi, Armand édulcorerait un peu la joie de la danse. Pas le courage de recevoir une leçon. J'ai passé l'âge, pensa-t-il.

10

Et pendant ce temps-là, Rémi, à Richelieu, se délectait des commérages qui n'avaient fait que ralentir un peu. Il errait dans la ville, lançait le sujet, mine de rien. Trois fois qu'il allait chez la coiffeuse qui ne savait plus trop quoi lui couper.

— Coupe lui donc la tête, lui avait suggéré sa collègue en off.

— Serait capable de repousser…

— C'est vrai qu'il est carrément flippant, ce gosse.

— Pourquoi on dit ce gosse d'ailleurs ? Il a notre âge.

— Ché pas. L'habitude.

Et c'est vrai que, dans les villages ou ville de taille moyenne comme aimait à le rappeler le maire, les surnoms survivaient même aux gens. À Richelieu, on parlait encore du Capio, même si les vieux avaient oublié son vrai prénom et que les jeunes (ceux de moins de soixante-quinze ans) ne l'avaient jamais vu.

Son surnom errait dans la ville comme un fantôme de lettres. Une évocation récurrente. Une trace. Au bar, on enchaînait les pastis comme le Capio. Sur la place, on traînait la patte comme le Capio. Devenu immortel parce qu'il avait opté pour l'ancien français, refusant de passer au mot « chapeau ». « Un capio, c'est un capio », bougonnait-il. Le gosse, Rémi donc, mettait dix balles comme on dit et répertoriait mentalement les théories sur la disparition des vieux en bus. Marthe, sa mère, était inquiète.

— Et s'ils avaient fait une bêtise ? Et si la mort de Lucien avait tout déglingué dans leur ciboulot ?

— Comment ça ?

— J'en sais rien, moi.

— Moi non plus, se força-t-il à mentir.

— Ils sont peut-être partis dans les pays de l'Est… sur un coup de tête.

— Dans les pays de l'Est ?

— Oui. Je sais pas pourquoi, j'ai pensé ça.

Et Marthe retournait à ses mailles. Rémi se fichait que sa mère puisse être perturbée par la disparition des petits vieux. Il en était si heureux. Si épanoui. Comme un chef de projet qui voit s'aligner les étoiles. Tout allait bien, jusque-là. Dans le meilleur des mondes. Monde où chaque individu devrait pouvoir décider de tout ce qui le concernait. Lui, Rémi Fléchet, faisait ce qu'il voulait quand il le voulait. Ne se préoccupant pas de ce que pensaient les autres. Ainsi, chez la coiffeuse, il dit à Jacqueline Rimbaud que, de toute façon, avec ou sans mise en plis, elle était laide et l'avait toujours été, que l'on s'était habitué, nous, à son image et que ce n'était pas la peine de perdre du temps inutilement. Qu'elle pourrait à la place se cultiver un peu, que ça ne lui ferait pas de mal.

— Bah quoi ?

11

Le Portugal avait redonné à Gilbert le goût du café. Il y était si délicieux que, les premiers jours, il en buvait une dizaine par jour. Après quelques épisodes de tachycardie, il se limita.

Contrairement à Armand, Gilbert cherchait la compagnie, il avait toujours été entouré de copains. Tous différents. Gilbert était tolérant. Un bon copain est un mec qui a envie de passer du temps avec moi, peu importent ses idées et sa classe sociale. Gilbert pensait qu'on avait toujours au moins un point commun avec l'autre. Il arriva au Portugal prêt à remplir son carnet de belote. Mais, ici, personne ne jouait et il se rendit compte que la barrière de la langue était trop lourde pour lui. Il rangea ses cartes et finissait souvent seul devant son dernier café du soir, ruminant son manque de contacts. La journée, ça allait. Le midi, il aimait déjeuner seul. Il observait le spectacle. Il ressemblait à celui de la veille mais n'avait rien à voir non plus. Les oiseaux étaient différents, et même si c'était la même troupe, les trajectoires différaient, les cris aussi. Leur intensité, selon les vents. Les nuages ne dessinaient pas les mêmes formes. Le soleil ne brillait pas toujours pareil. Même s'il mangeait presque toujours la même chose, du poisson grillé et des frites maison avec une Super Bock, sur la même terrasse, qu'il vente ou non, Gilbert assistait à une représentation différente chaque midi. Puis, il déroulait sa journée, sieste, lecture, promenade et dîner. C'est au dîner qu'il se sentait seul. Trop seul. Le ciel était éteint. Il fallait attendre la séance du lendemain. Trois semaines de soirées tristounettes lui donnèrent envie d'apprendre le portugais. Il trouva un professeur particulier. Qui ne parlait pas un mot de français. Gilbert ne serait donc pas tenté de tricher. Il se dépatouillait comme un beau diable. Sur les conseils de son prof, il se mit à écouter du fado. Même s'il ne comprenait rien, l'émotion l'envahissait. Le soir, il ne s'ennuyait plus. Il allait faire des courses et cuisinait. Ce qui fut une révolution dans son humanité. Il en avait marre des salades d'endives aux noix. Son unique tâche culinaire.

— Tu feras la salade d'endives, mon amour ? lui demandait toujours Édith quand ils recevaient des amis pour un barbecue.

Même la cuisson des brochettes, c'était elle qui gérait. Et, quand il avait voulu s'imposer, un « Tssssss Tsssss » souriant l'en avait empêché. Son Édith, magicienne de la cuisine, et pas que… Son Édith dans son tablier blanc, immaculé, qu'elle s'appliquait à ne pas salir et qu'elle soulevait délicatement, quand ils n'étaient plus que tous les deux en disant :

— Je porte du blanc…

Gilbert n'avait jamais su résister. Son épouse en blanc. Une merveille. À leur première rencontre, elle portait une robe blanche à volants. Enfin, ce n'était pas leur première rencontre, mais Gilbert avait beau insister sur ce point, elle précisait qu'elle se fichait de la première fois qu'elle l'avait vu, pour elle la première rencontre avait été la rencontre de leurs deux sexes. Édith… Dans le fado, Gilbert avait l'impression que les chanteuses ne parlaient que d'elle. Qu'elles racontaient leur histoire, certes banale, d'un couple de septuagénaires mariés depuis tant d'années, avec enfants, dans une jolie maison bourgeoise, dans une ville de province de taille moyenne. Une histoire banalement heureuse. Jusqu'à ce qu'un petit vieux meure soudainement sur ses toilettes. Il faudrait que, le lendemain, il demande à son professeur comment on disait « toilettes » en portugais. Il s'attabla et mangea le repas qu'il avait cuisiné tout seul. Il ne se régala pas mais ça lui semblait plutôt correct pour une première cuisson. Le poisson partait en lambeaux et les frites surgelées ne valaient pas celles de la cahute mais on fait avec ce qu'on a.

Au bout de quelques jours de cours intensifs durant lesquels les promenades pieds nus dans le sable lui manquèrent terriblement, il parlait un peu portugais. Il retourna donc au restaurant. Avec ses cartes de belote. Un peu plus sûr de lui. Le restaurant était vide. Il se retrouva comme un couillon, seul, avec ses espoirs d'amitié. Il mangea une cuisse de poulet parfaitement cuite. Déjà ça de pris. Au dessert, au moment où Gilbert désespérait franchement d'être le seul client du restaurant, entra, comme une tornade, une dame.

Gilbert ne pouvait penser qu'à ce mot en la voyant. Il rougit. Elle retira son trench beige, il pleuvait dehors. Depuis sa table, Gilbert put sentir son parfum. Du musc ambré. Un parfum très similaire à celui de sa fille Pénélope. L'image de Pénélope lui apparut soudain. Il se demanda où elle en était avec son amoureux. Si elle était heureuse. Il s'en voulut d'avoir disparu avant de savoir si elle était entre de bonnes mains. C'était le rôle d'un père que de protéger sa fille de paluches masculines malveillantes, non ? Mais Édith avait toujours parfaitement joué le rôle du père. La dame s'installa au bar. Le barman sembla ne pas l'avoir remarquée. Penché sur son téléphone quelques mètres plus loin. Gilbert bouillonnait.

— S'il vous plaît ! dit-elle.

Rien.

Gilbert se sentit alors pousser des ailes. Il allait aider une Française à se débrouiller en portugais. Fier comme un pape. Il lui commanda un café et lui expliqua qu'une addiction était vite arrivée. Puis, il retourna à sa table. Sa mère lui avait toujours conseillé de ne pas tenter le diable. Sans savoir pourquoi il se sentait un peu émoustillé. Il était venu ici pour mourir, pas pour être infidèle à son épouse. L'abandonner sans nouvelle était une chose, mais la tromper… Amélie alla s'asseoir avec lui, comme si son aide avait été une invitation.

— Oh ce temps ! Moi qui suis venue ici pour le soleil, eh bien je suis servie.

— Oh ne vous en faites pas, demain ils prévoient un temps clément.

— Vous vous appelez ? demanda-t-elle.

— Gilbert Petitbon.

— Amélie Pimpon.

Gilbert rit. Non, il ne pouvait pas tromper Édith et encore moins avec madame Pimpon. Et puis, finalement, elle ne lui plaisait pas physiquement. Cependant, ils passèrent une soirée agréable, Amélie était là pour quelques mois, un break dans sa vie mouvementée à Bruxelles. Marre de courir partout. À mon âge, je veux m'épargner. Son but étant de vivre le plus vieux possible. Un pari avec une amie. Et toutes les deux mettaient tout en œuvre pour le gagner. Décidément, les défis idiots ne sont plus réservés aux jeunes.

Y'a plus de saison pour faire l'idiot.

12

1er octobre

Ce mois-ci, ce serait kaki. Rémi était fier de ce nouveau bonbon, concocté par ses soins. Avec amour, ou presque. Le kaki étant un peu granuleux, il avait dû bidouiller, selon ses termes, modifier les éléments lui procurait une sensation de toute-puissance. Son rêve ultime aurait été de cloner quelqu'un. Lui ? Ou des parties de lui dans des individus différents… une reproduction à l'infini… L'idée de pouvoir aller jusqu'à mélanger des gènes pour décider des caractéristiques d'un être final lui offrait une joie fictive précieuse. Il était d'avis que l'on devrait faire régresser des gènes pathogènes et même certains traits physiques. Les cheveux roux par exemple, les nez aquilins, les peaux trop foncées ou trop claires. Il imaginait avec délice un monde formaté où toutes les peaux se ressembleraient. Il n'avait jamais été fan du dégradé. À partir du 24 de chaque mois, Rémi avait du travail. Il recevait les lettres, les lisait, les résumait, les compilait et il devait concevoir son bonbon mensuel. Il ne pouvait pas se permettre de le faire trop en avance sous peine de perdre le côté moelleux qui l'apparentait presque à une pâte de fruits. Son père détestant les bonbons durs, Rémi avait dû élaborer une technique d'onctuosité. Quel travail. Mais quel travail gratifiant. Quand d'autres poussent des palettes ou séparent des pièces à l'usine. Il pensa qu'une fois qu'il aurait réussi sur ce marché prometteur de la fin de vie, il pourrait peut-être ouvrir une école. L'institut d'apprentissage des coordinateurs de mort volontaire Lucien-Fléchet. Le nom de son père. C'était la moindre des choses. Il rit. Son père ne lui manquait toujours pas. Il appréhendait un peu la lecture des courriers. Il craignait que les petits vieux ne décident d'arrêter le projet ou ne trouvent des raisons de vivre, ou pire d'être heureux. Il les parcourait d'abord nerveusement. Il pesta comme jamais contre Marthe qui décida, pile au moment du dépliage de la lettre de Gilbert, première reçue, de passer l'aspirateur.

— Ça va pas, non ? T'es folle, ou quoi ? hurla Rémi depuis sa chambre sans même prendre le temps de descendre de son lit.

Marthe haussa les épaules, abandonna son engin et retourna à ses mailles. Une à l'endroit, une à l'envers. Bien sûr, il les lisait dans l'ordre de réception. Faire différemment lui aurait été impossible de toute façon. L'ordre avant tout. Gilbert semblait sur la bonne voie malgré des aspirations de vie telles que l'apprentissage du portugais, on n'a pas idée, à son âge ! Et cette rencontre, là, avec la Belge, ne lui dit rien qu'y vaille. Il faudrait qu'il soit vigilant, tout de même. L'heure n'était pas aux amourettes ! Martial racontait à Rémi l'avancée dans sa liste, la fameuse. Tout allait pour le mieux. Il évoqua les animaux mais n'insista pas sur le sujet Léké. Rémi lui faisait peur et il n'aurait su anticiper ses réactions. Léké avait déjà perdu ses parents et sa sœur, pas la peine de lui imposer un Européen psychopathe qui pouvait débarquer du jour au lendemain pour lui expliquer en quoi il était un danger pour la mort d'un vieux monsieur pour lequel il s'était pris d'affection. Martial se posa de nouveau cette énième question : « Omettre, est-ce mentir ? » Il omit d'y répondre. Il verrait dans la lettre suivante. Jacques énuméra à Rémi les premières étapes validées de son projet. Rémi exultait. Premier cours de pilotage pris, l'engin semble assez efficace pour me tuer rapidement. S'agit pas d'agoniser au pied d'une montagne, abandonné. Jacques décrivit à Rémi le futur choc de façon très détaillée, presque érotiquement violente. Armand dansait. Danger, pensa Rémi, danger. À la danse, on rencontre des gens, à la danse, on tombe amoureux. Rémi s'inquiéta franchement du rôle de la musique dans la vie d'Armand, tout comme dans celle de Gilbert d'ailleurs. Franchement, c'était has been le fado. Il lui faudrait remettre les points sur les I, un peu, mais, dans l'ensemble, les lettres, ce mois-ci, étaient assez plates pour être encourageantes. Pas d'abandon. Pas de passion franche. Bien !

Cher groupe,

J'ai la fierté de vous annoncer que vous persistez tous dans votre volonté de mort volontaire. Vous avancez chacun à votre façon et chacun à votre vitesse dans ce magnifique projet commun qui nous anime.

J'ai bien reçu vos lettres et j'en fais ici un résumé. Martial, en Afrique, avance dans sa liste. Il ne se crée aucun tissu social, ne dévie pas de sa trajectoire morbide, ne se passionne pour rien en particulier. Bien. Il a fait un safari la semaine passée et a beaucoup aimé. Il n'est, bien sûr, pas question de ne pas vous autoriser quelques petits plaisirs ponctuels, je dirais même que cela pourrait être bénéfique, par contraste, vous comprenez. Savoir ce que l'on perd est toujours intéressant. Je vous fais confiance, par contre, pour ne pas vous laisser influencer positivement. Quand la Faucheuse vous tendra la main je sais que vous l'attraperez, vous êtes des champions !

Rémi avait préparé sa métaphore et était plutôt satisfait de sa formulation. Il y avait de quoi, non ?

Gilbert, quant à lui, fait des rencontres. Je vous rappelle, ici, le danger des relations avec autrui. Il me dit que ces moments passés avec Amélie la Belge ne sont pas teintés de séduction mais je le rappelle à son engagement. Tout de même. Et puis, quand je vois Édith, ici, qui s'inquiète…

Rémi voulait remettre Gilbert Petitbon sur le droit chemin de la Mort et il réussit.

Gilbert a aussi réduit sa consommation de café et s'est mis à cuisiner. Des plats chauds, nous précise-t-il.
Armand s'est mis à la danse, à la salsa plus précisément. Il veille à ne pas sympathiser avec les autres mais, je lui rappelle, à lui aussi, son engagement suprême. Cependant, la danse fatigue le cœur et, en ça, c'est bien, Armand. Par contre, @Armand, attention vraiment avec la musique, c'est une arme de vie puissante et notre objectif est bien éloigné de celui-ci. Je te conseille d'ignorer cette appétence.

Au départ, Rémi avait écrit « je t'ordonne » mais, à la relecture, il avait jugé trop sèche sa formulation.

Je précise également que Gilbert s'est mis au fado. Même remarque que pour Armand.
Il est nécessaire que vous trouviez un équilibre entre petits plaisirs très ponctuels et poursuite du chemin vers votre fin. Comme Jacques le fait, très bien.

Rémi avait pensé à offrir, chaque mois, un badge de Super Vieux à celui qui respectait le plus les règles, mais comme c'étaient lesdits vieux qui lui racontaient ce qu'ils faisaient, il n'aurait plus accès à la réalité exacte. Ils mentiraient sûrement pour gagner la pastille. Y'a pas d'âge pour pousser son voisin hors du terrain près de la ligne d'arrivée.

Jacques avance prodigieusement dans son entreprise. Il a pris son premier cours de pilotage pour apprendre ce qu'il faut faire et ainsi être apte à contourner les règles. Il s'est installé dans son village suisse, est devenu un habitant lambda, comme les autres, il y attend la mort calmement en mangeant de la viande et du fromage. Excellents, selon ses dires. Ça donnerait presque envie d'aller le visiter.

Quand Jacques reçut cette lettre, il prit peur. Supporter le gosse bizarre avec les autres ou à distance, d'accord, mais une visite, Rémi chez lui… eux deux seuls… Ils refermèrent tous leur courrier, satisfaits. Tout le monde allait assez bien pour travailler sa mort prochaine. Chacun se demanda ce que l'autre avait caché à Rémi ou omis de préciser. Est-ce que Jacques avait une amoureuse ? Bien le genre. Est-ce que Gilbert avait recontacté Édith ? Ou fait venir Pénélope, sa fille, en Algarve ? Est-ce que Martial traversait le Cameroun avec une pancarte indiquant « Prisca », comme les chauffeurs de taxi dans les aéroports ? L'avait-il déjà retrouvée ? Est-ce qu'Armand fréquentait les cabarets en maintenant son cœur bien au repos ? La dégustation de leur bonbon au kaki les coupa dans leur réflexion. Pas mal. Même pas granuleux. Il a des bons côtés, ce gosse, malgré tout.

13

Le cimetière n'était pas vide, comme l'espérait Rémi, qui se contenta alors de lire sa lettre-résumé à son père. Prendre le risque de lui lire tous les courriers aurait été irréfléchi. Et vous savez, comme moi, que Rémi est relativement calculateur. Il murmura discrètement et les rares visiteurs présents n'entendirent rien excepté le tonitruant :

— Si je réussis dans la vie, c'est grâce à toi !

qu'il prononça avant de quitter les lieux.

14

Chez Jacques, ça sentait le patchouli. Dans le salon, du moins. Huiles essentielles en diffusion lente. Sa monitrice, reine du conseil non sollicité, lui en avait listé toutes les propriétés. À l'écouter, le patchouli guérissait la faim dans le monde et apaisait les tensions sociales. Dans la salle de bains, Jacques avait opté pour la verveine. Il en aimait l'odeur, mais surtout, se doucher au gel douche tisane le faisait toujours doucement rigoler. Laurence y étant allergique. On trouve du divertissement où l'on peut, lorsque l'on vit seul. Installé sur sa terrasse, café chaud à la main, il reçut une notification. Huile essentielle à sec. Diffuseur pas content. Jacques, persuadé d'être prévoyant, fouilla dans son bac de réserves en tout genre. Pas de recharge. À contrecœur, il se prépara. Il sortit impeccable, bien sûr. Pas question de bâcler sa tenue, même pour une petite course. Il pensa à Lucien, sur les toilettes. On ne sait jamais quand notre image sera figée pour toujours, quand la dernière photo de nous sera prise et par qui. Depuis qu'il avait réalisé cela, Jacques faisait attention.

Il promenait sa dernière illustration de lui, épaules droites. Le mois d'octobre, à Sion, se révélait plutôt clément. Il y avait bien un supermarché en bas de chez lui, mais Jacques eut envie de marcher et de se laisser surprendre par un agencement de produits différent, par une disposition de rayons étrangère. Les bonnes huiles essentielles à la main, il poussa jusqu'au café Bertom. Le bar était quasi désert. Deux petits vieux discutaient. Un homme seul en bout de zinc, du rouge dans un verre ballon pas très net. Une jeune fille qui lisait. Dehors, ça ne grouillait pas non plus. Jacques resta une heure, le journal local l'occupa, observer la rue aussi. Il n'avait qu'une séance de pilotage prévue dans l'après-midi, il avait le temps de le laisser couler. La rue principale s'anima fortement, au moins vingt personnes arrivèrent en même temps, nom de nom ! Martin avait installé son échoppe de poissons. C'est le moment que choisit l'homme en bout de zinc pour payer, laisser un pourboire et sortir du bistro. Quand le type se déplaça, résonna un bruit étrange, comme une symphonie métallique. Jaques pressentit quelque chose, paya et quitta l'établissement, à son tour. Il suivit le grand gaillard du bar, les quelques bruits de rue couvrirent le tintement entendu précédemment. Le type louche regardait partout autour de lui, le plus discrètement possible, mais Jacques veillait au grain. Intrigué. Rien ne différait d'une scène classique de village, un jour de marché. Quelques mamans qui tentaient de rassembler leurs ouailles qui grimpaient sur des murets. Quelques vieilles dames promenées par leur chariot de course. Un jeune couple qui faisait la queue en discutant.

Mais dans ce tableau classique, quelque chose clochait. Jacques ne savait pas encore quoi. Deux dames âgées, sur un banc, fichu sur la tête, se plaignaient des changements urbains de ces trente dernières années, photos à l'appui. Elles observaient la place puis, leur cliché en noir et blanc, puis, de nouveau la place et opinaient du chef. On entendit un « C'était mieux avant » qu'elles ne prirent même pas la peine de prononcer. Tout à coup, le type arracha des mains de Coline sa photo et la déchira en souriant, silencieux. Puis, il rit, son rire gras l'accompagna jusqu'à l'échoppe de poissons, laissant les deux mamies interloquées. C'est alors qu'il cria.

— Allan, va au bar !

Le poissonnier se racla la gorge et s'avança pour mettre de l'ordre. Jacques observait la scène, dubitatif. Le type ouvrit son manteau d'un geste brusque. Le poissonnier recula et hurla :

— Il est armé !!!!

Un vent de panique envahit la petite foule mais personne ne prit la fuite. Personne ne voyait l'arme. Saint Thomas serait resté, lui aussi. Le type louche exposa fièrement une ceinture étrange. Pas d'explosifs mais des fourchettes à fondue de tailles différentes. Sur certaines filait encore ce qui avait dû être du gruyère. Suisse, bien sûr. Personne n'osa bouger, de peur d'attirer son attention. Stratégie trou de souris. Seule Coline, sur son banc, fut prise d'un fou rire. Incontrôlable.

— Armé... de fourchettes à fondue, répétait-elle sans pouvoir s'en empêcher.

Sa comparse ne pipait mot. Ma photo, pensait-elle, je n'en avais qu'un tirage, ma photo... Coline riait, riait, de plus en plus nerveusement, de plus en plus fort. Le type s'approcha d'elle et d'un coup sec, transperça son sac à main en cuir italien avec une fourchette qu'il détacha d'un geste vif. Coline fit un malaise dû au choc. L'attaque de Coline provoqua bon nombre de réactions. Le poissonnier tenta de maîtriser le malfrat, mais celui-ci le repoussa puis se mit à fourchetter tout le monde ! Rouget, dorade, cabillaud, sans autre forme de procès. Le terroriste massacrait la poiscaille en hurlant :

— Ceci est un attentat !!!!!! Le roi est mort, vive le roi !

Puis il enfouit ses deux mains dans le liquide visqueux qui giclait des poissons, se fit un masque pour le visage avec et mangea à pleine bouche les glaçons de l'étalage. C'est le moment que choisit Jacques, poumons gonflés, col relevé, pour foncer sur le forcené qu'il maîtrisa rapidement, après avoir pris, tout de même, quelques coups de fourchette et de poing. Le poissonnier aida Jacques à enrouler le fou furieux dans la bâche bleue de l'échoppe de poissons. Quand la police municipale arriva, on entendait encore des :

— Bravo !

— Quel courage !

— Et quelle rapidité ! Jamais vu ça !

— On a vécu un attentat, commenta l'homme du jeune couple qui filmait. Un attentat terrible ! Beaucoup de sang, une vieille dame attaquée et un héros !

Jacques dut témoigner au poste. Il avait gagné quelques éraflures et le statut de héros. Il finit par se prêter au jeu, après tout, il aurait pu prendre un mauvais coup ou une fourchette dans l'œil. Ça avait été presque aussi dangereux que certains dîners de famille. Il accepta les félicitations, il avait vaincu un homme qui n'avait rien à perdre, un individu dangereux. Jacques vécut un moment terrible, le soir, chez lui. Il se passa quelque chose d'imprévu, d'atroce. Jacques fut joyeux de s'être senti utile, Jacques eut envie de vivre.

Le 13 octobre, lendemain de l'attaque, le journal local titrait :

> *Un héros français sauve une foule en danger à Sion.*
> *Un forcené, jusque-là inconnu des services de police, armé jusqu'à la taille, attaque la foule à Sion. Il s'en prend d'abord à deux personnes âgées vulnérables assises sur un banc municipal. Le banc n'est pas abîmé, nous précise le service urbanisme de la mairie de Sion. D'un geste d'une violence extrême, il arrache des mains d'une vieille dame une photo précieuse, qu'il déchire, avant de planter une arme blanche dans le sac à main de Coline M., qui fait un malaise. Ce qui est loin d'émouvoir le terroriste. Puis, pris d'un nouvel élan de folie, il s'attaque aux poissons de M. Martin P. Terrorisée, la foule l'encercle et observe une scène de chaos. L'homme fait gicler le sang des victimes, s'en enduit le visage, jette les entrailles sur les gens, un nouveau-né reçoit même un cœur de rouget dans sa pous-*

sette ! La police municipale, arrivée sur les lieux en vingt minutes seulement, retrouvera, sur le pardessus de Coline M., un intestin de dorade. L'attaque semblait finement préparée, le malfrat portait une ceinture de fourchettes à fondue, de la marque Pétron, connues pour leur extraordinaire solidité (le journal, ici, fait du placement de produit). Si Jacques Guidon n'était pas intervenu, Dieu seul sait ce qui aurait pu arriver. En effet, sans réfléchir, tel un héros du quotidien, cet homme, étranger puisque français, a sauté sur l'assaillant et l'a empêché d'achever son entreprise. Seul, observé par la foule, Jacques G. s'est jeté corps et âme dans la bataille. L'individu maîtrisé, Jacques a sollicité l'aide du poissonnier et a enroulé le terroriste dans la bâche de l'échoppe. Le délinquant est aujourd'hui entendu par les services de police qui ne disposent que de rares informations. Simplement un prénom, « Allan », et une suspicion d'opinions monarchiques.

L'attentat n'a, pour le moment, pas été revendiqué.

15

À Yaoundé, la journée avait été plus calme. Martial s'était réveillé nostalgique. Il détestait ces réveils. Ça lui arrivait quelquefois. Et c'était bizarrement la première fois depuis son retour au Cameroun. Il avait conclu que la chaleur humide lui réussissait plutôt de ce point de vue. Théorie démentie. Tout, autour de lui, lui semblait terne. Sa table de chevet en bois exotique, qu'il adorait la veille, lui parut banale. Par la fenêtre, il observa une grisaille qui n'existait pas vraiment, le soleil somnolait juste encore un peu. Il tenta de lire mais les mots semblaient se livrer bataille, impossible de comprendre une phrase, il s'attarda sur la première, décida de la sauter, il reviendrait vers elle plus tard pour en comprendre le sens, mais la seconde lui joua le même tour. Il ferma son livre en pestant. Il tourna un peu dans son lit, cherchant un sommeil annihilant, rien à faire. Tout à coup, il s'assit sur le bord du lit et se leva avec autant de vigueur que possible.

— Des œufs ! C'est ça qu'il me faut, dit-il, des œufs, je mange toujours des œufs quand je suis triste.

Il se prépara des œufs brouillés, ne cessant de les remuer pour qu'ils soient onctueux, y ajouta un trait d'huile d'arachide et de la nigelle. Il se frotta les mains.

— Une journée qui commence avec cette odeur ne peut pas être une mauvaise journée ! décida-t-il.

Et pourtant. À peine les œufs dégustés, Martial fut envahi par de la mélancolie sévère. Il pressentit que lire ne l'aiderait pas. Le temps de la digestion, il espéra que Léké débarquerait, qu'il lui apprendrait à jongler, qu'il rirait. Un rire d'enfant combat toutes les mélancolies du monde. Mais Léké ne vint pas. Léké gérait ses propres problèmes, que nous verrons plus tard. Martial tournait en rond dans cette maison qu'il considéra tout à coup comme un prétombeau. Même sa liste lui parut ridicule, inutile. C'est dire. Il tenta le lit, le canapé, le fauteuil à bascule, même la chaise en plastique dehors. Les « Bonjour ! » des voisins ressemblaient à des agressions, le soleil qui se levait semblait le narguer… Il prit une feuille et écrivit l'alphabet. Ça l'occupa un moment, ses gestes étaient moins nets qu'avant, il s'en rendait compte surtout quand il écrivait. Après chaque lettre, il nota un mot. A… vion. B… écasse… C… alendrier. Ainsi de suite. Ça lui permit, dans un premier temps, de ne pas penser, et, dans un second temps, de trouver ce qui n'allait pas. Exactement arrivé au P. Prisca.

Voilà ce qui clochait. Avec sa liste, son installation, la redécouverte du Cameroun, Léké… il avait perdu de vue son objectif principal (après sa mort imminente bien sûr, pas de panique, pas la peine d'avertir Rémi,

Dieu seul savait quelles conséquences cela aurait) : retrouver l'amour de sa vie. Le plus beau. L'unique, de toute façon. Même furtivement. Ragaillardi par sa conclusion astucieuse, sa joie retomba comme un soufflé dès qu'il atteignit l'étape numéro deux de sa réflexion. Comment ? Il tourna quelques minutes puis conclut que prendre une douche lui offrirait l'inspiration nécessaire. Propre, il n'avait toujours pas de solution satisfaisante. Il aurait peut-être dû se laver les cheveux aussi. Il n'eut pas le courage de se déshabiller de nouveau et se convainquit qu'une couche de sébum sur un cuir chevelu ne pouvait pas l'empêcher totalement de réfléchir. Il sortit ses papiers. Sa boîte à papiers. Elle contenait sa liste de livres à lire avant de mourir, le protocole de sa mort, un programme d'achats nécessaires pour mener à bien ce projet, tout y était. Raison pour laquelle il planquait cette boîte. Il sortit ensuite un ticket de courses du supermarché de Richelieu, un jour où l'assistant boucher l'avait arnaqué et où il n'avait rien dit, trop faiblard pour réagir. Il avait gardé le ticket pour ne plus jamais se laisser faire de la sorte, pour ne pas oublier à quoi cela menait, de s'écraser ! On lui avait fait payer 200 grammes de trop, 200 grammes, c'est loin d'être rien, surtout pour du faux-filet première qualité. Délicieux, au demeurant. Il pensa que la viande lui manquait. Quand même. Il serait temps qu'il se nourrisse vraiment. Depuis son arrivée, il avait savouré de douces retrouvailles avec le poulet aux épices et les bananes plantains. Il achetait le tout à la petite épicerie à côté de chez lui, déjà cuisiné par Solena, une gentille Camerounaise qu'il jugea immédiatement être une parfaite épouse, pour le fils qu'il n'avait jamais eu. Toutes ces pensées ne lui donnèrent pas la réponse à sa question du jour : comment retrouver Prisca ? Si tant est que Prisca existe encore. Le fait qu'elle n'ait peut-être pas envie de le revoir ne lui traversa jamais l'esprit. Depuis cette histoire de boucher, Martial avait décidé qu'il obtiendrait ce qu'il voulait dans la vie, qu'il méritait de belles choses et sa définition de la beauté suivait les contours de son amour de jeunesse.

— Que dois-je faire quand un problème se présente à moi et que je n'ai pas de solution ? se demanda-t-il.

Il mit un temps certain à répondre à sa propre interrogation. Il alla marcher en silence dans le quartier, prit un taxi jusqu'à Bastos, le quartier chic, il avait toujours aimé observer, de l'extérieur, les belles maisons, et s'inventer la vie des habitants. Mais toujours rien. Il déjeuna dans un restaurant réputé, du riz sauce arachide, si une telle dose de calories ne lui donnait pas assez d'énergie pour cogiter…

Dans son taxi du retour, il cria :

— Du recul ! Il me faut du recul !

Le chauffeur ne réagit pas, quelque peu étonné par ce vieux monsieur blanc qui hurlait. Martial rentra chez lui, fit une petite sieste, nécessaire pour ce qu'il s'apprêtait à faire. En se préparant ensuite, il mit un peu de musique sur son tourne-disque, à peine abîmé dans le conteneur. Un simple poc sur le côté droit qui ne l'empêchait en rien de remplir son rôle. Sinatra l'accompagna. Même une journée de nostalgie a droit à ses quelques notes. Chaussures de randonnée aux pieds, short ample, bouteille dans le sac à dos, il claqua la porte de sa maison.

— Du recul, répétait-il, du recul !

Le chauffeur de taxi, qui, par le plus grand des hasards, était le même que précédemment (l'histoire, normalement, ne le dit pas, mais je vais quand même vous confier que le chauffeur de taxi, du nom de Joseph, inutile de le retenir, avait passé quelques moments indécents avec Solena, la vendeuse de l'épicerie, c'est pour ça qu'il était toujours dans le quartier quand Martial fut enfin prêt), ne réagit toujours pas à cette tirade.

— Du recul, du recul, répétait-il encore en marchant vers son but, maintenant un rythme raisonnable pour son âge.

En haut du mont Mbankolo (l'auteure non plus ne sait pas trop comment le prononcer), Martial eut la sensation de respirer enfin. Pour de vrai. Il voyait toute la ville, tout Yaoundé s'offrait à son regard. Il lui sembla qu'il pouvait toucher les buildings, sentir les odeurs des marchés, voir les animaux du parc zoologique, compter les pirogues sur l'immense lac et il imagina Prisca dans tous ces endroits. Les uns à la suite des autres, patiemment. Prisca avec lui, jeune. Prisca avec lui, vieille. Il s'accrocha à cette idée tout le trajet du retour, conserva l'image pendant son repas et s'enroula dedans dans son lit. Il imagina chaque endroit du corps de son amour de jeunesse patiné par les années. Comment seraient ses cheveux ? Naturels ? Teintés ? Avec des rajouts ? Sans ? Courts ? Longs ? Il dormit cette nuit-là avec plein de Prisca. Toutes les versions possibles et imaginées d'elle, toutes sauf Prisca absente. Sa journée nostalgie passa, comme finissent par passer toutes les autres d'ailleurs.

16

C'est un tout autre Martial qui se présenta au monde le lendemain. Enfin, à sa chambre d'abord, puis à sa pièce principale. Il se sentit un peu à l'étroit, l'exotisme des premiers temps s'étant émoussé, ses pièces en enfilade de Richelieu lui manquèrent et la pierre, surtout la pierre. Il observait souvent sa maison de l'extérieur. Il ne s'imaginait pas la vie d'une famille fictive chez lui, vue de dehors, non, il se berçait juste de la joie d'avoir réussi à être propriétaire d'une si belle demeure, de la pierre qu'il touchait avec plaisir et tant qu'il le voulait puisque c'était la sienne. Il se rappela le jour où il avait signé chez le notaire.

— Propriétaire, se répétait-il, je suis propriétaire. Cette maison est à moi, je la paye avec mon salaire, fixe.

Et, contrairement à ce qu'il pensait, il n'avait jamais cessé de se réjouir de cet achat, de cette avancée dans sa vie. Le bonheur d'être chez lui ne s'était pas défilé. Cette réussite ne lui avait jamais paru si normale qu'elle en serait devenue banale, quantité négligeable dans son existence quotidienne. Il plantait des clous dans son mur, il bêchait son jardin. Il aurait aimé y voir courir un enfant, ou deux. Mais la vie ne lui avait pas fait ce cadeau. Cependant, Martial était plutôt du genre à se contenter de ce qu'il possédait en remerciant le ciel de le lui avoir offert. Il chassa ainsi de ses pensées sa maison de Richelieu et observa d'un œil tolérant sa nouvelle demeure. Il lui faudrait tout de même la décorer un peu, y mettre sa touche. Il but son café noir, après s'en être servi pour donner du goût à sa tartine de beurre. Il rangea soigneusement sa petite vaisselle essuyée. Il ne comprenait pas les gens qui laissaient sécher les assiettes. Laisser traîner alors que c'est si facile de mettre un coup de torchon et de ranger dans le placard… Le côté jouissif de l'ordre retrouvé. Il jeta de nouveau un coup d'œil à son intérieur et prit une décision : ce matin même, il irait au marché de Mokolo, on y trouvait de tout dans son souvenir. Il était temps d'affronter le Yaoundé actuel. Depuis son arrivée, il limitait ses déplacements, il ne sortait que peu de son quartier, il était bien allé la veille à Bastos, mais ce n'était pas la véritable ville, plutôt un espace à part, relativement silencieux et calme. Au marché de Mokolo, il y allait autrefois avec Prisca, pourquoi ne pas s'y rendre seul ? Il fit une toilette de chat, au gant. Une habitude, un jour sur deux. Et se prépara. Son sac à dos enfilé (il avait longuement réfléchi à ce qu'il désirait acheter et à ce qui serait le plus adapté comme contenant et s'était rabattu sur le seul sac qu'il avait, de toute façon), il claqua la porte de sa petite maison. Il sortait souvent en claquant la porte. Ce n'est pas parce qu'il n'avait personne avec qui s'engueuler qu'il n'avait pas le droit à ce type de fantaisie ! Il trouva Léké sous son porche. Cahier à la main, espoir plein les yeux.

— On lit, Martial ?

— Tout d'abord, bonjour, jeune homme.

— Bonjour, dit Léké après s'être blotti contre les genoux de Martial, deux secondes environ.

— On lit ?

— Pas ce matin mon garçon, je vais me promener !

— Où ?

— Tu es bien curieux !

— Oui. Où ? Je peux venir ?

Martial s'imagina avec Léké dans les pattes à Mokolo, lui qui n'avait déjà aucune idée de ce qui l'attendait, de la densité actuelle de la population en ville…

— Non, Léké, tu ne peux pas venir, je vais au marché… à Mokolo. Je n'ai pas le droit de t'emmener en plus, tu comprends ? Je ne sais même pas si tes parents…

Martial s'interrompit. Désolé.

— Pardon, Léké. Une phrase toute faite, je te prie de m'excuser, mon garçon.

— Pas grave, soupira Léké, pas grave.

Et l'image de sa mère passa devant ses yeux mi-clos. Puis celle de sa sœur. Il raccrocha son regard au cahier.

— On lit ?

— Un tout petit peu alors, après j'y vais, d'accord ?

— D'accord.

Deux pages plus tard, Martial ébouriffa les cheveux du jeune enfant et entreprit son périple. Léké fila en marchant comme si de rien, puis, dès que Martial ne fit plus attention à lui, il courut vers son centre d'accueil.

— Jules, cria-t-il. Jules !!!!!!!!

Solena, qui donnait un coup de main pour le ménage du foyer (quand elle n'était pas avec le chauffeur de taxi ou à l'épicerie ou en cuisine), tenta de calmer Léké.

— C'est que Martial, mon ami français, veut aller au marché tout seul.

Solena lui offrit un câlin rapide et partit à la recherche de Jules. Un vieux, étranger, tout seul au marché, l'a peut-être raison le gosse, c'est pas très raisonnable, se dit Solena.

— Et s'il tombe ? argumenta-t-elle, en face de Jules.

— Bon, bon j'y vais. Et il est où ce vieillard ?

— Ce n'est pas un vieillard ! Il est parfaitement valide, le défendit Solena qui appréciait ce client régulier qui la complimentait toujours pour sa cuisine.

— Tu viens de dire qu'il allait tomber…

— C'était juste un scénario, vas-y bon sang, il aura filé sinon.

Martial n'avait pas filé, il avait dû repasser chez lui puisqu'en marchant pour chercher un taxi, il avait déjà bu la moitié de sa bouteille d'eau. Les 27 degrés ambiants le faisaient picoler sec. Il hélait à peine un taxi quand un grand Noir au regard perçant monta avec lui.

— Je vous accompagne, déclara-t-il sans plus d'explications.

— Et vous m'accompagnez où, monsieur ? demanda Martial.

— À Mokolo.

— Mais… comment vous savez où je vais ? s'inquiéta Martial.

— Bon, on va où ? s'impatienta le chauffeur.

— À Mokolo ! répondirent en chœur Jules et Martial.

— Ça alors, marmonna Martial, ça alors.

— Vous disiez ? l'interrogea l'éducateur du centre d'accueil.

— Je…

Martial se mit à trembler. Il eut l'impression de se faire kidnapper dans son propre taxi, en choisissant lui-même sa propre destination. Jules lut l'inquiétude dans le regard du vieux monsieur – déceler les émotions était la base de son travail. Il posa sa main sur le bras un peu chétif de Martial et lui dit doucement :

— C'est Léké qui m'envoie. Il ne veut pas que vous alliez seul en ville. Il vous aime beaucoup. Vous lui apportez beaucoup de sérénité.

— Chez moi, quand on s'adresse à quelqu'un, on se présente, répondit Martial, vexé, vexé d'avoir eu peur et vexé qu'on ne le laisse pas se promener seul.

Un chaperon, il avait passé l'âge !

— Je m'appelle Jules, je suis l'éducateur référent de Léké au foyer. C'est un bon garçon.

Martial bougonna un « enchanté » que son éducation l'obligea à prononcer. À peine sorti du taxi, Martial tenta de semer Jules qui entra dans son jeu et le suivit à distance. Martial déambulait bouche bée. Tout ce monde, ça grouillait. Et les voitures. Et les deux-roues ! Il n'aurait jamais imaginé tout ce brouhaha, les piétons marchaient sur la route, les scooters roulaient sur ce qui devait être des trottoirs, les vendeurs hurlaient, les marchandises étaient installées à même le sol ou pendaient de parasols qu'on déplaçait en slalomant. Il passa les premières minutes, interdit. Puis, il eut faim. Il acheta des fruits qu'il ne connaissait pas. Il chercha le prix, sans succès. Le vendeur devait bien le savoir, lui. Martial entendit un chiffre, puis un autre. Derrière, en cachette du Français, Jules agitait les bras en direction du vendeur, qui baissa immédiatement le tarif. Puis il se cacha derrière une dame très forte qui portait sur la tête un ananas démesuré. Absorbé par le fruit hors norme, Jules faillit perdre de vue Martial qui avait presque filé vite. Il le retrouva quelques mètres plus loin en train de parler à une jeune femme qui vendait des disques. Il entendit « jazz », « requiem » et quelques rires. Il ne s'en sortait pas si mal le vieux, finalement. Jules pensa qu'il aurait pu finir de réparer le tuyau qui avait lâché dans les toilettes du dortoir plutôt que de traîner là, à faire semblant de ne pas protéger un homme qu'il ne connaissait pas. Puis, il pensa à Léké. S'il pouvait lui alléger un peu sa journée, avec ce qui l'attendait, le pauvre ! Martial continua son escapade à la recherche d'un tapis. Pour cela, il devait quitter les rues adjacentes au marché qui étaient en fait un marché sauvage pourtant bien organisé et pénétrer dans le marché officiel, deux cents mètres plus loin. Là, ça ressemblait plus à des échoppes. Il acheta une casserole, pourquoi pas ? Il avait laissé les siennes à Richelieu. Pas très grande pour garder de la place dans son sac à dos. Il calcula qu'il allait manger le fruit mystérieux et donc libérer de l'espace prochainement. Il fit mine d'accélérer puis, ralentit d'un coup, se retourna et dit simplement :

— Jules, un café ?

Les deux hommes s'installèrent à la cafétéria du marché, assis en plein chaos, Martial exulta. Ça, c'est la vie, pensa-t-il. Les bruits de mobylette, les enfants qui ont le droit de s'exprimer, les femmes aux vêtements colorés, les vendeurs qui poétisent pour attirer le client…

— On goûte ce fruit ? proposa Martial.

— Ce n'est pas un fruit.

— Ah…

— C'est une racine de manioc. C'est très bon.

À peine eut-il le temps de dire ça que Martial croqua dedans et recracha immédiatement.

— Cuit, c'est très bon… cuit.

Martial rit. Encore une nouvelle expérience. L'idée de parcourir le Cameroun et d'écrire un guide de voyage drôle lui passa par la tête puis il se rappela qu'il avait pas loin de quatre-vingts ans et qu'il était surtout venu ici pour mourir.

— Comment vous saviez que je venais à Mokolo ? Il y a d'autres marchés…

— Le mardi, c'est le plus grand, et puis, c'est mon préféré, alors je pense toujours que c'est pareil pour les autres.

— Ah…

— Oui.

Les deux hommes burent leur café tranquillement. Martial adorait l'agitation mais avec l'âge, on apprécie plus de la regarder que d'y participer. Question de moyens. Il se rendit compte qu'il observait les femmes, leurs silhouettes, leurs tenues, leurs expressions et rougit.

— Tout va bien, monsieur ?

— Martial.

— Tout va bien, Martial ? demanda Jules.

— Oui, c'est juste que… Non, laissez, c'est idiot.

— Quand j'étais à la fac à Nîmes, mon professeur répétait toujours « Y'a pas de questions idiotes, y'a que des réponses potentiellement stupides », dit Jules avec l'accent nîmois.

— À la fac à Nîmes ?

— Oui, pendant deux ans. J'ai adoré la France, mais ce n'était pas le pays…

— Je comprends.

Ils commandèrent un autre café.

— Votre professeur était un imbécile, reprit Martial.

Jules fit la moue.

— Sa phrase… bien sûr qu'il y a des questions idiotes et des pensées idiotes aussi, mais c'est juste que ça arrive à tout le monde, nier leur existence, c'est faire croire que tout ce qui sort de notre caboche est construit… pfff… j'vous l'dis, moi, du haut de mes sept décennies passées…

— Vous parlez comme mon grand-père, l'interrompit Jules.

Il a raison pensa Martial. Vexé, il rit.

— Pourquoi vous êtes devenu tout rouge tout à l'heure ?

— Je me suis rendu compte que je regardais les femmes dans la foule et ça m'a fait penser à…

Martial marqua une si longue pause que Jules, qui pensait à son tuyau à réparer au centre et à Léké, pauvre Léké, tenta d'accélérer la balade.

— À ? relança-t-il.

— À… Prisca.

— Qui est Prisca ?

Jules ne voulait pas que Léké parte avant qu'il rentre. Mine de rien, le temps passait.

— Mon amour de jeunesse. Prisca de la terre rouge.

— D'ici, donc ?

— Oui. Une beauté. Un rire de montagnes russes.

— De montagnes russes ?

— Oui, quand elle riait, elle m'embarquait, j'étais comme projeté dans un wagon de manège qui serpentait à une vitesse incroyable.

— Ma sœur rit comme ça. On ne sait plus pourquoi on glousse, mais on la suit à chaque fois.

— Votre sœur ?

— Eh, elle est bien trop jeune pour toi, papi !

— Jeune homme ! sourit Martial. Enfin !

— Prisca est décédée ?

— Non ! Enfin, peut-être, je ne sais pas.

— Oh, j'ai compris, vous êtes revenu ici pour renouer avec votre amour de jeunesse… C'est… beau.

— Non, vous vous méprenez sur moi, Jules. Je suis revenu ici pour lire avant de…

Martial se reprit.

— Avant de mener à bien un projet collectif dont je ne vous parlerai pas.

Ça sonna comme une sentence. Jules regardait l'heure. Léké…

— Bon, je vous propose un deal.

— Un quoi ?

— Un marché… Si on rentre maintenant, je vous aide à la retrouver, votre Prisca, sûr que je finirai par trouver quelqu'un qui la connaît ou connaît quelqu'un qui la connaît. Vous me donnerez toutes les infos que vous avez et je mènerai ma petite enquête.

— Contre ? se méfia Martial.

— Contre la gloire mais mon unique condition c'est que nous partions dans maximum dix minutes. Vous avez des achats à faire encore ?

— Un tapis, je suis venu pour acheter un tapis, pas pour bavarder ou croquer dans une racine de manioc crue.

Jules l'emmena vers le stand de Tout pour la maison de son cousin éloigné. Martial y trouva un tapis à la scandinave. Acheter un tapis en moumoute blanche, direct de chez Ikea, au Cameroun, le fit sourire. Il compléta le tout par deux statuettes, un guerrier en bois foncé et une femme à l'enfant, en acajou. Sac à dos bien chargé, qu'il refusa de laisser porter à Jules, il héla un taxi.

— Je vous ramène ? demanda-t-il à son nouvel ami.

— Avec plaisir, monsieur. Mais comment vous savez où je vais ?

Les deux hommes entrèrent dans le taxi. Martial savoura le repos offert à ses jambes. De petites décharges électriques parcoururent ses cuisses et ses mollets. Tiens, une idée de dégénérescence pour Rémi.

— Pourquoi vous vouliez rentrer si vite, au fait ? interrogea Martial.

— Pour… Léké

— Il n'y a pas d'autres éducateurs au centre ?

— C'est pour lui dire au revoir…

Devant l'air étonné de Martial, Jules continua, gêné.

— Léké part aujourd'hui. Le temps d'accueil dans le centre est limité. C'est son dernier jour.

Jules marqua une pause puis reprit.

— Je l'aimais bien ce gamin. C'est moche ce qui lui arrive.

— Mais, il va où ?

— Dans un endroit minable. L'Association catholique des enfants non adoptés. Une sorte de couvent décrépit qui accueille les invendus, quoi.

— Mais, c'est la procédure ?

— Comment ça, la procédure ?

— Je veux dire… tous les enfants qui sont dans votre centre depuis trop longtemps vont là-bas ?

— Ah non. La plupart sont adoptés par des familles. Mais les gens n'adoptent pas facilement les gamins traumatisés, ici, on croit qu'un enfant qui a vu des meurtres a plus de chance de devenir bizarre. J'ai tout essayé et je n'ai trouvé personne. Et pourtant, c'est vraiment un bon gamin.

— Les invendus… se répétait Martial. Les invendus…

Jules haussa les épaules. Martial regarda la fin du trajet défiler par la fenêtre. En silence.

17

Gilbert hésita puis se resservit un verre de vin rouge. Il pensa un instant qu'il ferait mieux de ralentir sa consommation d'alcool puis se réjouit de consommer local. Au moins.

— Tu aimes l'eau ? lui demanda Amélie en reposant délicatement sa coupe tulipe.

Depuis leur rencontre au restaurant, depuis que Gilbert l'avait aidée à commander, Amélie s'était prise d'affection pour lui. Ils s'étaient retrouvés naturellement le lendemain pour dîner puis presque tous les jours suivants. De façon tacite. Ils étaient les seuls francophones du coin et partageaient bon nombre d'opinions, politiques et sociétales. Mais ils ne s'étaient jamais vus la journée, comme si leur amitié n'était viable que le soleil couché ou couchant. Leur repas pris, ils se raccompagnaient tous les soirs, à tour de rôle, la parité, avait clamé Amélie. Mais ne rentraient jamais chez l'autre.

— L'eau ? se renfrogna-t-il, presque vexé.

— Oui l'eau, nager ou plutôt patauger, en ce qui me concerne.

— Ah, cette eau-là. Oui, beaucoup. Mais à cette époque, j'évite.

Amélie n'entendit que la partie de la phrase qui l'intéressait. Le oui.

— Alors, mon programme devrait te plaire, dit-elle en se frottant les mains.

Gilbert observa ses ongles très rouges et très longs. Il énumérait mentalement les tâches quotidiennes qui lui semblaient impossibles à réaliser avec de pareils ornements quand elle l'interrompit.

— Tu es partant ?

— Pour ?

Elle marqua une pause. Attrapa son sac à main. Héla le serveur. Lui fit comprendre d'un geste que l'addition était pour elle. Se leva.

— Bon, qui ne dit mot consent, conclut-elle.

Gilbert n'y comprit rien. Il n'était plus habitué au mystère du langage féminin qui n'admettait que peu d'absences. Le nombre d'informations qu'Édith lui avait placées quand il pensait à autre chose. Et Pénélope… quelle maligne, celle-là. Oh sa Pénélope. Elle lui manquait cruellement. Il finit son verre et haussa les épaules en direction du serveur. Amélie le raccompagna en silence. Après une tisane seul sur son balcon, un au revoir à la mer noire, il dormit du sommeil tannique du brave. Il fut réveillé par des coups brefs à la porte. Brefs, mais insistants. Un rapide coup d'œil à sa tenue lui fit conclure qu'il était presque présentable mais que la tisane « ventre plat » de la veille n'avait pas fonctionné pendant la nuit. Qui pouvait bien faire tout ce tintouin à… neuf heures du matin ?

— Oh c'est moi, pardon, au temps pour moi, je ne t'ai pas précisé l'heure de départ, c'est ça ?

Gilbert reprit ses esprits autant que possible.

— De départ où ?

— Pour notre escapade, voyons, le programme dont je t'ai parlé hier.

Un fauteuil proche accueillit la stupéfaction de Gilbert en même temps que son derrière.

— Amélie, peux-tu, s'il te plaît, me dire de quoi tu parles ?

— Hier, on était au restaurant…

— En allant directement aux faits. Je n'ai pas encore pris mon café.

— Ah. Y'a pas encore d'essence dans mon bon Gilbert ?

Elle rit puis se dit à elle-même :

— D'ailleurs, j'ai bien mis de l'essence dans l'auto ? Oui, oui j'ai mis de l'essence dans l'auto. Et un ticket au cas où mon ami ne serait pas prêt. Ici on paye au quart d'heure. Ah oui, lui expliquer.

Et elle s'adressa de nouveau à Gilbert, là-bas, présent.

— Nous partons en tournée. Toi et moi.

— En tournée ? On va chanter dans les bars ?

— Oh qu'il est sot ! En tournée des spas, voyons !

— Mais oui, voyons.

Gilbert Petitbon alla se faire un café. Il venait de décider de répondre plus tard.

18

Quand il entra dans le bain turc, Gilbert se demanda ce qu'il fichait là. Tout d'abord, on lui avait refusé son short de bain, lui vendant un slip qui n'avait pas été dessiné pour le mettre en valeur. Une ficelle trop longue pendouillait devant. Rentrée, c'était bien pire. Il était cependant moins ridicule qu'Amélie qui avait dégoté de derrière les fagots un maillot vintage. Un maillot tee-shirt et short, une pièce, brodé à l'encolure, qui lui donnait l'air de la vendeuse de l'épicerie de La Petite Maison dans la prairie. Nellie Oleson.

— La mode à Bruxelles ? osa-t-il.

— Non, mais ça reviendra, je suis sûre que ça reviendra, murmura-t-elle, s'éloignant vers le jacuzzi.

Gilbert avait accepté la première étape de la fameuse tournée pour la simple et bonne raison que le premier spa à visiter était à trois minutes à pied de son appartement. Et pour la seconde simple et bonne raison qu'Amélie avait insisté pour tout payer.

— Je loue ta compagnie, avait-elle dit, la bouche en cul de poule. Pour faire plaisir à Sidonie.

— C'est qui, celle-là, encore ? demanda Gilbert, sans relever le côté marchandise de la proposition.

— Ma grand-tante.

— Que vient faire ta grand-tante dans notre tournée ?

Amélie, au lieu de répondre, sauta de joie.

— Tu as dit « notre » tournée !

— J'ai dit ça ? hésita Gilbert.

— Sidonie est ma grand-tante, morte il y a cinq mois.

Amélie se signa et reprit.

— Elle m'a laissé un petit pécule et j'ai choisi de m'en servir pour mon projet secret, tu vois ce que je veux dire, chuchota-t-elle.

Gilbert regarda autour d'eux, personne.

— Celui de rester en vie plus longtemps que ma copine. Et mieux conservée. Je t'ai dit à quel point l'eau chaude était bonne pour la peau ? Et le bain turc ?

Gilbert ne savait même pas ce qu'était un bain turc avant de se retrouver en slip moulant, ficelle pendante, à suer. Les cinq premières minutes le traumatisèrent un peu. Ces frissons, ce corps qui se défend. Il pensa aux Juifs et se dit qu'il était étrange de s'infliger un tel traitement volontairement, et en payant ! Puis, la magie du hammam opéra. Gilbert plana même un peu. Son quart d'heure autorisé passé, il rejoignit Amélie au jacuzzi qui lui sembla bien frais.

— Tu as oublié la douche froide.

Il pouffa.

— Je ne plaisante pas. Il y a un protocole. Bain turc, douche glacée puis jacuzzi.

Gilbert ressortit, penaud. Cette tournée s'avérait plus compliquée que prévu. Et cette musique, zen, douce, ces bruits de vagues, de vent et de carillons, lui tapait déjà sur le système. Il avait envie de crier qu'il se sentait zen s'il voulait ! Que personne ne l'y obligerait ! Mais ses revendications virulentes furent rapidement stoppées par le seau d'eau gelée qui lui tomba sur le coin de la tronche.

— Ah oui, quand même, conclut-il.

— Et là, elle est chaude ?

— Oui, là, elle est chaude. Par contraste, forcément. Même une bonne sœur le serait.

— Oh comme t'y vas ! Ce midi, c'est resto sympa et ce soir, on dîne brésilien. De la bonne viande grillée, à volonté, ou presque. Enfin, si tu viens avec moi…

— Ah, se réveilla Gilbert, j'ai cru que tu voulais m'embarquer dans une cure détox avec bains à remous, masques de boue, tisane aux algues et riz blanc comme petite folie nutritive !

— C'est mal me connaître, très mal me connaître…

— Mais je ne te connais pas tant que ça, tu sais, dit-il. Tu me laisses le temps de faire un sac ?

— Tout le temps que tu veux, trépigna-t-elle, tant qu'on décolle dans trente minutes maximum.

Deuxième fois que Gilbert faisait son sac seul. On prend quoi comme habits pour rester le cul dans l'eau ? Il ne savait même pas combien de jours devait durer le séjour. Et il ne pouvait pas le demander à Amélie qui marchait tranquillement sur la plage en l'attendant. Pas le temps de tergiverser. Il se fit une tisane. À voir si le miracle du ventre plat opérait cette fois-ci, il en aurait besoin pour continuer à porter ce foutu slip. Il faillit renoncer. Il pesta, se calma, pesta puis se calma. Il se rappela la phrase lancinante d'Édith au moment de la préparation des valises : « S'habiller, manger, dormir, sortir, se laver. » Il suivit ensuite le protocole de son épouse, qu'il écoutait, mine de rien. Plus qu'il ne l'aurait cru lui-même.

— M'habiller, chantonna-t-il, la tête… un chapeau de pluie ? Le torse, tee-shirts, pulls, maillots de corps ; le bas, slips, pantalons, chaussettes.

Il cocha une case virtuelle avec son index. Cette petite escapade commençait à le convaincre.

— Manger ? Pas besoin, ça sent déjà la grillade ! Dormir ?

Il hésita une seconde, mais pas deux, et fourra son oreiller à mémoire de forme dans sa petite valise.

— Sortir… Une robe du soir ? ricana-t-il, non ! Mais un imper, par contre, oui. Et mes papiers et un peu de liquide. Me laver ? Je compte sur les hôtels pour me fournir…

Il s'arrêta. Je vais me faire entretenir par une femme pendant quelques jours, pensa-t-il, interloqué. Il eut une envie irrésistible de téléphoner à Armand, à Martial, à Jacques. Pourquoi avaient-ils tous accepté les conditions de Rémi ? Tout ceci aurait eu plus de saveur, unis. Le gamin avait réussi à les séparer en arguant qu'ils se retrouveraient dans la mort. Si la mode des dictateurs n'était pas passée, Rémi aurait eu une carrière toute tracée. Il fut pris d'une nostalgie soudaine. Ses copains. À la vie, à la mort. Amélie tambourina à la porte, le sortant de son nuage grisâtre.

— Y'a pas de sonnette en Belgique ? marmonna-t-il.

— Oh, je ne l'avais pas vue ! s'excusa-t-elle, main droite sur les lèvres.

Elle ressortit de l'appartement et sonna.

— J'ai fini mon sac, dit Gilbert, mais on part pour combien de temps exactement ?

— Aucune idée. Disons… quand on aura fini la boucle, entre cinq et quinze jours.

— Quinze jours ? dit Gilbert. Quinze jours !

— Tu es aux pièces ?

— C'est que… non, rien.

— Quinze jours, marmonna-t-il en ajoutant slips, tee-shirts et pantalons et en se félicitant intérieurement d'avoir pris son oreiller.

Quand Amélie démarra en côte, Gilbert regretta d'avoir cédé à la tentation. Elle tenait absolument à conduire. Elle était d'ailleurs la seule inscrite sur les papiers du loueur de voitures qui avait cru ne jamais pouvoir s'en dépêtrer, elle refusait toutes les voitures modernes et lui montrait sans cesse des photos de 2 CV. Il lui loua le plus vieux modèle qu'il avait, une Ford sans amortisseurs. Elle fut ravie. Les reins de Gilbert, moins. D'autant que sa conduite laissait plus qu'à désirer. Elle riait dans les virages dans lesquels elle accélérait en disant :

— On n'a qu'une vie !

Gilbert fut terrifié à l'idée de mourir trop tôt. Quinze jours comme ça et pour sûr, son projet personnel tomberait à l'eau. Il fut tenté d'appeler Rémi à l'aide mais se dit que c'était exagéré. Ce gosse lui foutait les pétoches presque plus que la conduite de sa copine belge. Mais que diable était-il allé faire dans cette galère ?

— Nous déjeunons chez Luisa.

Gilbert imagina une Luisa brune, cheveux nattés, tablier coloré, mains pleines de sauce tomate et sourire charmant, image à laquelle il s'accrocha pendant les quelque trente-deux minutes de trajet entre Albufeira et Estombar et qui fut tout de suite détruite par Mario, petit gars trapu qui les accueillit en les saluant à peine. Gilbert, en entrée, opta pour les camarão al Algarvia flambées au brandy, il demanda double dose de brandy, dont la moitié dans un verre à boire immédiatement, il ne précisa pas que c'était pour se remettre de la route. Ils dégustèrent, en vrac, une salada grega, des lasagna bolognesi et des crevettes piquantes au piri-piri. Toute seule, Amélie commanda un gelado de chocolate.

— Ah pour commander du chocolat, tu te débrouilles en portugais, se moqua Gilbert.

Amélie fit mine de bouder plusieurs minutes de suite. Gilbert ne s'en rendit compte qu'un bon moment après, heureux de partager aussi des instants de silence auquel il s'était merveilleusement réhabitué en vivant seul. L'établissement suivant, pour le plus grand plaisir de l'estomac de notre ami, n'était qu'à quelques minutes en voiture. Voiture qui semblait s'être habituée à la conduite de madame et accusait moins les chocs, ou bien était-ce Gilbert qui s'accoutumait aux secousses ?

— Un golf ? s'étonna-t-il.

— Oui, on a la peau assez fripée comme ça, on ne peut pas faire deux spas dans la même journée.

— Si tu le dis… mais je n'ai jamais joué au golf.

— Moi non plus, le rassura-t-elle. Mais nous avons un professeur. Merci Sidonie, dit-elle, en se signant de nouveau.

Ce fut, en réalité, une professeure et Amélie se montra plutôt douée. Gilbert, lui, perdait patience. Il avait beau se concentrer pour viser, cette foutue balle allait où elle voulait. Pas une question de force, il avait compris, mais de pré-ci-sion. Pas sa qualité première, apparemment. Il abandonna rapidement sa coéquipière pour aller piquer un petit somme. Ils avaient récupéré leurs clés de chambres juste avant le cours. Il avait été soulagé quand on leur avait parlé de chambres séparées. Dieu seul sait ce qui peut passer par la tête d'une femme ! Y'a pas d'âge pour espérer se faire conter fleurette.

— Tu ne croyais quand même pas que… lui avait demandé Amélie devant son air penaud.

— Que quoi ? avait-il chuchoté.

— Que l'on dormirait ensemble ? Que je profiterais de ce séjour pour te grimper dessus, que j'attendrais que tu dormes pour…

— Arrête ça, tu veux ! avait-il dit en regardant autour de lui.

— Ils parlent tous portugais, Gilbert. Fais pas ton prude. Je n'ai aucune intention de coucher avec toi pendant ce séjour… ni après, d'ailleurs. Et, même si j'en avais eu l'intention, honnêtement, l'image de ton slip de bain m'en aurait dissuadée.

Elle était partie dans un fou rire qui l'avait menée vers sa chambre.

— À dans dix minutes pour le cours de golf, mon ami, avait-elle crié sans même prendre le temps de se retourner.

La réceptionniste avait tendu sa clé à monsieur Petitbon.

— Tenez monsieur, votre clé de chambre, lui avait-elle dit dans un français impeccable.

Gilbert avait trouvé sa nouvelle copine gonflée. Se moquer ouvertement de lui et de son slip de bain, qui avait au moins le mérite d'exister !

19

Gilbert avait quitté la partie de golf en cours aussi parce qu'il devait écrire sa lettre à Rémi et la poster, sans faute, le lendemain, Rémi étant strict sur les dates d'envoi. Il fit des pieds et des mains pour obtenir du papier. Il avait oublié d'emporter celui préparé et prédaté par Rémi. Gilbert insista pour que la feuille ne comportât pas d'entête. Pas la peine de permettre au gosse de le localiser. Dans sa liste, s'habiller, dormir, manger… il n'y avait pas « accueillir l'autre zinzin ». Écrire cette lettre s'avéra un peu plus compliqué que pour les précédentes, il éprouva la nécessité d'édulcorer. Il crevait d'envie de raconter son escapade tous frais payés à ses copains mais, en même temps, il sentait sans arrêt au-dessus de son épaule le regard désapprobateur du petit Fléchet et son souffle chaud dans son oreille :

— Mourir, Gilbert, mourir, tu es venu ici pour ? Mourir !!

Un frisson lui parcourut le dos, réveillant un mal de reins inévitable. Il écrivait, raturait. Il passait chacune de ses phrases au scanner mortifère. Puis, il abandonna, il n'y pouvait rien, sa lettre serait un peu plus joyeuse que les précédentes et puis c'était tout. Ce serait comme à la fin d'un couple, ce petit regain de tendresse inexplicable qui finit quand même par une rupture. Là, il aimait sa nouvelle vie, mais ça ne l'empêcherait pas de désirer aller au bout du projet. Surtout parce qu'on n'abandonne pas les copains. Il évoqua son slip à élastique et sa bedaine récalcitrante à ses préparations de légumes variés. Il s'insurgea contre la tisane. Publicité mensongère ! Il se retint de raconter les grillades de viande succulentes et les frites maison. Il inventa que son projet avançait et simula quelques recherches sur la méthode la plus efficace pour s'électrocuter. Il verrait plus tard si Dieu lui pardonnait ce mensonge. Dans quelques mois.

Armand avait le même problème. Au départ, il avait rédigé sa lettre comme un poème, y avait passé des heures, l'avait chantonnée jusqu'à la connaître par cœur et le tout sur un air de salsa en remuant du popotin. Mais, pour sûr, Rémi ne serait pas sensible au charme de sa créativité et ferait un résumé minable, écrasant de sa bizarrerie tout le travail artistique. Il opta donc pour une version plus classique. Face à la mer, il énumérait des banalités. Il choisit les champs lexicaux des couleurs et des mouvements. Tentant d'être le plus neutre possible. Il dit s'être grandement renseigné sur le saut à l'élastique. Ce qu'il comptait faire. Bientôt. Il avait un programme si chargé aussi, entre les restaurants déjà réservés, l'observation de son environnement et la salsa. Il referma son enveloppe en souriant. Ce que Rémi ressentit tout de suite ! Ce gosse avait un radar à bonheurs.

Jacques rédigea son courrier au fils Fléchet, seul, enfermé chez lui. Il se cachait, appréciait la pénombre. Depuis cette histoire d'attentat, il n'avait plus de temps pour lui et il apprécia presque d'écrire sa lettre mensuelle, presque. S'adresser à Rémi lui provoquait toujours une sensation étrange. Il voyait le visage du gamin se profiler entre les lignes et cette image lui déplaisait fortement. Il raconta l'attentat et son nouveau statut de héros, narra les détails et joignit même une photocopie de l'article de journal. Rémi en ferait bien ce qu'il déciderait d'en faire mais Jacques espérait qu'il en ferait des copies pour les copains qui lui manquaient. Plus les jours passaient, plus ce projet lui paraissait insensé, ce qu'il n'exprima pas, bien sûr. Il pensait à ses amis, à leurs rencontres fortuites ou provoquées, au bar, chez les uns et les autres. Il se ressaisissait dans sa nostalgie en imaginant la tête de Laurence. Pour ça, ça valait le coup. Les femmes finissent par passer avant les copains.

Martial, dans son courrier, parla de Léké et du marché, sans évoquer Jules ni sa quête de Prisca. Il parla de ses balades, de la redécouverte de cet environnement à la fois familier et étranger, de ce qu'il mangeait, de ce qu'il buvait aussi. Il insista sur « Vous me manquez les copains » en croisant les doigts pour que Rémi le cite. Inutilement. Sa première version de lettre aurait immédiatement poussé Rémi à débarquer à Yaoundé.

Deux événements m'ont fait prendre conscience que mes désirs avaient changé. Sans intention préalable. Je ne me suis engouffré volontairement dans aucun sentiment contraire à notre quête. Je n'ai en rien prévu tout cela. Seulement, deux événements sont venus érafler mon cœur, juste un peu. Attention, je ne change pas d'avis les copains, je suis toujours des vôtres, si j'ai fini ma liste de livres, que j'ai un peu délaissée mais que je vais reprendre assidûment, en essayant d'oublier que je désire retrouver Prisca et que j'entrevois la possibilité d'adopter un enfant.

Martial eut beau froisser le papier et le jeter vigoureusement à la poubelle, ces deux idées folles ne furent pas pour autant chassées de son esprit. D'un petit vieux seul, se préparant à une mort volontaire, à un dernier projet courageux, il passait, virtuellement, à une image de trio, une femme, lui, un enfant. Rien de tout cela ne transpira dans sa lettre finale évidemment. Il allait bien revenir à la raison.

Ils postèrent leur courrier, chacun à la date établie selon la distance par Rémi qui avait tout prévu, et même plus que ce que l'on croyait.

20

D'un commun accord, Amélie décida seule de prolonger d'une nuit leur séjour au Mogado. Elle jouait du club, pendant que notre Gilbert errait dans les couloirs. Vint enfin l'heure du départ. Gilbert était partagé. Heureux de partir (il détestait l'ennui) et angoissé de remonter en voiture. Par réflexe, avant de grimper dans l'auto, comme l'appelait Amélie, il se caressa les reins.

— Tu n'as pas aimé le matelas ? l'interrogea la conductrice.

Il choisit de ne pas répondre.

— On a combien de temps de trajet jusqu'à l'étape suivante ? hasarda-t-il.

— Cinquante-cinq minutes sans pause pipi !

— Ah… soupira-t-il.

— C'est que tu es malade en voiture ?

— Je ne l'étais pas, marmonna-t-il, alors au fait de comment pouvait naître une nouvelle phobie à presque quatre-vingts ans.

Amélie ne releva pas, trop amusée par les virages. Ils avancèrent dans la campagne portugaise. Amélie se délectait. Elle adora les jardins irrigués en étages.

— C'est d'un dépaysant !

— Oui, oui, réagit Gilbert, accroché des deux mains à la poignée de toit.

Ils débarquèrent à l'hôtel Spa Termal do Monchique pile pour le déjeuner. Ce que leur fit remarquer leur charmant hôte. La cinquantaine bien tassée et la veste bien remplie. L'un allant souvent avec l'autre. Là, se dit Gilbert, je ne vais pas m'ennuyer. Après un repas délicieux, une cuisine très soignée, ils découvrirent les lieux, l'hôtel d'abord, ses nombreux services, puis le centre-ville.

— A-do-rable ! répétait Amélie suivie par Gilbert hochant la tête en rythme.

Chaque rue semblait batailler pour être plus colorée que la précédente. Gilbert fut si charmé par cette bourgade qu'il projeta même de s'y installer un jour, oubliant totalement qu'il avait déjà choisi sa dernière demeure et ses colocataires pour l'éternité.

— T'as l'air triste d'un coup… Ta femme ?

— Quoi, ma femme ?

— Tu penses à Édith ?

— Comment tu…

— L'alcool, mon ami, tu parles beaucoup après quelques verres…

— Ah…

Gilbert n'épilogua pas. Qu'elle croie que je pense à ma femme. Très bien. Je ne peux pas lui dire que je suis triste parce que je me suis engagé à mourir, que j'étais sûr de moi, que j'ai lutté pour participer au projet de ma vie et que je viens de me prendre une claque par une ruelle bleutée et une fontaine dorée. Du coup, il pensa à Édith, il pensa surtout qu'il ne pensait pas trop à Édith depuis le début de leur expédition. C'est toujours plus nostalgique pour celui qui reste. Il apprécia ce séjour à Monchique, le restaurant de l'hôtel, la piscine intérieure, quand même, octobre tirait sur la fin, la fraîcheur commençait à disséminer quelques indices de son arrivée prochaine, le spa, ils étaient tout de même venus pour ça, et le sauna. Après avoir frotté son torse et ses bras avec de grosses billes de glace, tel un pro, il poussa une porte. Bon nombre d'histoires peuvent débuter par « il poussa une porte », voire même s'arrêter sur cette phrase. Frustration qu'ici, l'auteure ne vous inflige pas. Donc… il poussa une porte, celle de la salle de jets où l'attendait une charmante Anglaise en blouse blanche. Elle lui indiqua de se placer contre le mur et commença à l'arroser avec le jet d'eau, augmentant la pression rapidement. Gilbert eut à peine le réflexe de fermer la bouche et repensa à une scène de torture dans une prison turque… Le titre du film lui revint enfin et il se mit à hurler ! Alertée par ses cris, Amélie débarqua. L'Anglaise n'avait pas pour autant coupé le jet, il criait mais restait en place, ce devait être, encore, un tordu. Amélie fit signe à Gilbert de quitter le mur et de la rejoindre. L'Anglaise coupa l'eau, lui sourit et lui dit :

— Thank you sir, see you later !

Puis elle quitta la pièce, elle avait bien mérité sa pause. Gilbert répéta :

— Thank you sir, see you later ! d'un ton hargneux. Elle est malade, celle-là !

— C'est parfait pour la cellulite.

— Quoi ? La torture ?

Amélie ne releva pas, ayant appris, avec le temps, que minimiser le courage d'un homme ne déclenchait jamais rien de bon chez lui. Un « chochotte » resta dans sa gorge, s'ajoutant aux nombreux autres précédemment accumulés au fil des années. Amélie offrit un thé à son copain, une pause lui permettant de se remettre de ses émotions, puis une bonne nuit poussa un bon dîner. La destination suivante terrorisa Gilbert. L'Enigma Nature and Water Hotel n'avait rien d'effrayant pourtant, mais il était à plus d'une heure de Monchique. À l'arrivée, l'endroit l'apaisa. Et le fait d'être arrivé en vie, aussi. Cette architecture si moderne contrastait avec le petit village apprécié juste avant. Ils fréquentèrent pendant deux jours la salle de sport, profitèrent de la campagne environnante et des espaces verts très bien entretenus, ils parlèrent de tout et de rien, se relaxèrent dans le spa en mosaïque. Le dernier soir, Amélie n'accepta d'aller dîner qu'après avoir compté tous les carreaux brillants du jacuzzi. Gilbert prit son mal en patience. Il fallait bien qu'elle soit un petit peu… pointilleuse parfois. Gilbert survécut au trajet suivant pourtant de presque deux heures pour rejoindre São Teotónio. En apprenant quelle était la distance, il prépara son oreiller qu'il cala dans son dos et prit un somnifère. Il arriva dans un autre monde au couvent Pousada Castelo Alcácer do Sal. Quand il reprit ses esprits, il était attablé pour le dîner dans une salle de restaurant qui n'était autre qu'une chapelle et Amélie lui révéla ses talents de chanteuse lyrique. Un moment hors du temps. Elle chantait si bien qu'il en oublia presque le secret.

— Tu pourras chanter à mon enterrement ?

— Quelle idée !

— Tu es dispo en août ? Plutôt début août ?

— Pour ?

Gilbert se reprit, mais qu'est ce qui lui passait par la tête ?

— Pour tester un nouveau spa, j'y prends goût.

— Malheureusement, les ressources de tante Sidonie sont limitées.

En disant cela, Amélie se signa. Bon moment, et bon endroit, pensa Gilbert.

21

Rémi commença son courrier en rayant un « Mes chers amis », un peu malvenu.

Cher groupe,

Nous voilà en novembre. Je compte sur vous pour bien afficher chaque carte mensuelle au-dessus de votre couche. Dans un hôtel à Miami, dans une petite maison au Cameroun, dans un appartement en Suisse et au Portugal. Je ressens une certaine fierté face à l'ampleur de ce projet international.

Rémi pensa qu'il devrait réajuster l'intitulé de poste sur son CV, le mot « international » étant toujours un atout. Il reprit sa rédaction.

Dans votre prochaine lettre, je veux des photos de votre lieu de vie, une de votre chambre, une de votre salon et une de vos lieux d'aisance.

Depuis le décès de son père sur les toilettes, Rémi avait développé une sorte de fascination pour ces lieux. Une de plus. À ses heures perdues, quand il ne jouait pas au petit chimiste, quand il ne compilait pas ses courriers, quand il ne comptait pas toutes sortes de choses que seul lui remarquait, quand il n'élaborait pas des plans étranges aboutissant toujours à l'adoration publique de sa personne, Rémi visitait des toilettes. Celles des bars, des hôtels, des magasins même, en arrière-boutique, tout prétexte étant bon et son regard glacial s'avérant convaincant. Il entrait, observait, mesurait mentalement la distance entre le distributeur de papier et la cuvette, comptait les carreaux quand il y en avait, mémorisait leur couleur, inspectait la propreté de l'endroit et imaginait son père mort, tel qu'il l'avait vu, sur lesdites toilettes. Parfois, il riait, d'autres fois, il hochait juste la tête, souriant.

Pour une fois, je vais commencer par moi. Vous raconter ce qui se passe à Richelieu. C'est également un lieu concerné par le projet commun, non ? Il ne faut pas le négliger sous prétexte qu'ici, personne ne va mourir bientôt.

Rémi se délecta de ce « bientôt ».

Et c'est surtout le lieu de votre enterrement. Ce que ça va être beau, majestueux, magistral ! Un quadruple enterrement... Bien entendu, j'aiderai le prêtre à rédiger son sermon. Pauvre curé. Je serai sur le front, comptez sur moi ! J'ai déjà commencé à organiser beaucoup de choses. En ce moment, je suis sur la décoration, le mois prochain, en échange de vos photos, et si je les ai toutes bien sûr, je vous enverrai des clichés de mes réalisations. Donc, je disais que Richelieu ne devait pas être négligé non plus. Eh bien, voici les nouvelles d'ici.

Rémi voulut écrire « du front » mais remarqua la répétition. Qu'il évita.

À Richelieu, malheureusement... rien à signaler... J'enchaîne donc. À Miami, rien de bien notable non plus. Armand fait sa petite vie, il coche des cases, restaurants programmés visités, découvertes culinaires intéressantes, il danse moins, ce qui est bien @Armand, tu as pris en compte le danger inhérent à la musique et je t'en remercie. Au Cameroun, par contre, Martial s'est lié d'amitié avec le gamin. J'avoue ne pas comprendre le principe @Martial. Pourquoi s'enquiquiner en fin de vie avec les états d'âme d'un gosse ?

Rémi détestait les enfants. Même enfant, il détestait les enfants.

Enfin bon, surtout, ne t'attendris pas ! Martial nous raconte également qu'il redécouvre la cuisine camerounaise. Il me cite quelques plats, notamment du riz aux arachides. Cela me fait penser qu'un petit point sur ce que vous mangez permettrait d'en savoir un peu plus sur votre quotidien. Martial ne semble pas présenter de danger pour le maintien et la réussite de notre grand projet. J'espère qu'il continuera à se centrer sur sa liste. Un point livres nous serait utile dans la prochaine lettre. Allons désormais en Suisse, retrouver Jacques, qui m'inquiète un peu. Jusqu'ici, Jacques était le candidat à la mort le plus investi, le plus concentré et j'ai peur qu'un événement extérieur ne soit venu perturber son équilibre. En effet, Jacques a stoppé un dingue qui attaquait des poissons à la fourchette. Il a, depuis, gagné le statut de héros, ce qui pourrait le galvaniser et l'éloigner de son objectif. Ce qui s'avère le plus embêtant, pour nous tous, est que Jacques est sous le feu des projecteurs et que son suicide risque de faire parler. Cela dit, un accident d'avion peut passer facilement pour un accident d'avion et non pour la réalisation glorieuse d'un acte courageux. Le danger reste que cela insuffle un souffle de vie chez notre cher Jacques. Je l'invite à se projeter de nouveau et ce, régulièrement, dans la déception certaine de Laurence face à sa mort. Pour l'encourager un peu : Laurence qui le pleure, Laurence terrorisée à l'idée de prendre un avion... Je vous joins une copie de l'article de presse paru sur notre camarade et ne manquerai pas de vous solliciter individuellement, en activant le code bleu, si Jacques emprunte la mauvaise voie, celle de la joie et de la vie.

En écrivant cela, Rémi fit une légère grimace. Il avait évidemment prévu qu'une ouaille sorte du chemin vers l'abattoir ou tente une sortie. Mais, il y tenait, le projet ne tenait debout que si les quatre vieux se donnaient la mort le même jour ! Oh, c'était une gestion compliquée mais il était l'homme de la situation. Il avait les capacités nécessaires pour tout planifier. La réussite est toujours dans la planification. Et Marthe, qui prônait l'importance de l'intuition. Depuis ce conseil, Rémi n'avait accordé que peu de crédit à l'opinion de sa mère.

Mais je fais confiance à Jacques pour ne pas se laisser influencer et maintenir sa trajectoire dignement. Et, pour finir ce courrier récapitulatif du mois d'octobre, le Portugal ! Gilbert m'informe dans sa lettre qu'il a acheté un slip de bain. Je ne fais que transmettre des informations, je ne suis en rien l'auteur de vos lettres. Juste pour rappel. Il a donc acheté un slip de bain qui, je cite, souligne sa bedaine récalcitrante à ses nouvelles préparations de légumes cuits. Il me parle aussi d'un élastique pendouillant. Cet achat ne me pose pas de problème. Par contre, cette relation qui se maintient avec Amélie la Belge… je ne passe pas tout de suite au code bleu et espère ne pas avoir à le faire !

Rémi conclut son courrier par des banalités et une dégénérescence oculaire quelconque. Deux menaces de code bleu en une seule lettre, et seulement début novembre… Il se rassura en se disant qu'il avait les capacités nécessaires pour ce projet et que ces écarts étaient prévus dans ses différentes projections.

Il posta les lettres en se répétant entre ses dents involontairement serrées :

— Je suis capable. Je suis capable. Je suis capable.

22

Au cimetière, Rémi ne confia pas ses doutes à Lucien. Il se contenta de raconter seulement le positif, ce qui avançait vite et bien dans ce projet international. Il lut à son père chacun des courriers de ses copains sans aucune analyse puis conclut son entrevue par un simple :

— Si je réussis dans la vie, c'est grâce à toi ! Vraiment grâce à toi.

23

Jacques n'avait pas considéré comme un danger cette reconnaissance soudaine, juste comme une contrainte. Il se rendit alors compte qu'il ne voyait pas du tout sa nouvelle vie à travers le filtre de sa mort prochaine. Rémi avait raison, il devait se ressaisir. La notoriété peut monter à la tête et pervertir tous les projets de vie préalablement établis, ou de mort. Même combat. Il pensa soudain aux artistes qui avaient sombré dans la folie, entraînés par la main de la célébrité. Lui, héros d'un jour, ne voulait pas devenir fou, tomber dans la drogue ou perdre son identité. Tout ça, rappelons-le, à cause d'un terroriste raté ! Il se concentra de nouveau. Focus ! Il potassa ses bouquins de vol, lut des biographies de grands pilotes, des figures emblématiques. Un monde s'ouvrait à lui avant que le sien ne se referme définitivement. Il fit le mort quelques jours puis décida de sortir. Surtout parce qu'il avait faim. Les récits de vie nourrissent mais dans une certaine mesure seulement. Son congélateur était désespérément vide et plus aucune boîte de conserve ne le tentait. Il se laissa convaincre par le menu de la brasserie du coin, déserte. Tant mieux. Depuis la salle de restaurant, il apercevait la colline portant fièrement le château de Valère et se sentit comme rassuré d'être dans une ville fortifiée. Ce sentiment lui parut incongru et il se mit à rire seul. Il avait presque fini son dessert quand il héla la serveuse pour commander un café. C'est le moment que choisit Marco pour s'asseoir avec lui. Marco, adjoint au maire de Sion, qui lui avait laissé pas moins de douze messages sur son répondeur depuis l'attentat. Pas de bol, pensa Jacques. Moi qui ai hésité à prendre un dessert. La gourmandise me perdra.

— Je vous ai cherché partout ! haleta Marco. Partout…

Et il se perdit un instant dans ses pensées. Jacques se demanda si le type en face de lui, trop moustachu et trop bedonnant, parcourait la ville à sa recherche depuis plusieurs jours sans dormir.

— J'étais occupé.

— J'entends, j'entends… mais ce que je suis content de vous avoir !

Jacques ne nota pas la forme d'expression particulière aux Suisses.

— Alors, poursuivit-il en sortant un carnet, alors… continua-t-il en l'ouvrant à l'onglet « Jacques Guidon », le maire, et moi-même, en tant que son adjoint…

Il se redressa avant de poursuivre :

— … désirerions vous exprimer quelques requêtes.

— Je suis tout ouïe, cher adjoint.

Il se redressa de nouveau.

— Tout d'abord, nous inaugurons une nouvelle fouille archéologique dans le centre de la ville médiévale, une équipe d'Italiens a trouvé un vestige inespéré, une pierre qui serait un élément de ce que l'on soupçonne être un théâtre antique…

Jacques cessa d'écouter et se contenta d'observer son interlocuteur à la bonhomie amusante. Plus il parlait, plus il rougissait. Un léger éclaircissement des joues fit comprendre à Jacques que Marco avait fini.

— Vous sous-entendez que je suis, moi-même, au même titre que ce théâtre antique, un vestige ?

— Non, pas du tout, du tout… on aimerait que vous soyez présent à l'inauguration, en tant qu'invité principal ! conclut-il l'index en l'air.

— Je n'y connais rien en fouille archéologique, c'est loin d'être ma spécialité et j'avoue, sans honte aucune, que cela ne constitue pas particulièrement pour moi un centre d'intérêt.

— Vous… refusez donc ?

— Oui, je m'y vois contraint. Afin de préserver mon intégrité. Aviez-vous d'autres requêtes ? Je suis attendu.

Jacques pensa à son canapé douillet et à son livre de témoignage sur les opérations militaires au Mali.

— Oui. Le carnaval de Sion vous veut pour son char principal, débita rapidement Marco, de peur que son interlocuteur ne file, le laissant encore sans réponse à apporter à monsieur le maire.

— Pardon ?

— Oui. Cet été aura lieu le célèbre carnaval de Sion et nous voudrions que vous soyez présent avec monsieur le maire, miss Sion et moi-même sur le char municipal.

— Il y aura du champagne après le carnaval ?

— Euh… oui, s'il faut, il y en aura.

— Et est-ce que je devrai parler ? Faire un discours quelconque ? Répondre à des questions ?

— Non, juste saluer.

— Quelle date ?

— 21 juillet.

Avant le 1er août, bon, aucune excuse valable pour décliner. Un « Je serai déjà mort, cher ami » aurait constitué un argument en or. Jacques se leva, sans répondre à Marco qui attendait. Paya l'addition, hésita à la lui laisser mais il n'avait pas été éduqué de la sorte, tout de même. Juste avant de sortir, il se mit à saluer comme miss France, et sans doute comme miss Sion, main rigide vacillante, et lança un :

— Je valide ma présence au carnaval et vous souhaite d'avance une bonne soirée fouilles !

Il passa ensuite à la supérette, le restaurant n'étant qu'une solution ponctuelle au manque de nourriture dans son appartement. On était vendredi, se déroulait non loin de là le marché du… vendredi mais, en termes d'anonymat, ce n'était pas l'idéal. Pourquoi avait-il donc décidé de jouer les héros ? Bon sang, la prochaine fois, il resterait dans son coin. En même temps, la probabilité pour qu'il vive de nouveau un attentat alors qu'il lui restait moins de dix mois à vivre se révélait relativement faible.

Il rentra chez lui, chargé de victuailles qui lui permettraient de tenir le siège quelques jours encore.

À peine était-il installé dans son canapé que l'on sonna à la porte. Il alla ouvrir en pensant que celui qui venait d'oser le déranger profiterait grandement du fait que sa mère ait eu la bonne idée de lui fournir une éducation correcte.

— Oui…

— Un colis pour vous. Lourd.

— Je vous ouvre.

Jacques déballa son colis comme un enfant découvre son cadeau de Noël. Du vin. Six belles bouteilles du domaine viticole en terrasses de Sion. Une carte :

Pour le héros Jacques Guidon. On n'en fait plus des hommes comme vous ! Trinquez à ma santé.
Titouan

Jacques ne savait pas qui était ce Titouan mais apprécia grandement son geste. Des hommes comme lui non plus, on n'en faisait plus beaucoup. Ce serait presque émouvant. Jacques détestait boire seul mais y était obligé depuis que Laurence avait fichu le camp. Entre autres choses qu'elle l'obligeait à faire, celle-là était abjecte. Ils en avaient passé, des soirées à déguster du bon vin et à refaire le monde. Refaire le monde tout seul, tu parles d'une activité intéressante, toi. En divorçant, Jacques avait changé ses habitudes. Il avait tout écrit sur un carnet, deux colonnes, avant-après. Pour boire seul, désormais, il lui fallait remplir une série de conditions : avoir quelque chose à fêter, bien manger et ne pas finir la bouteille. Il ouvrit son carnet « Divorce » et ajouta « Boire un vin qui nous a été offert parce qu'on a sauvé des vies ». Il pensa que cette excuse, en étant pompier, mènerait droit à l'alcoolisme mais il pensa ensuite qu'il n'était pas pompier. Le vin lui plut. Il regarda un bon film, *The Constant Gardener*, ça lui aurait presque donné envie de consacrer sa vie à améliorer celle de malheureux, maltraités injustement pour cause de naissance mal située – presque. Il referma la bouteille à moitié vide et passa une nuit très reposante. Quand il ouvrit les volets le lendemain, il se rappela qu'il avait accepté une réception le soir même, dans la plus grande école supérieure de la ville. Une remise de diplôme spéciale, un étudiant qui avait fait breveter une brosse à dents intelligente qui crachait un produit antitartre seulement sur les plaques de tartre. Bref, un autre héros de la ville. En toute fin d'après-midi, il voulut prendre l'air et déambula un peu, caché derrière des lunettes de soleil. Heureusement pour lui, Sion est le lieu le plus ensoleillé de Suisse, parfait pour se promener incognito. Il se laissa surprendre par une pancarte dorée sur un mur en pierres taillées. « Ici se trouve le plus vieil orgue du monde. » Il pénétra dans la basilique de Valère pensant observer l'orgue, avec un peu de chance l'écouter. Il ne sut pas si c'était le rayon de soleil intrus dans cette atmosphère feutrée, le son de l'instrument, comme puissant et tamisé à la fois, l'alignement parfait des chaises en bois et des prie-Dieu, la richesse des gravures au mur, la couleur des piliers… mais quelque chose lui fit perdre ses moyens. Sans doute l'ensemble. Il tomba assis sur une chaise et ne bougea que bien plus tard. Quand le concert fut fini. L'organiste quitta son poste et sortit de l'église. Jacques fit de même, troublé. Il arriva à la réception encore chamboulé. Rémi avait raison, la musique est dangereuse. Il fit le tour des invités, salua, papota rapidement sans se rendre vraiment compte de ce qu'il disait. Trois femmes ne le quittaient pas des yeux, se lançant, entre elles, quelques regards assassins. Jacques trouva cela très drôle. Depuis l'attentat, il avait développé un radar à divorcées et veuves.

— Il y a du beau linge ici, n'est-ce pas ? lui dit l'une d'elles.

— Certes.

— Vous êtes le héros français, n'est-ce pas ?

— Exact.

— Célibataire, à ce que je vois.

Elle repérait rapidement la présence d'alliance ou de trace de bronzage d'alliance.

— Célibataire, plus pour longtemps.

— Ah… osa-t-elle.

Jacques lui prit la main, elle ne recula pas. Il lui fit un clin d'œil, elle y répondit, avant de se retourner vers son groupe de rivales pour être sûre qu'elles ne manquaient pas la scène.

— Je vais me faire ordonner prêtre dans quelques semaines.

Elle disparut sans demander son reste. Remplacée par le directeur de l'école qui ne lâcha pas la jambe de Jacques pendant une bonne heure. Lui ressassant sans cesse des chiffres idiots, le nombre d'étudiants inscrits, comme si la quantité de têtes en faisait la qualité, on a connu des groupes restreints bien plus utiles que des troupeaux entiers ! Jacques pensa à ses trois copains et cessa encore plus d'écouter le chef d'établissement qui continuait à débiter des données sans intérêt. Le mousseux était correct et les petits fours, délicieux. Un peu gras mais agréables tout de même. Déjà ça.

— L'orgue de la ville est magnifique, dit Jacques.

— Euh… c'est exact, monsieur.

— Une merveille… balbutia-t-il en s'éloignant… une merveille.

Le directeur le rattrapa.

— Une conférence !

— Je vous prie de répéter.

— Une conférence. Vous avez l'air sur le point de partir et je vous ai convié pour vous demander de faire une conférence.

— Sur ?

— Sur le courage et le pouvoir de l'adrénaline en situation de danger extrême. À mes étudiants de dernière année. Beaucoup de parents ont appelé pour demander une conférence…

— Et vous ?

— Et moi ?

— Et vous ? Vous trouvez que c'est une bonne idée ?

— Oui, bien sûr !

— Non.

Jacques s'éloigna un peu, le chariot des desserts était arrivé.

— Vous… vous refusez ? le talonna le chef d'établissement.

— Oui, monsieur, je refuse.

— On vous paiera… et bien !

— L'argent n'est pas le sujet, je n'ai rien à dire, je ne suis pas un héros, simplement un homme qui a jugé bon d'intervenir. Qu'est-ce que je peux leur dire de plus ?

— Vous trouverez, je suis sûr. S'il… vous plaît ?

Jacques quitta la réception, faisant de nouveau le salut de miss France, ou de miss Sion, et conclut :

— Je vais y réfléchir.

Il passa les jours suivants à piloter, lire et écouter l'orgue dans la basilique en ne se posant pas plus de questions que nécessaire.

24

Le mois de novembre fila à toute vitesse. Gilbert se remit à marcher sur la plage, beaucoup, avec ce séjour spas et restaurants, son ventre avait eu l'impression d'être le bienvenu et Gilbert comptait bien y remédier. Dès leur retour, Amélie s'absenta pour courir les magasins pour ses cadeaux de Noël. Une corvée de moins, pensa Gilbert qui ne s'était pourtant jamais occupé des cadeaux de Noël. Il apprécia ce holà à leur relation, seul, il put se concentrer sur son régime et passa réellement aux légumes cuits, il en avait parlé aux copains avant, dans sa lettre d'octobre pour ne pas alerter Rémi sur ses dîners festifs de viande grillée. Il trouva bien compliqué d'avoir ce foutu intermédiaire. C'est vrai, à la fin, le gosse lissait ses blagues, ne retranscrivait pas la façon étrange de parler de son pote Jacques, « Jacques de la haute », comme ils l'appelaient, pour rire. Ils ne riaient plus ensemble. Il s'était figuré les choses différemment, idéaliste comme toujours. Bref, le mois de décembre poussa novembre en Algarve sans grand fracas.

Martial n'avait pas besoin, lui, de faire de régime. L'absence de Léké lui avait coupé l'appétit. Alors qu'il désirait que le gosse déguerpisse parfois pour pouvoir lire, désormais, il n'y arrivait plus. Plus envie. Et l'autre zinzin qui lui avait demandé un compte rendu de l'évolution de sa foutue liste. Il s'était surpris à lire une page sur deux. Honteux, il avait refermé le roman en s'excusant. Il était parti à la recherche de Jules sans savoir encore ce qu'il allait lui dire mais Jules était parti en vacances. En France. Manquait plus que ça. Solena lui donna l'adresse du couvent où était le petit. À trois heures de route. Et lui qui n'avait pas encore acheté la voiture de sa mort… Il ne pouvait pas acheter n'importe quoi non plus. Et puis, il y ferait quoi au couvent, hein ? Il kidnapperait le petit ? Martial marinait dans son jus. Il ne s'était jamais senti seul avec ses livres mais, là, les mots se télescopaient, sautaient, brillaient jusqu'à disparaître, bien avant de former des phrases. Un matin, il eut une idée de génie. Qu'il croyait de génie. Il s'était mis en tête de trouver une famille à Léké. Qui n'en veut ? Qui n'en veut ? Un gentil petit garçon qui sait presque lire ? Qui n'en veut ? Il abandonna l'idée aussi rapidement qu'elle lui était venue. Il n'avait aucun droit sur ce gosse. Et, en plus, quand il y réfléchissait bien, Léké ne lui avait pas demandé d'aide et n'avait même pas dit au revoir. Il était venu prendre sa leçon de lecture, comme si de rien. Martial ne savait pas comment résumer son mois à Rémi. Il broderait. Comme quand il donnait des cours. Ça ne devrait pas être bien plus compliqué.

Jacques enchaînait les dîners et la journée, régulièrement, il marchait dans la nature. La Suisse lui avait offert ça. Des balades champêtres, des coins sauvages, de la végétation à perte de vue, des collines insolentes, des arbres sûrs d'eux… Au départ, en randonnant, il s'était drôlement ennuyé. Il avait résisté à l'envie d'écouter de la musique ou des émissions de radio. Puis, il avait ressenti un besoin sain de se retrouver seul avec lui-même, de faire le point. L'ennui fit place à une remise en question perturbante à base de « Qui suis-je vraiment ? ». Passées ces premières étapes pénibles, il apprit à ne penser à rien, à se fixer sur les sons environnants. Il ne croisait presque personne. Plus trop l'époque des marcheurs de l'été et pas encore celle des skieurs. Il avait cependant toujours peur de voir surgir Marco de derrière un arbre lui proposant de saluer la foule pour la fête de la rillette, de porter un tee-shirt à l'effigie de la ville pendant un défilé à Genève ou encore insistant pour qu'il soit conseiller municipal.

Armand, à Miami, faisait sa petite vie, tranquillement. Il évitait toute relation sociale, il se connaissait, s'il s'attachait à des gens, il leur avouerait son projet. Fier et penaud à la fois. Alors Armand s'occupait, dansait, dessinait. Il avait commencé les entraînements éprouvants pour son cœur. S'était acheté une montre connectée et en entendait le bip alarmant avec la satisfaction de l'exercice réussi ! Il alternait les squats et les sprints et soufflait comme un âne, fier de sa prouesse. Armand était dans les clous !

— Bonbon mandarine ! cria Rémi, chaussant ses lunettes de petit chimiste.

La saveur choisie convainquit tout le monde sauf Martial qui, depuis le départ de Léké, ne réussissait plus à avaler grand-chose. Solena lui apportait des petits plats, il les touchait à peine. Elle avait hâte que Jules rentre. Surtout s'il avait réussi à faire ce qu'il pensait faire…

Martial sous son porche, Armand assis sur le sable, Jacques dans son canapé adoré, Gilbert sur son balcon lurent la nouvelle lettre de Rémi.

Chers candidats à la mort,
Voici votre lettre de décembre, plus le temps passe, plus je me réjouis. Nous avançons, nous avançons ! Le mois de novembre n'a pas été folichon pour vous tous. Tant mieux ! Rien de bien extraordinaire à vous transmettre. Ah si, vos photos ! Merci beaucoup. Je vois que vous êtes tous bien installés, mais sans chichis non plus.

Ils avaient tous joué le jeu des photos, après avoir débarrassé leur intérieur, pour certains, de signes de vie, de décorations joyeuses. Pas de bâton pour se faire battre. Et moins le petit Fléchet avait de détails, mieux c'était !

De mon côté, je vous transmets, avec ce courrier, les photos de la décoration de votre cérémonie de clôture de vie. J'ai opté pour un bleu pâle tout à fait adapté à l'occasion. Il y aura aussi un peu de parme et des brillants. J'ai hâte, j'ai hâte. À la place des dragées, j'achèterai des amandes enrobées de chocolat et je les mettrai dans les petites boîtes que j'ai mis un temps fou à plier, mais vous le méritez, tous !

Des dragées à un enterrement ?

Gilbert entame un régime. Ainsi, il ne sera pas enterré gros. Je trouve cela agréable pour moi qui vais participer à porter le cercueil. D'ailleurs, si vous pouviez tous faire de même. Perdre chacun deux kilos. J'ai calculé la distance entre la place de parking réservée au corbillard et l'autel de l'église et je vous assure que, d'après des calculs très précis, deux kilos chacun changeraient la répercussion immédiate sur mes lombaires.

Martial se dit qu'il avait correctement anticipé la demande du gamin. Gilbert fut dépité d'avoir lancé cette idée, maintenant, il avait une pression de réussite et il échouait toujours quand on lui mettait la pression ! Armand pensa qu'il pouvait aller se faire voir, il mourrait comme il voudrait, mince, gros, même blond platine si ça lui chantait. Jacques ne fit pas attention à la remarque de Rémi.

Jacques a refusé d'être l'invité principal de la ville aux événements notables. Bien de refuser des projets d'avenir, très bien ! Il sort beaucoup le soir mais se ressource et marche en pensant à notre projet presque tous les jours. Bien Jacques ! Martial m'a envoyé sa liste actualisée, il avance correctement. Il ne raconte pas grand-chose dans son courrier, rien de bien passionnant, c'est parfait ! On est sur la bonne voie. Armand fait des entraînements physiques violents, des sprints et des squats en suivant son rythme cardiaque sur sa nouvelle montre. Ainsi, il peut savoir s'il fatigue efficacement son cœur. C'est une très bonne idée Armand, bravo ! En résumé, un bon mois de novembre ! Plat, sans joie. Je suis content !

Rémi se sentit rassuré et tartina une bonne couche de maladies probables de peau, de déficience cardiaque douloureuse et de pics de fièvre inexpliqués impliquant sécheresse buccale et nausées.

Ses petits vieux étaient un peu déprimés mais pas trop, ils s'adaptaient à leur nouvel environnement mais pas trop, et aucun n'avait renoncé. Il se sentait fort, puissant, efficace. Ce dont il alla se vanter sur la tombe de Lucien, juste avant la fermeture du cimetière. Sans oublier son désormais habituel :

— Si je réussis dans la vie, c'est grâce à toi !

25

Solena trépignait. Elle roulait dans sa paume une lettre de Jules. Il retardait de quelques jours seulement son retour de vacances mais revenait avec deux bonnes nouvelles, dont une certaine et l'autre promettant de l'être. Ils devaient prier pour ça. Solena ne dirait rien, à personne. Elle détestait annoncer des choses jolies qui n'arrivaient pas. Elle trouverait bien une façon d'aborder Martial, sans rien dévoiler. Il lui fallait juste un accès à sa cuisine…

— Martial ?

La jeune femme n'obtint aucune réponse.

— Martial ?

Sa voix perdait en assurance. Elle s'apprêtait à rebrousser chemin quand la porte de la petite maison s'ouvrit en un crissement traînant. Légèrement inquiète, elle entra. Il faisait sombre. Elle aperçut à peine le grand-père dans un fauteuil vieillot, en robe de chambre, un livre à la main, pestant.

— Je n'ai pas commandé à manger, prononça doucement Martial.

— Je… je ne viens pas pour ça. Je viens parce que j'ai besoin d'une youbaté.

— Une quoi ?

Solena avait inventé le mot à la vitesse de l'éclair. Plutôt fière d'elle. Espérant qu'il ne signifiait pas une grossièreté dans une quelconque langue connue de son interlocuteur.

— C'est un ustensile de cuisine camerounais qui sert à…

— Faites, faites, l'interrompit Martial, peu enclin à écouter Solena, ni qui que ce soit, pas même ses écrivains favoris qui tentaient de lui communiquer mille images, sans succès.

La jeune Camerounaise fouilla minutieusement dans tous les placards, une fois qu'elle fut convaincue du fait qu'elle pourrait tout à fait préparer les plats traditionnels de Noël avec le matériel à disposition dans cette cuisine, elle repartit. Martial se dit qu'elle n'avait pas trouvé son machin et relut pour la quinzième fois la même phrase sans tout à fait la comprendre. Solena continua à tout planifier jusqu'à voir Jules arriver au foyer. Elle lui sauta dans les bras.

— Dis-moi que tu as réussi… dis-moi que tu as réussi, je t'en prie.

— Je suis fatigué par le trajet Solena, laisse-moi respirer un moment…

Il prit une grande inspiration, ferma les yeux et rit.

— Je ne sais pas encore, j'ai fait mon maximum et Dieu décidera. En attendant, Léké passera Noël avec nous.

— Et avec le vieux !

— Bon, ne l'appelle pas comme ça, tu veux bien ?

— Je l'appelle comme ça si je le veux et moi, au moins, je pense à lui, dit-elle en tournant le dos à un Jules souriant.

Il ne ressentit pas le besoin de se justifier, lui aussi avait pensé à Martial, et plus que ce que Solena n'imaginait. C'est ainsi que, le matin du 24 décembre, toute la fine équipe débarqua chez un Martial encore en robe de chambre. L'histoire ne dit pas s'il l'avait lavée depuis la précédente visite, ni même retirée. La dépression se love dans les robes de chambre. Il grogna, ouvrit la porte et retourna à son fauteuil comme il l'avait fait la fois précédente. Il était sur le même livre, satané bouquin, intéressant en plus, ce n'était pas ça, juste que, depuis le départ du gosse… Martial en était là de sa pensée, ayant même oublié qu'il venait d'ouvrir, quand Léké lui sauta dans les bras, manquant de faire se renverser le fauteuil. Jules et Solena observèrent la scène. Jules se mordit l'intérieur de la joue. Solena n'en devina rien et profita de la liesse alentour.

— Ce midi, on mange français et ce soir, c'est le Noël de chez nous ! cria Léké, descendu des genoux de son ami.

— Léké ! le corrigea Jules, et la surprise ?

— Oups ! sautilla l'enfant.

Il avait un peu maigri. Son sourire était aussi franc mais il disparaissait sur une légère note de tristesse, inaudible avant. Comme personne ne disait rien, Léké continua :

— Va t'habiller papi, après on lit et Solena cuisine, elle a dit qu'elle avait déjà tout fouillé !

Jules se mit la main droite sur le front. Les enfants et leur verve. Martial rit et fila, enfin, façon de parler, à la douche.

— Je dirais presque faites comme chez vous mais vous le faites déjà !

Pendant la douche de Martial, tout le petit monde s'activa. Les tâches avaient été réparties en amont. Léké installerait le couvert, Solena, la décoration, et Jules sortirait de quoi festoyer. Une boîte de foie gras, des tranches de pain que Léké s'apprêtait à faire griller, du confit d'oignons, du magret de canard séché, du riz sauce au vin en boîte mais qui fit bel effet dans l'unique saladier possédé par Martial. Quand celui-ci sortit de sa chambre, pomponné, il fut scié. Il accepta la main que lui tendit Léké et, ému, s'installa à table, à cette table qui lui sembla nouvelle. Solena avait confectionné des oiseaux en papier et en tissu et parsemé des étoiles rouges brillantes sur une nappe blanche.

— Joyeux Noël, dirent-ils en chœur, joyeux noël.

Martial déboucha une bonne bouteille.

— Quelle occasion merveilleuse ! dit-il. Et donc, ce soir… ?

Il était pris par l'espoir que Léké ait dit vrai, l'espoir de prolonger la fête.

— Et ce soir, on fait Noël à notre façon ! ajouta Jules.

— Je te conseille de faire une sieste, précisa Solena.

Ils dégustèrent les mets rapportés de France par Jules.

— Tout était délicieux, conclut Martial, tout. Le repas. Vous… Mais… ce soir, vous ne fêtez pas Noël avec votre famille ?

Léké baissa les yeux, non concerné par la question. Solena rougit, Jules la suivit et répondit :

— On a annulé. On voulait… on voulait être avec Léké.

— Pourquoi moi ? demanda le petit garçon, soudain intrigué.

— Comment ça ?

— Pourquoi moi et pas un autre enfant du foyer ? C'est vrai, c'est pas juste…

— Parce que toi… parce que les autres font une fête au foyer et que toi… tu es le seul qui a dû partir et qui n'a pas trouvé de famille.

— C'est pas juste non plus, répondit Léké.

Jules se mordit une nouvelle fois l'intérieur de la joue. Solena ne dit rien et Martial sentit de nouveau ce pic de je-ne-sais-quoi. Ils voulurent lui répondre mais le gosse avait déjà quitté la table pour aller se reposer sur le canapé. Il dormait mal au couvent et avait de nombreuses fois rêvé de cette sieste chez son ami.

— Fais pareil Martial, on s'occupe de tout, dit Jules.

Martial ne se fit pas prier et rejoignit sa chambre. La sensation du drap sur ses jambes le fit gémir de plaisir. Il l'associait au repos mérité. Il fut réveillé par des grattements presque félins à sa porte. Léké entra, un livre à la main.

— On lit ? Dis oui… s'il te plaît ?

Martial remarqua que Léké ne demandait jamais rien. Pas à boire, pas à manger, pas à être adopté ou sorti de sa misère, il ne demandait qu'à apprendre à lire. Pour ça, il disait s'il te plaît sans pudeur. Ils lurent jusqu'à ce que Jules débarque avec Solena.

— Et maintenant, c'est le Noël camerounais. Et on va danser, manger, chanter, faire la fête ! Pas votre fête à vous, qui est, en réalité, un repas plus luxueux que les autres, la vraie fête !

Et Jules se mit à danser. Dans la rue, Martial n'en revint pas. Il trouva très drôles les guirlandes dans les arbres avec cette chaleur. Ils déambulaient entre les vendeurs à la sauvette qui tentaient de refourguer aux retardataires des cadeaux de Noël en plastique et les DJ qui animaient les stands. Ils évoluaient dans un brouhaha incroyable qui ne ressemblait en rien à la foule de Noël en France. Martial apprécia les chorales, il s'arrêta un long moment pour savourer le spectacle. Puis, ils prirent un taxi qui les mena au Palais des congrès. Là, ce fut une autre paire de manches. Jamais Martial n'aurait pu imaginer ça.

— C'est Yafé ! lui cria Jules.

Derrière eux, sur une scène digne d'accueillir Céline Dion, chantait Coco Argentée, en mini-short, micro collé à la bouche et dans une position qui ne devait en rien arranger ses lombaires. Martial se mit à suivre le rythme.

— Tu te dandines, remarqua Léké.

— Pas du tout, se reprit Martial. Pas du tout.

Ils grignotèrent des chips de banane plantain, burent un breuvage sucré dont Martial ne retiendrait jamais le nom. Le vieux Français se laissait porter, il avait vaguement aperçu Jules payer l'entrée du parc, il le rembourserait plus tard. Pour la nourriture du midi aussi. Cette journée lui paraissait être une espèce de tourbillon spatio-temporel. Noël à vingt-sept degrés, en plein air, face à un concert. Entouré de gens tendres avec lui, lui qui était venu ici pour quitter toute tentation de retour à la vie – enfin, pour Prisca aussi. Sergeo Polo, entre deux chansons, annonça le tirage de la tombola et le concours du plus beau stand.

— Il faut qu'on vote, décida Léké.

Ils le suivirent tous. Il slalomait dans les allées, riait devant toutes ces couleurs, faisait des pauses, bien appréciées par Martial, pour faire quelques pas de danse et essayait de se souvenir de son stand préféré. Peut-être celui des poupées en bois, ou celui des disques…

— Alors, tu votes pour qui ? demanda-t-il au bout de dix minutes.

— Comme toi, répondit le petit vieux, essoufflé.

Le gosse fit des tours de manège, observa les écrans géants en mangeant des sucreries et ne pensa pas un instant au couvent, au manque de nourriture, à l'obscurité, à l'obligation de prier et aux religieuses pas commodes avec lui. Même quand il s'était soumis aux règles. Léké était en pleine fête de fin d'année, Jules, Solena et Martial aussi.

On criait :

— Ça va être chauuuuuuuuuuud Yafé cette année !!! dans de puissants haut-parleurs.

Martial avoua qu'il en avait un peu marre de ces lumières dans tous les sens et de la musique à tue-tête. Solena rebondit et insista pour rentrer maintenant, elle avait le repas à cuisiner. Dans le taxi, Martial se sentit très très heureux, si heureux qu'il ne culpabilisa même pas de l'être. Il n'était vraiment pas venu pour ça. Un « Je t'emmerde Rémi » sortit tout seul. Mais Jules était sur son portable, absorbé par quelque chose qui sembla le contrarier, Solena était devant et Léké dormait.

Arrivés à destination, Martial sortit des jeux pour Jules et le gosse et enfila un tablier pour travailler aux côtés de la femme éphémère de la maison. Solena enseigna à son commis à faire du ndolé, une sauce à base de feuilles amères. Ils la serviraient avec de la pâte d'arachide, de la viande et des crevettes, du riz vapeur et du manioc. Quand Jules vit Martial découper les racines de manioc, il ne put s'empêcher d'intervenir :

— Ne les mange pas crues mon ami, on en voudra aussi !

Solena ne chercha pas à comprendre, concentrée. En plus du ndolé, elle tenait à cuisiner un DG. Chez elle, il y avait toujours deux plats au choix pour le réveillon.

— Un quoi ? l'interrogea Martial depuis son fauteuil.

— Un DG, un directeur général, un plat qu'on fait quand on invite des gens importants, vois-tu.

— Je vois, je vois… et c'est Léké, là, la personne importante, n'est-ce pas ?

— Exact ! Tout à fait. Hein, Léké ?

Léké n'écoutait rien, il jouait avec Jules à l'awalé, très occupé.

Martial et Solena haussèrent les épaules en chœur. Poulet, plantains, poivrons, carottes, gingembre et épices, cuisson vingt minutes, ils furent prêts à dîner. Enfin ! pensa Martial, on a frôlé le repas du soir le 25. Manger si tard, y'a pas idée. L'âge le rattrapait.

Il s'aperçut tout à coup qu'il n'avait pas de cadeaux. Il n'avait pas prévu, lui, de passer un Noël en… famille ? Quand ils sortirent tous leurs paquets, Martial fila dans sa chambre où il resta une bonne dizaine de minutes. Il revint avec un livre par personne, soigneusement sélectionné dans sa liste. Une belle façon de l'alléger un peu. Martial ne sut pas, à cet instant, si, inconsciemment, il offrait des livres parce qu'il venait de décider de ne plus se tuer, porté par l'euphorie sympathique, ou s'il venait juste de se résigner à ne pas pouvoir finir sa liste avant le 1er août. Les histoires choisies collaient parfaitement à ses nouveaux amis et Martial apprécia ses cadeaux en retour. Des bricoles amusantes. Après un dernier thé, il colla au-dessus de son lit le dessin fait par Léké, remercia Jules et Solena qui rentrèrent chez eux et coucha le petit garçon avant de débarrasser ce qui restait sur la table. Assommé de fatigue et d'émotions, Martial s'endormit comme une enclume. Jambes allongées, cerveau éteint. Il fut cependant rattrapé par un flot de pensées à deux heures trente-six. Il rejoignit le salon d'où il entendait encore Léké qui ronflait dans sa chambre, dans leur chambre donc.

— J'ai été un formidable ami, dit pour lui-même Martial, un ami fiable, présent, un ami chahuté par des gens qui ne méritaient pas qu'on leur donne tant, un ami récompensé par des personnes qui en valaient la peine. J'ai été un fils exemplaire, et jusqu'au bout ! Un cousin sympa, pas assez famille pour ma famille mais je n'ai jamais été ingrat. J'ai été un bon jardinier, un homme de maison sérieux, un poète frustré et inconnu mais un poète quand même. J'ai été un bon professeur aussi, un bon pédagogue, patient, pas toujours évident de tout suivre des réformes et des programmes mais j'ai essayé, j'ai fait de mon mieux. Je n'ai pas fait grève et n'ai pas abusé des arrêts maladie. Le vrai bon prof. Je n'ai jamais fait de théâtre mais j'en ai joué, des rôles, des drôles, copain de Lucien par exemple, des moins marrants, comme celui de messager d'adultère.

Il pensa soudain à son ancien pote, Gilles, qui l'avait pris en grippe comme si c'était lui l'amant alors qu'il était un des rares à ne pas avoir profité de l'ouverture d'esprit de l'épouse. Puis, il reprit son monologue.

— Oui, j'en ai joué des rôles… J'ai eu une vie suffisamment remplie, que j'ai suffisamment remplie, heureuse. Mais je n'ai jamais été père. Je l'avais accepté, à mon âge, pardi. Et s'il était temps pour moi de l'être ? D'être père…

Martial prononça ces quelques mots comme il aurait prononcé une prière dans une langue étrangère, comme il aurait décidé d'aborder une religion inconnue mais qui, tout à coup, lui tendrait les bras… Être père. Être le père de quelqu'un, le papa. Il s'imagina Léké se réveiller un matin, sortir d'un petit lit qu'il lui aurait confectionné, en bois, posé dans une chambre décorée ensemble, Léké se réveiller, s'installer à la table du petit déjeuner, et dire, une fois remis de sa nuit de sommeil :

— Papa, on fait quoi aujourd'hui ?

Papa.

26

Gilbert avait retourné son calendrier. Pas envie de ce décompte de jours avant le 24. De toute façon, cette année, pour lui, il ne se passerait rien le 24. En Algarve, il se sentait plutôt préservé de cette folie de préparation de Noël. Il y avait bien Amélie qui courait les cadeaux. Elle rentrerait pour les fêtes à Bruxelles. Elle appréhendait autant qu'elle en était impatiente. Elle allait faire un point-bilan avec sa copine de pari : laquelle paraissait la plus reposée ? Gilbert ne connaissait pas l'autre mais quand il la voyait elle, teint frais, qui avait perdu ses cernes et devait passer au bas mot trois heures par jour à se tartiner de crèmes en tout genre, il était tenté de miser sur ce cheval-là. Sa valise était monumentale. Combien emportait-elle de tenues pour seulement huit jours ? Il renonça à le lui demander, elle serait capable de partir dans un discours interminable, voire même de les essayer les unes après les autres pour justifier les vingt-huit kilos de bagages. Gilbert s'en serait amusé, à un autre moment, mais il sentait quand même une légère perte d'énergie depuis début décembre. Satanées fêtes de famille. Il imaginait ses enfants penser à lui et à ce qui lui ferait plaisir. Ils trouvaient toujours le cadeau juste, la petite attention, le truc qu'il désirait sans même le savoir, souvent des broutilles mais qui lui faisaient plaisir. L'approche de Noël fit prendre conscience à Gilbert qu'en décidant de se suicider, il décidait aussi de rendre sa femme veuve et ses enfants orphelins, qu'il décidait par la même occasion de priver des êtres à naître de grand-père. Alors qu'il aurait fait un formidable grand-père. Il repensa au sien et le remercia en silence de ne pas être parti s'électrocuter dans un pays étranger. De Gilbert qui raconte des blagues à Noël, il devenait le fantôme du bout de table. Il réalisa qu'il nourrirait les conversations de cette fin d'année, chez lui, à Richelieu.

— Tu es sûr qu'il n'est pas mort ? pleurnicherait Pénélope.

— Je le saurais, répondrait Édith, j'en aurais été informée. Et puis, il est parti avec toutes ses affaires et avec la bande, je te rappelle.

— Nous faire ça, nous inquiéter comme ça, pour quoi ? Pour aller s'amuser à Ibiza ?

— Ne dis pas ça, ma chérie, tenterait Édith, pour calmer le jeu.

— Parce que tu ne lui en veux pas, toi ? Moi… moi, je ne le lui pardonnerai jamais !

— Ne dis pas ça, ma chérie, tenterait Édith, pour calmer le jeu.

Et Gilbert se ressaisissait. Il était inutile d'imaginer les dialogues autour de sa petite personne. Oui, il avait pris une décision égoïste, mais il devait l'assumer maintenant, pas d'autre choix. C'était d'ailleurs la seule décision qu'il avait réellement prise. Les prénoms des enfants, Édith. Le nombre d'enfants, Édith. La maison à acheter, Édith. Tout ce qu'il avait mangé pendant des décennies, Édith. À la fin, il ne savait même plus ce dont il avait envie. C'est vrai, ça. Les premières années, il mangeait des salades de graines, laitue, légumes crus, sésame et tournesol, en rêvant d'un bon faux-filet mais après, à force, il se contentait de manger. Dos rond. Il avait une belle vie, il n'avait pas à se plaindre. Son épouse était aimante, bonne cuisinière pour les occasions et lui demandait tout de même son avis, de temps en temps. Sans forcément en tenir compte, mais elle demandait. Gilbert avait toujours rêvé d'une voiture rouge. Jamais sa requête ne fut acceptée. Trop tape-à-l'œil, trop frimeur, ben voyons, mon amour, ce n'est pas ton genre. Il était arrivé à un point de non-retour, elle savait mieux ce qui était son genre que lui. Il ne l'en blâmait pas, attention. Il faut assumer de s'être également laissé glisser, d'avoir opté pour la praticité qu'offre la non-prise de décisions au quotidien, ce comme-tu-veux reposant. Mais désormais, il se souvenait juste qu'il avait envie de faux-filet, de frites, de marcher sur la plage et que conduire une voiture rouge pétant était tout à fait son genre. Merde à la fin. Et que, même se suicider pour enfin décider de ce qu'il voulait faire de sa vie, était totalement son genre.

— Gilbert ?... Gilbert !

Il finit par réagir. Depuis combien de temps Amélie tentait-elle d'entrer en contact avec lui ? Il était loin, très loin.

— Oui ?

— Alors, t'en penses quoi ?

Ah si si, malgré son manque criant d'intérêt, Amélie avait décidé de lui montrer toutes ses tenues de fête.

— Sans le chapeau, ou pas celui-là, peut-être. Il est bizarre, non ?

Amélie haussa les épaules et sortit de son armoire une trentaine de couvre-chefs.

— Ah oui, quand même ! Quand tu auras fini, promets-moi qu'on ira manger un faux-filet pommes à l'huile.

— Oh oui ! J'ai fini !

Elle courut se changer pour le resto. La sensation de la viande fondante requinqua notre Gilbert. Finies les tergiversations sur la peine qu'il pourrait provoquer… Il embarqua Amélie chez le loueur de voitures. Oui, il insistait, il voulait une décapotable rouge. Il choisissait la voiture, elle choisissait la destination. Ce serait d'abord Vale do Lobo, à la patinoire ! Rien que de voir Gilbert enfiler ses patins valait son pesant de cacahuètes ! Et alors, tenter de se mettre debout et retomber immédiatement sur le coccyx encouragé par une Belge qui se marrait franchement… Mais Gilbert se motiva, à chaque location de patins un arbre était offert pour reboiser la Serra de Monchique. Il revoyait Monchique, se souvenait de leur escapade spa… et réussit même à avancer de quelques mètres sans tomber, en battant des bras certes, mais sans tomber. Puis, Amélie regarda sa montre et s'activa.

— Vite, il est l'heure d'aller à Loulé !

À peine garés, ils entendirent un décompte. Le temps était-il passé si vite en décapotable qu'on était déjà à la Saint-Sylvestre ? pensa-t-il. 5, 4, 3, 2, 1... Et Loulé illumina ses rues d'un halo jaune, de reflets bleutés, de faisceaux rougeâtres... Il aurait fallu être d'acier pour ne pas se laisser teinter de joie. Débutèrent des défilés, jouèrent des fanfares... Sur le chemin du retour, les deux acolytes chantonnaient encore. Et puis, Amélie prit son avion pour Bruxelles et Gilbert continua à sillonner l'Algarve au volant de sa voiture rouge.

— Tout à fait mon genre ! criait-il au feu aux gens étonnés de le voir toit ouvert le 23 décembre.

Le 24 au soir, Noite da Consoada, presque tous les restaurants étaient fermés. Il paraîtrait que même les serveurs et cuisiniers avaient de la famille. Il trouva bien un établissement ouvert. Il y dégusta un repas dément. Bien plus gras que ce qu'on lui autorisait d'habitude pour le réveillon. On n'a pas de cholestérol mais on ne sait jamais, il vaut mieux prévenir que guérir. Quand Gilbert demanda du rab de beurre truffé, il eut la douce impression de faire un doigt d'honneur à Rémi ! Il sera lourd, mon cercueil, mon petit gars. Je change mon fusil d'épaule, je fais un régime grossissant ! Il regretta en pleine nuit cette décision hâtive. Barbouillé. Le lendemain, il se prépara des bouillons. Mais son 24 au soir avait été joyeux. Il pensa, naïvement, que le 25 passerait comme un jour normal. Qu'entre deux bols de bouillon de poule, il regarderait la télé et que son cerveau ne cogiterait pas. Pourtant, il appela Édith. Son « Allô » lui fit monter une larme. Quel idiot ! Il ne parla pas, il essayait de capter les bruits de la maison. Au premier appel, elle tenta d'établir une communication avec son interlocuteur, répétant « Allô » comme pour contrer un mauvais réseau. Sans succès. Au deuxième appel, elle comprit.

— Gilbert ? Réponds-moi.

En vain. Au troisième appel, elle le rassura.

— C'est bien que tu appelles, on ne t'en veut pas. Gilbert ?

Sans réponse. Il avait été de nouveau égoïste, entendre la voix de sa femme lui avait fait du bien, elle était en vie, elle se souvenait de lui, tant mieux. Il avait été terrifié aussi : il le savait, s'il commençait à parler, il lui raconterait tout, même la voiture rouge. Et ce n'était pas son genre. Pour le 31, il commença la soirée au casino. Quand il quitta la table de jeu, gagnant, d'une dizaine d'euros tout de même, pour rejoindre sa décapotable, il se dit qu'il vivait désormais la grande vie. Pas pour longtemps mais quand même ! Ce qui est pris n'est plus à prendre. Ensuite, il ne sut que faire. Il rentra chez lui, s'habilla chaudement et se laissa guider par l'habitude vers la plage. Projetant d'y être seul, il se retrouva dans une foule animée. La plage du pêcheur n'était pas, ce soir-là, vêtue de sa tenue habituelle. Elle avait quitté son manteau de silence et avait revêtu une robe de soirée scintillante. Gilbert passa la meilleure Saint-Sylvestre de toute sa vie. Pas de discussions stériles sur la provenance des mets d'un repas barbant entre amis, pas de politique, pas de fausse joie à danser sur des musiques des années 80, qu'on met quand on ne trouve plus l'énergie joyeuse en nous de danser sur n'importe quoi. Il y avait un DJ et des spectacles, une scène, des gens de tous âges, des vieux qui se remuaient autant que possible, des enfants qui faisaient des rondes instables, des parents qui s'enlaçaient, des ados qui sautaient partout… Ça et l'argent gagné au casino… J'ai une belle vie, pensa Gilbert, une belle vie à écourter bientôt. Quand le soleil reviendra, je m'en irai.

Les vieux, ça ne compte pas les dodos comme les enfants, mais les saisons.

27

Armand s'était découvert une nouvelle passion en total désaccord avec ce que Rémi prônait, à savoir la neutralité poétique et l'effort qui surmenait son cœur fragile. Il n'avait pas vraiment choisi cette activité, elle l'avait comme happé. Dans un magasin, un jour où il se promenait sans but, il avait vu un chevalet. L'objet l'avait interpellé tout de suite. Il s'était imaginé face à la mer, se remplir des couleurs de son nouvel univers, pinceau à la main. Il avait recalculé son budget, annulé quelques restaurants chics et investi dans du matériel. La peinture, depuis, l'aidait à tuer le temps. Et lui permettait d'entretenir sa confiance en lui. Armand avait l'habitude de réussir ce qu'il entreprenait et, depuis son arrivée ici, il n'avait réellement rien entrepris. Il se sentait fier de voir naître sur la toile des formes ressemblantes et ce sentiment virait à l'euphorie quand il réussissait à retranscrire la couleur exacte. Depuis qu'il avait commencé, il analysait tout ce qui l'entourait en spectre coloré. Tout le temps. Le noir de la nuit ne lui paraissait plus simplement noir, le ciel alternait des dizaines de bleus différents, les nuages changeaient l'atmosphère colorimétrique en passant ou en stagnant. Il ne s'ennuyait plus. Il se sentit capable de passer des décennies à découvrir le monde sous cet angle. Capable, puis coupable. Il était venu ici pour mourir, pour éteindre sa lumière, pas pour la raviver. Quand il attrapait son pinceau, il bravait les recommandations et oubliait ensuite qu'il se rebellait. Il ne se sentait plus seul. Un après-midi, en bord de plage, alors qu'Armand peignait, un vieillard s'était installé juste derrière lui. Il avait simplement déplié sa canne pour en faire un petit siège en toile et s'était mis à son aise. Armand, au départ, avait tenté d'oublier l'intrus mais chaque coup de pinceau semblait tomber à côté. Il se retourna deux ou trois fois pour faire comprendre à l'inconnu que sa présence l'importunait. Celui-ci ne réagit pas. Armand tenta de nouveau de peindre. Sa mouette était toute de traviole. Ça suffisait à la fin. Il replia son matériel et se déplaça de quelques mètres. Imité par le vieillard qui arriva tranquillement mais sûrement, réinstalla son siège et se remit à observer le peintre. Quand Armand se retourna, il lança un regard insistant à son spectateur intrus. Celui-ci lui répondit simplement :

— J'ai le droit.

— Mais… vous me dérangez.

Voilà, c'était dit. Armand fut soulagé d'avoir osé.

— Oui, mais j'ai le droit.

Et l'intrus ne bougea pas. Armand haussa les épaules, retint une envie de se battre avec une personne si âgée et réussit finalement à peindre de nouveau. Son tableau fini, il entama le nettoyage de ses pinceaux.

— Le petit n'est pas bien lavé, il va sécher et l'indigo tachera tout. C'est tordu, l'indigo, commenta le vieillard.

Armand n'en revenait pas mais lava de nouveau son petit pinceau. Il avait déjà remarqué le côté pervers de l'indigo. Il lui fit penser à Rémi, collant, persistant.

— Vous avez un joli coup de pinceau, il vous manque un peu d'expérience, deux ou trois conseils mais vous êtes doué, dit le vieux avant d'entamer une fuite lente.

Armand n'avait que faire de l'opinion d'un sans-gêne.

— Je reviendrai vous voir demain.

Et c'est ce qu'il fit. Malin, pourtant, Armand avait changé d'endroit. Il avait laissé cinq cents mètres entre les deux points. Mais, en arrivant, le vieillard l'avait remercié pour la balade. Il avait simplement déplié de nouveau sa canne et observé en silence le nouveau tableau qui se profilait. À la fin, il dit juste :

— La perspective du palmier est déformée. Si vous aviez voulu le faire exprès, on aurait noté la figure de style, là, vous vous êtes planté, jeune homme.

Armand fut vexé et flatté à la fois. Depuis combien de décennies ne l'avait-on pas appelé jeune homme ? Il rentra à l'hôtel en riant. Et le cirque recommença encore et encore, tous les matins jusqu'au 15 décembre, date à laquelle l'inconnu se leva, attrapa le tableau et déposa, à sa place, sur le chevalet, une enveloppe, en disant juste :

— Celui-là, je le prends.

Armand rentra, la queue entre les jambes, avec son matériel, son chevalet vide et l'enveloppe qu'il avait fourrée dans sa poche sans même l'ouvrir. Il pensa que c'était trop facile d'être si vieux qu'on ne pouvait plus nous secouer ou nous insulter simplement. Après son déjeuner à l'hôtel, langouste cher monsieur, revigoré par un bon verre de vin blanc, sauvignon juste fleuri comme il fallait, il se décida à ouvrir l'enveloppe. Elle contenait mille dollars. Sans un mot, sans une signature. Rien. La première pensée d'Armand alla à Carmen Te das cuenta mi amor ? puis à Rémi. Devait-il lui en parler ? Tout sauf voir débarquer le gamin flippant sur sa plage. Il devait déjà se dépatouiller avec un papi… c'était bien suffisant. On ne peut jamais être tranquille ! Il cacha les billets sous son oreiller et entama une petite pause. La sieste porte conseil. Il ne revit pas le vieillard avant les fêtes de Noël qui se préparaient activement à Miami depuis fin novembre. Sur le tronc des palmiers, on avait tournicoté des guirlandes lumineuses qui faisaient plus ambiance tropiques que fêtes de fin d'année, mais l'effort était là. Les boules pendaient sur des sapins qui ne verraient jamais la neige, sauf ceux installés au Dolphin Mall, centre commercial équipé de canons à neige artificielle. Armand était de tous les défilés, de toutes les parades et ne loupait aucun feu d'artifice. C'était son dernier Noël après tout. S'il n'en profitait pas maintenant, quand le ferait-il ? Cette façon de penser le rassura. La peinture, la mer, la salsa, tout ça ne lui avait pas suffisamment redonné envie de vivre pour annuler son projet copains. Tant mieux. Armand était un homme de parole. Il alla trois fois à Jungle Island sans se lasser des lanternes chinoises, des fleurs et des perroquets géants illuminés. Il observait les familles, les sourires, les cris de joie ou de stupeur… Il eut envie de peindre des gens, plus seulement des paysages et des mouettes. Le soir, dans sa chambre, sur un carnet à croquis, il s'entraînait aux perspectives. Ce fut une tâche laborieuse mais après avoir dessiné des dizaines et des dizaines de visages, il sut traduire une expression sur une forme aux proportions respectées. La journée, il se promenait, allait visiter le zoo de Miami, où il vit les animaux ouvrir leurs cadeaux. Il trouva ça ridicule mais conclut qu'il avait tout de même apprécié le moment. Il se dit qu'il aurait pu aimer Noël avant, mais, quand Carmen était tombée malade, sa vie avait perdu en féérie et aucun enfant n'était venu pour en insuffler un peu. Il décida d'aller à Fort Lauderdale pour se rattraper. On y jouait une parade de bateaux illuminés. L'événement attirait plus d'un million de spectateurs. Un million de regards enthousiastes dont celui de notre Armand. Le soir de Noël, il regretta de ne pas être avec ses copains, il n'avait envie de rien d'autre. Peu importait ce qu'il y aurait eu sur la table, il aurait voulu les voir autour. Alors, il annula le restaurant qu'il avait réservé et entama une nouvelle toile. Il peignit un dîner festif, il donna vie en quelques coups de pinceaux à Gilbert et ses joues rondes, à Martial et son air sérieux, à

Jacques le bel homme. Il se renseigna sur les plats traditionnels de Noël du Cameroun, du Portugal et de Suisse et passa la nuit à esquisser, colorer et rêver.

Alors qu'il prenait enfin l'air, ce qu'il n'avait pas fait depuis quelques jours, absorbé par sa toile, Armand entendit un :

— Bonne année.

— Bonne année, répondit-il au vieillard.

On était le 1er janvier, la veille au soir Armand avait oublié le réveillon. Il en rit.

— Pourquoi vous riez ? lui demanda le vieux.

— J'ai oublié de fêter le réveillon, à vingt et une heures je dormais déjà je pense.

— Vous en avez de la chance, moi j'ai dû me taper ma fille et mon gendre, au lieu d'aller avec leurs copains, ils ont insisté pour dîner avec moi. Zont dû penser que c'était mon dernier. Ils se fourrent le doigt dans l'œil ! J'ai bien l'intention de leur pourrir la vie encore longtemps.

— C'est votre projet d'avenir ?

— D'avenir ! Comme vous y allez ! Vous me plaisez bien, l'artiste…

— Je ne suis pas un artiste.

— Bien plus que ce que vous croyez. Je me suis fait cent dollars sur votre toile.

— Comment ça ?

— J'ai été directeur de galerie d'art pendant trente ans, je connais tout le monde. Votre tableau, je l'ai refourgué pour mille cent dollars, donc j'ai gagné cent dollars, que j'ai joués à la roulette et perdus, mais je me suis bien marré.

Et il fila. Laissant un Armand hébété au bord de la plage. Il ne le revit que quelques jours plus tard. Furtivement. Le vieillard lui jeta à la figure une information à laquelle Armand ne s'attendait pas, mais alors pas du tout. Il ne sut même pas si elle lui fit plaisir ou si elle le terrorisa. Les deux pour être exacte.

28

Les fêtes de fin d'année en Suisse furent on ne peut plus tranquilles. Jacques raccrocha ses costumes et enfila un jean. Pas question d'accepter une des nombreuses invitations pour les deux réveillons. Rien ! Il fit croire à tous qu'il était pris ailleurs, très pris. Il déambula un peu sur le marché de Noël de Sion, il n'avait jamais été ingrat et, si quelque chose était organisé pour la population, il y assistait. C'était la moindre des choses. C'est ainsi qu'il était capable d'aller à la foire à la saucisse en ayant à peu près envie de tout faire sauf ça. À Richelieu, il était plus tranquille. En Suisse, c'était comme si les maires s'obstinaient à ne pas laisser leurs ouailles s'ennuyer une journée. Jacques rêvait de s'ennuyer. De ne rien faire. Même de mourir dans son sommeil, ça accélérerait juste le processus. Il se sentait las de tout ce tralala. Le costume du héros devenait trop oppressant. Raison pour laquelle il chaussa d'ignobles lunettes de soleil pour aller voir le marché. Cent exposants lui proposèrent leur artisanat, leurs décorations, leurs idées cadeaux, leur vin chaud…

Il assista à quelques concerts, observa les chutes sur la patinoire centrale, fut impressionné par la crèche vivante et, porté par les chants de Noël, rentra chez lui. La sensation de ses fesses dans le canapé lui procura un plaisir inavouable. Seul. Enfin seul. Rien de prévu. Enfin, si, son programme. Loin de toute convenance, sans veuve désespérée, sans vieille fille à marier, sans maire avec une proposition qui ne se refusait pas, sans organisatrice de salon en manque d'égérie. Seul ! Il se leva, fit une danse improvisée de la solitude et s'affala de nouveau dans son sofa. Il se réjouit pendant des heures, immobile, de faire partie des gens qui réveillonneraient sans personne. Contrairement aux vrais oubliés de Noël qui redoutent cette date, Jacques l'attendait avec impatience et s'en délectait désormais. Il avait fait les courses pour la semaine. Il tiendrait le siège du 24 décembre au 1er janvier sans problème. Traiteur, boucher, supermarché et magasin de surgelés, tous avaient contribué à son exil. Tout était prévu, le moindre repas. Tout, sauf les activités. Le projet était de lire, de réviser ses manuels de pilotage pour bien apprendre à tout faire de travers, de glander, de déambuler, de faire un peu de sport bien sûr, son tapis de fitness était son meilleur ami. Toujours fidèle et peu bavard. Parfait.

Le 24 décembre, à exactement vingt heures trente, Jacques Guidon ouvrit son bocal de foie gras de canard entier. Il le mangea avec du pain de seigle complet, sans tartiner, sinon c'est blasphème ! Même si personne ne le lui aurait fait remarquer, le bonheur d'être non accompagné. Il fit revenir son magret vers vingt et une heures douze sans s'être ennuyé le moins du monde entre l'entrée et le plat. La musique lui tenait compagnie. C'est fou ce que les gens surestiment le partage, pensa-t-il. Le magret était parfait. Il se prépara ensuite sa coupette de glace vanille, glace pistache et crème de marrons, arrosée légèrement de rhum brun, et s'offrit son cadeau, se remercia vivement et s'installa devant la télé où il lança un film de Noël ! Sans aucune honte, sans avoir à se justifier le moins du monde. Au bout d'environ quatre minutes, il comprit la fin mais il fit comme tout le monde, il se mentit à lui-même en suivant l'histoire, persuadant son cerveau qu'il y avait bien du suspense. Il n'eut pas à affronter son propre mensonge puisqu'il s'endormit devant au bout d'une petite demi-heure.

Un réveillon de Noël parfaitement orchestré, sans accroche. Jacques pensa qu'il devrait refaire ça tous les ans puis, se rappela que c'était le dernier. Au moins, il partirait sur un bon souvenir.

29

Dans la lettre du 7 janvier de Rémi, en décalage par rapport à d'habitude puisqu'il désirait savoir ce qu'avaient fait ses candidats à la mort pour le réveillon de la nouvelle année, il y avait un bonbon au kiwi. Un peu moins bon que les précédents, légèrement râpeux mais ses goûteurs prirent tout de même du plaisir à la dégustation. Rémi n'était pas très en forme. Son père ne lui avait pas manqué pendant les fêtes, mais tout le monde avait voulu qu'il lui manque. Il avait compris qu'il devait jouer le fils éploré comme sa mère jouait à la veuve. Faire semblant de ressentir des choses l'avait toujours torturé. Il ne trouvait pas l'équilibre, se mettait à hurler comme si on lui arrachait la jambe, ce que font les gens en deuil, dans les films. Il se promenait avec un mouchoir en papier, comme quelqu'un qui pleure souvent, ce qu'il faisait réellement grâce aux gouttes de jus de citron qu'il se mettait dans les yeux. Même Marthe avait repris espoir. Les fêtes avaient réveillé en son fils une humanité qu'elle croyait inexistante. Lucien lui manquait, à lui. Elle se réjouit de cela mais se sentit coupable. Elle pensait que l'absence de son mari pour ce premier Noël aurait dû la faire se sentir plus mal que ce qu'elle n'était. Depuis qu'elle tricotait, elle était comme anesthésiée et cet état lui réussissait bien. Elle reprenait un peu de poids, même des couleurs. Elle se devait de manger, pour être forte pour Rémi, son petit orphelin de père avait besoin d'une maman solide. Marthe s'engouffrait dans des réflexions de salon de coiffure. En attendant, Rémi saturait. Toute cette attention sur lui, ces gestes d'amitié dégoûtants, ces contacts physiques, ces sobriquets idiots, « Mon pauvre petit, mon lapin, pauvre bichon ». Rémi retint quelques fois l'envie de tuer son interlocuteur. Heureusement, la majorité du temps, il retenait ses envies de meurtre. Il attendait les lettres de début janvier avec joie et appréhension. Pourvu qu'aucune bonne femme, qu'aucune passion, qu'aucune ambition ne soit venue bouleverser le magnifique projet sur lequel ils travaillaient tous d'arrache-pied !

Dans cette toute première lettre de l'année, Gilbert n'évoqua pas son désir de conduire une voiture rouge pendant encore longtemps ni ses appels à Édith, Jacques ne cacha rien, bon élève qu'il était, Armand ne transmit pas l'information du vieillard et Martial ne parla pas de son envie d'adopter un enfant. Pas très en accord avec un suicide imminent. Voici donc le résumé que Rémi en fit et lut à Lucien, son père mort, avant de le remercier parce que c'était vraiment grâce à lui qu'il menait à bien ce merveilleux projet et que donc il réussissait dans la vie :

Cher groupe,
Ici les fêtes se sont bien passées. Maman tricote beaucoup. D'ailleurs, son écharpe devrait bientôt arriver jusqu'au Portugal, à ce rythme. Elle me dit qu'elle ne sait pas arrêter les mailles, c'est pour ça qu'elle continue. L'écharpe déborde du canapé. Lucien nous a manqué pendant ces fêtes. À Marthe et à moi.

Il avait écrit « papa nous a manqué », mais ça sonna creux, pas crédible pour deux sous. Il ne se demanda pas si Lucien avait manqué à ses copains, ça ne lui vint même pas à l'esprit. L'empathie, tout ça…

Nous avons mangé comme des gros, ce que nous sommes devenus d'ailleurs. J'ai pris 703 grammes entre le 21 décembre et le 3 janvier. Soit 228 grammes de plus que l'année précédente, sur la même période. Peut-être que Marthe a cuisiné dans les mêmes quantités et que nous avons mangé la part de Lucien. Je m'en veux de n'avoir pas pesé notre répartition de magret. Je le ferai l'année prochaine. Il faut que j'intègre à mes calculs quotidiens la variable mort du père. Je pense que maman a pris au moins 500 grammes, selon mes observations. En général, je me trompe peu. De 20 %, tout au plus. J'aurais dû vous demander de me faire un tableau de vos poids respectifs, peut-être est-il encore temps... pour les cercueils, vous vous souvenez ? Bon, je passe à vous. Jacques a repris le droit chemin de la solitude et de la concrétisation de notre merveilleux projet. Il a refusé toute invitation mondaine et a même su mentir pour ne pas répondre favorablement à plusieurs réveillons ! Il a essentiellement lu, regardé des films, fait du sport et étudié des manuels de pilotage pour être paré à tout réflexe de survie lors de son accident prochain. Je tiens à dire que le fitness est une bonne idée pour lui, celui lui évitera des douleurs immédiates pendant la chute, ses muscles résisteront bien et la mort sera indolore. L'idée n'est pas de mourir dans la souffrance mais dans le bonheur du dernier choix.

Rémi nota sa phrase. Ces lettres constituaient un doux exercice pour ses futures brochures. Les formules venaient toutes seules.

Gilbert me dit avoir passé un Noël agréable, seul, au restaurant le 24 et sur la plage le 31 où il a apprécié, je cite « voir danser ensemble des enfants en bas âge et des personnes âgées ». L'Algarve lui a offert des paysages féeriques, des spectacles musicaux de qualité et il a gagné au casino. Une dizaine d'euros, tout de même ! Armand a passé un Noël on ne peut plus tranquille, à peindre. Il m'apprend dans ce courrier qu'il s'est mis à la peinture, en précisant cependant que c'est loin d'être une passion, attention, mais que le fait de vous peindre tous autour d'un repas fastueux a épongé un peu sa solitude du 24 au soir.

En lisant le courrier d'Armand, Rémi avait pris conscience que les petits vieux pouvaient se manquer entre eux. Il était tellement focalisé sur le projet commun, sur la réussite de cette idée, qu'il n'avait pas envisagé que les candidats puissent faire autrement. Ils avaient décidé de ne plus se voir avant le grand jour, les pieds devant, mais ils ne l'auraient réalisé qu'après ? Les gens manquent tant de pragmatisme.

Armand m'a proposé de nous envoyer une photo du tableau, une fois fini. Armand m'a raconté avoir loupé le 31 décembre, il s'est couché aux alentours de vingt et une heures et ne s'est aperçu que le lendemain qu'on avait changé d'année. J'avoue être fier de lui, peu de joie excessive coupera toute racine de nostalgie, le jour J. Quant à Martial, je suis inquiet. Un peu. Inquiet parce qu'il semble aller très bien. Il ne me parle pas de sa liste, pas de sa voiture, où en sommes-nous ? Dois-je vous rappeler que si l'un de vous ne tient pas ses engagements, la réussite de notre entreprise tombe à l'eau ? Pour tout le monde. Et tous les efforts faits par les autres candidats seront vains. Martial a passé un joyeux Noël. Voilà ce qu'il nous dit. Sans détour. Joyeux. Il a ri et même dansé ! Ses nouveaux amis lui ont fait des surprises et des cadeaux. Je vous joins, exceptionnellement, une liste de dégénérescences afin de recadrer un peu notre Camerounais. À la prochaine lettre, Rémi.

P.-S. : Bon dernier bout d'année.

Extrait du document joint :
Bouleversement hormonal provoquant des odeurs terribles, transpiration dans la zone pubienne, sous les aisselles, acidité insupportable.
Ralentissement de tous les réflexes : lenteur, mollesse...
Modification significative du transit : alternance entre diarrhées et constipation.
Aérophagie gênante et de plus en plus odorante.
Modification de la couleur de l'épiderme : teint pâle voire gris, annonçant celui de votre peau, une fois morte...

Non mais oh ! pensa Rémi, il va falloir veiller au grain.

30

À Miami, les fêtes de fin d'année firent place à d'autres festivités, des festivals, des concerts et autres réjouissances. Ce dont ne se rendit pas compte Armand, sur qui tout glissait. Il peignait et en avait perdu la notion du temps. Il peignait des scènes nocturnes la journée et des scènes diurnes la nuit. Des personnages qu'il ne voyait pas et d'autres qu'il avait croisés. Le vieillard passait de temps en temps, opinait du chef, faisait un clin d'œil ou semblant de danser, s'arrêtait pour observer avant de siffler une jeune femme qu'il essayait ensuite de suivre… en concluant « j'fais c'que j'veux ». Armand parlait un peu avec lui, quand il s'autorisait des pauses. Ils déjeunèrent deux fois ensemble. Le vieillard était insupportable, il exigeait un service irréprochable, même dans un restaurant de grillades en bord de plage.

— Et pourquoi donc que les grillades n'auraient pas le droit à un service délicat ? Moi, j'ai le droit à un service délicat. En tout lieu.

Il grognait sur la serveuse. Armand hésitait entre rire et s'opposer.

— Pourquoi vous êtes comme ça ? demanda-t-il.

— Vieux ?

— Non, désagréable.

— Je suis désagréable ? minauda-t-il.

— Oui.

— Meuh non… je suis juste âgé. J'ai le droit de tout dire, de tout penser et de tout faire. Tout. Absolument tout ! Tiens, regarde.

Et il interpella la barmaid.

— Eh darling ! Oui, toi, ma jolie ! On dîne ensemble ce soir ? Et si t'as pas faim, on s'allongera tout de suite.

La barmaid rit. Le vieillard se confia alors à Armand. Presque sur un ton sérieux. En réalité, il adorait être vieux, depuis qu'il l'était, il avait l'impression de vraiment vivre. Il se mit à chanter « Libéré, délivré… ». Il s'était extrait du carcan du sérieux depuis belle lurette.

— Vraiment, j'aime ça. Je le souhaite à tous. C'est vrai, déjà, ça veut dire qu'on a vécu jusque-là, que la maladie ne nous a pas fauché, et, quand on est un vioc, on est libre, notre vie ne tient qu'à un fil… autant sauter dessus et rebondir, dans la mesure du possible, hein.

Ces discussions, cet amour nouveau pour la peinture, la proposition faite par le vieillard, rendaient malheureux notre Armand essentiellement parce qu'elles le rendaient très heureux justement. Souvent, il demandait de l'aide à Carmen mais, depuis qu'il la peignait, dans chacune de ses toiles, même en tout petit, même en imperceptible, il avait la sensation d'être avec elle, en vie. Il avait adoré la vie avec elle, tout à coup, il se demandait si la mort à ses côtés aurait la même saveur.

En Suisse et au Cameroun, le début du mois de janvier n'apporta rien de bien nouveau. Léké était au couvent et rentrait de temps en temps, en permission chez Martial qui continuait à mariner dans son envie folle.

Jacques volait, volait, volait. Bien au-dessus de cette notoriété qui ne s'essoufflait pas. On ne parlait plus du terroriste cependant. Il se renseigna. Ils l'avaient interné.

Au Portugal, Gilbert avait accueilli le retour d'Amélie avec joie. Elle était revenue avec bon nombre de DVD et ils avaient enchaîné les films d'auteur. Gilbert n'osait pas dire qu'il s'ennuyait un peu tout comme il n'osa pas dire qu'il avait appelé Édith, trois fois. À personne. Il pensait, de temps en temps, qu'il devrait en parler à Rémi, pour l'énerver un peu. Mais, pour faire ça, il faudrait être fou, suicidaire même. Il continuait à marcher beaucoup. La plage l'apaisait. Il ne savait pas trop pourquoi, d'ailleurs. C'était inlassablement le même paysage mais il ne s'en lassait pas. Un matin, alors qu'il se promenait, pensant être seul, il vit deux serviettes étendues non loin de l'eau. Il marqua un arrêt, curieux. Personne. Il haussa les épaules et continua son chemin, attrapé soudain par un cri, relativement lointain. Une femme, la trentaine active, hurlait au loin. Ni une ni deux, il accéléra. « Jeune femme en détresse », dut communiquer son cerveau à ses jambes. Il ne sut pas s'il avait couru vite mais il arriva essoufflé. La jeune femme montrait l'eau et était tétanisée. Gilbert ne vit rien. Personne. Il posa des questions en français, puis en portugais mais elle ne faisait que crier. Il ne savait pas trop quoi faire. Il n'allait pas se jeter à l'eau en plein hiver parce qu'une déséquilibrée lui montrait la mer en criant. Puis il se souvint des deux serviettes sur le sable et il crut apercevoir un nœud dans l'eau. Un nœud rose brillant, un nœud que l'on ajoute aux chignons des petites filles. Il se jeta à l'eau. La femme ne bougeait pas mais continuait à brailler. Ça l'empêchait de se concentrer. L'eau aux genoux, au loin, il la vit. Un petit corps brunâtre qui n'avait déjà presque plus d'énergie pour se débattre, il nagea et la ramena sur la plage. Les pompiers arrivèrent, la petite crachotait. Très délicatement, elle le remercia. Un merci comme Gilbert en avait peu reçu. Il avait accumulé, au long de son existence, des remerciements de convenance, de la gratitude amicale et amoureuse, mais jamais un merci comme celui-là. En même temps, en avait-il mérité un avant ? Quand son premier enfant était né, Gilbert avait eu l'impression d'avoir accompli un miracle, un acte extraordinaire et pourtant, c'était ce qui se faisait, partout. Chez presque tout le monde. Rien de hors norme. En y réfléchissant, sur cette plage, mouillé et désormais seul, il conclut qu'il n'avait jamais rien fait de hors norme. Gilbert Petitbon est un mec banal. Il en était là de sa réflexion quand il décida d'aller se sécher. Pas la peine non plus d'attraper la mort. Le lendemain, il raconta son aventure à Amélie qui, toute fière, lui dit qu'elle le savait déjà. Il y avait sa photo placardée dans le bureau de tabac, le bar du coin et le bureau de poste. Ah. Gilbert, sceptique et sachant son amie totalement capable de le faire tourner en bourrique, alla vérifier. Effectivement. Mais comment était-ce possible ? Il se souvint rapidement de la mère, portable tendu, avant qu'elle monte dans la camionnette des pompiers… Il lut la légende sous la photo et le numéro de téléphone. Elle voulait le revoir pour le remercier. Il appela immédiatement. La mère débarqua au café peu de temps après, avec Maria de las Piedras, la petite rescapée. Ils discutèrent amicalement. Maria sautait sur les genoux de Gilbert, fier. Ça valait le coup de se mouiller, pensa-t-il. Quand il rentra à son appartement, Amélie y était encore.

— Je n'avais pas de clé pour fermer, se justifia-t-elle.

— Tu as bien fait de rester. Tu as faim ?

Ils choisirent un endroit hors budget. Dégustèrent un repas soigné. On n'a qu'une vie après tout. Le soir, une fois seul, Gilbert se sentit tout à coup utile. Il ne réussissait pas à trouver le sommeil. Utile. J'ai sauvé une vie, ressassait-il. Sauvé une vie. Il avait extirpé des eaux Maria de las Piedras le 19 janvier, juste à temps pour pouvoir envoyer son récit aux copains dans la lettre du 21. Gilbert aurait aimé le leur raconter en vrai, voir leurs têtes admiratives. Récolter les lauriers. Mais il devait passer par Rémi. Naïf, notre Gilbert n'anticipa pas ce qu'il allait déclencher.

31

Oh, ce que Rémi pesta ! Quelle était la probabilité pour que deux de ses candidats jouent les héros ? Ils disposaient de trop de temps, c'était ça ? Au prochain groupe qu'il enverrait à la mort, il ne laisserait que quelques mois. À distance, il était clairement difficile de gérer l'évolution émotionnelle de tant de personnes. Rien que de prononcer mentalement le mot « émotionnelle » dégoûta Rémi. Il devait leur serrer la vis. Et ne pas trop tarder. Il se laissait un mois pour intervenir, si besoin. Ils étaient convenus de ne rester en contact que par lettres mais rien ne se passait vraiment comme prévu. Il faut s'adapter à la crise ! Pour ce mois-ci, le bonbon serait au pamplemousse. Un peu d'acidité leur ferait le plus grand bien !

Cher groupe, chers candidats,
Juste pour rappel, votre corps a vieilli depuis votre départ, je vais vous demander de vous concentrer désormais chaque matin, comme une

séance de méditation, sur ce qui se détériore, sur votre dent qui vous lance, vos gencives qui saignotent et perdent en tonus, votre genou qui craque, vos vertèbres qui tiraillent, les aliments que vous ne digérez plus... C'est important de le faire et indispensable car, dans le troupeau, quelques-uns s'égarent ! Gilbert notamment. Qui a sauvé de la noyade une petite fille, Maria de las Piedras, quatre ans et adorable nous précise-t-il. Depuis, Gilbert se sent très bien, utile. Il a dîné dans la famille de la petite et ils l'appellent tous tonton Gilbert. Je dis non ! non ! et non ! On n'a pas idée d'abandonner sa famille pour s'en trouver une autre, à quelques milliers de kilomètres. Alors ! Ça rime à quoi ? Abandonner les siens pour ça est une mauvaise raison, malsaine, égoïste ! Laisser derrière soi femme et enfants pour mener à bien un projet magnifique, un projet de vie, un projet lumineux, oui. Les choses étant claires, il me semble, je passe aux candidats suivants. Ah non, je tenais juste à préciser que, statistiquement, les chances de sauver la vie de quelqu'un sont faibles et que le fait de le faire deux fois dans une vie sont presque nulles, donc se sentir utile à un instant T, oui, certes, mais en conclure que l'on peut l'être encore est statistiquement idiot. Stupide. Imbécile. Une absurdité sans nom ! Espérer rester en vie à presque quatre-vingts ans pour sauver des vies est une ineptie totale. Merde !

Rémi raya ce merde, qui se voyait quand même. Il ne rédigeait plus de brouillon, il avait lu que la spontanéité attirait les foules, créait chez les gens une envie de sympathie. Quelle bande d'idiots ! Il avait rayé le merde mais le pensait toujours.

Pour les autres, c'est rapide. À Miami, Armand s'est fait un copain, un vieillard. C'est une bonne idée à laquelle j'aurais dû penser.

Rémi nota dans son carnet : pour le groupe suivant, leur faire faire un stage de quelques jours en Ehpad. Être témoin de la décrépitude ne peut que jouer en la faveur de ce projet étincelant.

Ils discutent beaucoup, le vieillard lui raconte ce que c'est d'être vieux. Bravo Armand, tu prends de bonnes décisions ! Jacques se concentre sur ses heures de vol pour respecter son planning, il doit être lâché solo avant de pouvoir piloter seul et donc se tuer seul. L'idée n'étant pas d'imposer une mort salvatrice pour vous à une tierce personne qui ne le désirerait pas. D'ailleurs, si vous rencontrez quelqu'un qui veut comme vous mettre fin à ses jours, et qui souhaiterait vous accompagner dans votre projet, ne décidez de rien mais envoyez-moi sa lettre de motivation, je me ferai un plaisir de l'étudier. Ainsi que sa photo et celle de ses toilettes. Quant à Martial, il nous annonce que sa liste avance et qu'il se renseigne activement sur l'achat de la voiture.

N'oubliez pas qu'au bout du chemin vous attend la lumière. Celle qui vient d'accueillir ce brave Jeannot, d'ailleurs. À part à Nono, pour le chiffre d'affaires, il ne manquera à pas grand monde.

32

Seul au cimetière, Rémi ne fit pas part de tous ses doutes à son père. D'abord, parce qu'il n'était pas particulièrement fier de la tournure des événements. Il en était convaincu, il aurait dû mieux verrouiller les paramètres dès le départ. Ensuite, parce qu'il était dommage que Lucien s'aperçoive avoir donné autant de sa personne pour que tout capote.

33

Février poussa janvier, amenant son lot d'actions diverses. Au Cameroun, Martial réussissait de nouveau à lire. Il avançait dans sa liste, se concentrait sur cet objectif et pensait à Léké, qu'il voyait régulièrement mais pas assez. Leurs moments ensemble se passaient très bien. Ils avaient décidé d'apprendre à jouer des percussions. Leurs rythmes s'accordaient et, entre eux, était né un silence convivial. Martial s'attachait à cet enfant qui n'était pas le sien mais qui le serait peut-être, un jour. Il s'était donné deux mois pour réfléchir, on n'adopte pas un être humain comme on choisit un poisson rouge. Il faisait la liste de ce qu'il pouvait apporter à l'enfant et de ce que Léké pouvait lui apporter. La colonne de Léké se remplissait bien plus vite que la sienne. Il était un vieux monsieur et Rémi avait raison, son corps suivrait une courbe descendante quand celui de Léké deviendrait de plus en plus fort. Mais il était stable et doux, contrairement aux bonnes sœurs. Martial s'était retenu plusieurs fois d'aller leur coller une trempe. Mais ça ne se faisait pas et, surtout, il n'avait pas encore de voiture. Il n'avouerait bien sûr jamais à Rémi que c'était pour cette unique raison qu'il n'avait pas encore acheté la voiture dans laquelle il allait s'asphyxier quelques mois plus tard. Pour ne pas céder à la tentation de se faire de la religieuse autoritaire. De temps en temps, comme un enfant, Martial faisait des cauchemars. Plus exactement un cauchemar. Rémi venait chez lui. Il sonnait. Et, bien que la maison soit dénuée de sonnette, l'arrivée de Rémi la faisait tintinnabuler. Comme un branle-bas de combat de grelots, un tintant souffle glacé. Rémi s'installait à la table, tout sourire. Vous n'avez jamais vu Rémi sourire, mais c'est une des choses les plus effrayantes qu'il peut être donné de voir. Et tout à coup, Rémi criait. Des grossièretés. Des insultes. Et repartait, laissant notre bon Martial tétanisé et suintant sous ses draps. Même après des nuits pareilles, Martial réussissait à lire et c'était une grande victoire personnelle que de pouvoir de nouveau donner du sens à des phrases. Les mots avaient cessé de s'éparpiller. Il côtoyait Jules et Solena régulièrement et les dîners finissaient souvent par :

— Vous devriez vous marier, Solena et toi, disait Martial, avoir une jolie maison et… adopter Léké.

— Alors, on devrait se marier sans être amoureux, répondait Solena en guettant Jules qui n'osait rien dire, juste pour trouver un toit à Léké.

Solena regardait ensuite la case de Martial, pensant qu'il y avait un toit, ici. Martial comprenait bien le message sous-jacent et reportait son attention sur la nourriture.

— Encore un délice, ma belle. C'est bien d'être ton ami, avant je payais pour ta cuisine et en plus je la mangeais seul !

Martial, après le dîner, leur faisait la lecture. Il mélangeait les styles. Un medley de mots. Une page de roman contemporain, une page de comédie scandinave, une page de classique, une description à la Balzac et tout le petit monde repartait, suffisamment nourri. Le moment de prendre sa décision approchait pour Martial.

Mort ou père ?

Un matin, ce fut l'évidence. Il se réveilla père. Cette sensation le grisa. On pense, à tort, que l'on devient parent le jour de la naissance de son premier enfant. Quelle hérésie ! On devient parent quand on devient parent. Ça ne prévient pas. Ça peut arriver à la naissance d'un petit cousin ou au premier anniversaire de son propre rejeton. Être parent consistant à penser à un autre être, à un être à grandir avant de penser à soi, consistant aussi à partager son énergie (70 % pour lui, 30 % pour soi) pour que cet être à grandir se sente heureux en s'oubliant un peu. Martial se réveilla donc papa. Il ouvrit ses placards à la recherche de ce qui pourrait constituer un petit déjeuner idéal pour Léké, il imagina sa prochaine séance de lecture, quel livre, comment aborder les mots compliqués, il lista ce qu'ils feraient ensemble dans les années à venir, les voyages qu'ils pourraient entreprendre, un tour du monde des animaux ? Il en oublia de boire son café et toute sa journée tourna autour d'un Léké absent, d'un Léké qui ne savait pas à quelle sauce il allait être mangé et qui, en attendant, priait un Dieu qui ne l'avait pas gâté jusque-là. Il priait par espoir et par obligation, tiraillé entre les deux. Le soir, Martial convia Jules et Solena, qui vint avec le chauffeur de taxi. Elle arriva, toute rouge, s'excusant d'être heureuse.

— Martial, je… nous… je suis venue avec mon ami. Est-ce qu'il peut dîner avec nous ? J'ai pris une part en plus, pour lui.

— Est-ce que j'ai le choix ? bougonna faussement Martial.

— Tu exagères le vieux ! intervint Jules qui venait de monter les quelques marches de la terrasse.

Solena n'avait pas bougé. Martial se mit à rire comme un phoque, si fort qu'il partit dans une crise de toux.

— J'ai quelque chose à vous annoncer, posa Martial.

— Moi aussi, dit Jules, et ce sera moi d'abord parce que… je suis le plus beau !

— Ça ne marche pas comme ça ! On est chez moi ! rétorqua Martial.

— Mais c'est moi qui ai cuisiné, dit Solena toute fière de son argument.

Martial et Jules se retournèrent vers elle et d'une seule voix, lui dirent :

— Bien, à toi l'honneur alors, Solena. On t'écoute.

— Mais je n'ai rien à annoncer, moi, réalisa-t-elle.

Jules profita du flou ambiant pour lancer :

— J'ai trouvé une famille d'accueil pour Léké !

— La famille de Salon-de-Provence ? demanda Solena.

— Elle-même !

— Tu exagères ! Tu m'as fait poireauter… je te demande tout le temps si ça avance et tu ne m'as rien dit, s'insurgea la jeune femme.

— J'aime faire des surprises, tu ne pourras pas me changer, même si on se marie.

Elle rougit, le chauffeur de taxi n'apprécia pas la blague et Martial ne réagit pas. Lui qui avait enfin décidé d'adopter le petit se trouva idiot, inutile et idiot. Comment avait-il pu croire qu'il aurait les épaules pour devenir le nouveau père du gosse ? Il avait été stupide d'envisager être le salut de Léké, son unique solution, son sauveur. Triple buse, pensa-t-il. Il n'a pas besoin de moi, personne n'a besoin de moi. Léké doit avoir une famille, une tribu, des frères, des sœurs, une figure maternelle, une figure paternelle, des parents jeunes et dynamiques qui l'accompagneront, longtemps. Il se sentit honteux de lui-même puis, dans un second temps, très heureux pour Léké.

— C'était quoi votre annonce monsieur ? l'alpagua le chauffeur de taxi.

— Rien de si important, j'avais décidé… de… faire un gâteau et finalement j'ai renoncé !

Personne ne dit trop rien. Ce qui est pratique, quand on devient vieux, c'est que les autres vous pardonnent plus facilement quelques incohérences. Personne ne relève, personne ne vous pousse dans vos retranchements, dès que vous déviez un peu, on imagine que vous glissez sur la pente de la perte de mémoire et des inexactitudes quotidiennes. Alors, on ne vous embête pas. On ne vous embête plus.

Le lendemain, Martial se rendit au mont Mbankolo, une fois en haut, il cria :

— Priscaaaaaaaaaaa !

Seul l'écho lui répondit. Il ajouta :

— Je suis heureux, si heureux ! Léké va être adopté. La justice a de nouveau éclairé notre planète.

Martial eut la chance de rencontrer la nouvelle famille de Léké car, pour finir de le combler, elle emménagea pour deux semaines à côté de chez lui. À Yaoundé. Ses parents venaient y passer un peu de temps parce qu'ils estimaient qu'un nouveau foyer était déjà un changement significatif pour Léké et que les premiers jours devaient se passer chez lui, dans un environnement qu'il connaissait par cœur et qu'il pourrait leur faire découvrir. La maman d'adoption travaillait dans l'intérim et avait demandé un congé sans solde. À son retour, elle voulait changer de vie, rester à la maison avec Léké et faire de sa passion un métier : la poterie, de très belles céramiques, qu'elle peignait d'une main experte, délicate et assurée. Elle montra à Martial la technique. Il se prêta au jeu, avec plaisir. Le père, lui, était pâtissier. Léké apprit cette nouvelle avec une joie communicative. D'abord, l'adoption. Une famille, un foyer, un nouveau monde rien qu'à lui… une mère artiste, un père qui fait des gâteaux… et deux sœurs.

— Deux pour le prix d'une, répétait-il, guilleret.

Les deux grandes étaient plutôt joyeuses d'avoir un petit frère. Martial assista à la première semaine de Léké dans son nouvel environnement enthousiaste mais réaliste. Il y aurait des moments de crise, de doute et de réticences mais pas tout de suite, donc autant en profiter. Et lui ne serait pas là pour y assister et tant mieux dans le fond. L'adoption de Léké l'avait chamboulé. Il avait fait le deuil de sa ridicule nouvelle vie avec enfant et avait apprécié d'éprouver la paternité avant de mourir. Même si furtivement. À son âge, c'était inespéré. Aussi inespéré qu'un premier plan à trois à soixante-quinze ans (ce qu'il n'envisageait pas le moins du monde mais qui aurait donné une scène… savoureuse ?). Notre bon vieux Martial avait donc retrouvé le chemin de la mort volontaire, recadré son objectif de base et en était soulagé. De ses frêles épaules retomba toute la fatigue liée à la responsabilité d'adopter un être humain, mais aussi la peur d'annoncer à ses amis qu'il quittait le bateau en pleine traversée. Il avait toujours été solidaire et fiable. Pas maintenant qu'il allait changer. Ouf.

Dans sa lettre à Rémi, Martial décida d'avouer. D'avouer qu'il s'était trop attaché à Léké mais que, désormais, la situation était rétablie et que le gamin avait un toit et qu'il ne le sollicitait plus autant émotionnellement qu'avant. Avouer que l'idée de l'accueillir lui était passée par la tête et par le cœur, que cela ne se ferait pas, mais qu'il était heureux, très heureux, heureux au point d'aller le crier sur tous les toits de Yaoundé. Il voulait que ses amis se rendent compte des montagnes russes d'émotions sur lesquelles il avait été embarqué. Il voulait que ses amis comprennent, entre les lignes et à travers les mots de Rémi, qu'il aurait aimé avoir leur soutien et qu'il pensait à Lucien aussi. Lucien qui donnait des conseils à tout le monde aurait été d'un grand secours.

Les conseils de Lucien manquaient aussi à Gilbert qui ne savait refuser une invitation de la famille de Maria. Il était comme un coq en pâte chez elle, gâté et adulé. La petite fille jouait avec lui, lui insufflait une dose de naïveté qui le fit paniquer tellement il aima ça. Il se dit que la situation lui échappait quand il emmena Amélie. D'abord à un goûter improvisé, puis à un dîner, puis à un week-end en famille. Maria l'appelait tata et dessinait avec elle sur le sable des formes rigolotes, Gilbert marchait le long de l'eau, espérant ne tomber sur aucun autre enfant à secourir. Il angoissait puis repensait aux statistiques de Rémi. S'il y en avait un qui maîtrisait les chiffres, c'était bien lui ! Il vit un chien se risquer à la baignade et pensa : « Ah non ! je ne me mouille pas pour un clebs idiot » tout en sachant pertinemment que, si la situation l'avait exigé… Il retrouva Amélie et Maria, entourées de dessins marrants, elles faisaient une pause dans leur art, et il se dit que cette vie-là lui aurait plu. Il écrivit sur la plage avec un bâton :

ESTOU FELIZ[1] !!!!

Maria lui répondit en chantant :

— Eu também[2] !

Dans sa lettre à Rémi, ou plutôt dans sa lettre à ses copains, Gilbert osa :

1 « Je suis heureux ! »
2 « Moi aussi ! »

Chers amis,
J'aimerais tant vous raconter de vive voix ce qui m'arrive. Estou feliz. Je suis heureux. J'ai trouvé un équilibre ici, des amis, une enfant qui me donne le sourire quand je suis courbaturé, quand j'ai froid ou que je suis ronchon. Mais je ne vous lâche pas, les potes avant tout, aucune femme, belge ou gamine de quatre ans, ne me fera dévier de mon chemin vers vous, vers notre fin commune. Seulement, en attendant, Estou Feliz.

Gilbert n'était pas réellement convaincu par sa propre argumentation. Bien sûr que des femmes possédaient le pouvoir de le dévier de son objectif initial. Amélie, Maria, Édith et Pénélope. Ce qu'elle lui manquait, bon sang. Il se retenait. Un jour, sa fille aurait des enfants et ses genoux ne seraient pas là pour les accueillir comme ils le faisaient avec Maria. Mais une décision est une décision. Il s'y tiendrait. Être le seul survivant d'un tel projet, non merci !

Armand hésitait, beaucoup. Un jour, il se persuadait qu'annoncer la bonne nouvelle à ses amis ne modifierait rien, n'entacherait pas leur fin et, un autre, il se résignait à garder cela pour lui. S'il y avait eu Carmen… Mais, enfin, se reprenait-il, s'il y avait Carmen, je ne serais pas dans un processus de fin de vie non assistée. Je ne participerais pas à un programme de mort volontaire. Finalement, advienne que pourra, il balancerait l'information. Il allait être exposé. Le vieillard, dont il ne connaissait même pas le nom, il y a des relations qui n'en portent pas, lui avait dégoté une date. Le 15 mars, il exposait. Pour un mois. Toutes ses toiles. Il devait en fournir 22 minimum avant le 13. Depuis l'annonce, il s'activait le pinceau. Tant qu'il n'avait pas eu un moment pour réaliser ce qui se passait pour lui, jusqu'à ce qu'il voie des affiches partout dans Miami : « Armand Poupineau à la galerie Thouth ». Il avait eu la sensation d'être un enfant à qui on promettait une fête foraine pour la première fois. Ses petits tableaux qu'il peignait pour le plaisir, pour s'occuper, pour ne pas s'embarquer dans une nouvelle vie, comme une transition entre la vie réelle et la mort qui gagnait du terrain, ses petits tableaux de bric et de broc allaient être exposés et vendus. Il n'avait aucune notion des prix mais peu importait. Ce qui n'avait pas de prix, c'était le regard d'inconnus sur ses traits à lui. Il se sentirait peut-être un peu nu. Comme quand on tente de raconter une blague qu'on a inventée ? Livré en pâture à la foule critique. Si on le détestait, on ne le détesterait pas longtemps, même pas cinq mois, et puis on ne déteste pas un artiste tant de temps de toute façon, on fait pire, on l'oublie. Alors, dans sa lettre, il expliqua en quoi la peinture qui devait être une transition de son monde vivant à son monde mort lui redonnait espoir, espoir de vivre les derniers mois sans cesser de sourire. Ce qu'il faisait depuis que le vieillard lui avait fait cette promesse. Il envoya une copie de l'affiche avec son courrier à Rémi. Il la posta, la boule au ventre, puis oublia tout ça et retourna s'installer en bord de plage pour retranscrire la vie en couleurs sur une toile vierge qui n'attendait que lui, offerte.

Jacques aussi fut plus honnête que d'habitude dans son courrier à Rémi Fléchet, 4 rue des Loups, 37120 Richelieu, France. D'ailleurs, en passant, la factrice de Richelieu ne savait plus que penser. Chaque fin de mois, elle bassinait son mari avec ses supputations. Elle inventait des histoires folles autour de ces courriers reçus par le mec bizarre, tu sais Rémi Fléchet de la rue des Loups. Mais aucune de ses histoires ne frôlait la vérité et n'atteignait le degré de folie de la réalité. Fermeture de la parenthèse. Jacques, donc, dans son courrier, parla à ses amis du regain de vitalité procuré par l'avion. Il avait passé un stade, l'étape bricolage où il subissait les affres de la machine en tentant de l'apprivoiser. Désormais, l'oiseau d'acier et lui étaient amis, complémentaires. Jacques en faisait ce qu'il voulait, ou presque. Il ne commettait plus les erreurs de débutant et adorait la sensation de survoler le monde, de survoler la vie. En haut, il exultait. Il dit entrevoir de rester en haut pour toujours, de passer son temps à percer les nuages, à vaincre la météo, à voir le sol sous différents jours, différentes lumières. Il révéla être très heureux de ses nouvelles compétences.

Ils étaient tous… heureux. À croire que la vie est comme une mauvaise herbe, elle ressurgit dans les interstices. Toujours.

34

Rémi n'en revenait pas. Il était affligé. Dépité. Écrasé. Tout lui filait entre les doigts. Il avait cru que la situation se rétablirait, qu'ils redeviendraient raisonnables, qu'ils se reprendraient en main. Il avait pourtant édulcoré la joie des autres dans le courrier précédent, il avait été clair sur ce que leur corps leur réservait, bon sang, il leur avait même donné un exercice de yoga inversé. Il était au bout du bout. Heureux ! Ce mot le dégoûtait. Et sa mère qui se permettait de venir le déranger dans sa chambre.

— Rémi, toqua-t-elle, il y a du pain perdu.

— Je… je m'en tape… murmura-t-il. Je m'en fiche… J'en ai rien à foutre de ton pain perdu !

Marthe resta prostrée.

— Bon, conclut-elle sans autre réaction, bon.

— Pardon maman, dit Rémi parce qu'il avait appris que ça se faisait dans telle situation, c'est juste que… papa me manque.

Sa mère descendit à la cuisine. Il s'injecta quelques gouttes de sérum physiologique au citron, sa recette maison, avant de la rejoindre pour manger le fameux pain perdu. Le sucre l'avait toujours aidé à réfléchir. Heureux, feliz, happy. Ils allaient le lui faire subir dans toutes les langues ? La mort approchait, leurs morts approchaient et il suffisait qu'un seul n'appuie pas sur la gâchette pour que tout tombe à l'eau, pour que tout perde son sens. Et Rémi détestait l'insensé et l'imprévisible aussi. Tout devait suivre un ordre, toujours. Il se projetait tellement dans cette arrivée majestueuse de quatre cercueils… Il s'était renseigné, un quadruple enterrement, ça n'avait jamais été fait. Jamais ! Il exultait à l'idée d'en être l'initiateur. Mais, depuis la dernière lettre, le stress l'avait gagné. Il faisait de l'eczéma, des plaques rouges et suintantes l'envahissaient, délimitant son inquiétude grandissante. Il traitait le problème. La pharmacienne lui avait donné une crème et proposé de la lui appliquer. Il n'avait pas ri, pas rebondi, trouvé ça étrange. Pourquoi voudrait-elle faire ça ? Il avait bien entendu parler d'elle au café. Mangeuse d'hommes, ils l'appelaient, tous un peu frustrés de ne pas avoir été dégustés. La crème faisait un peu effet contre les rougeurs, pas contre le stress. Il avait de nouveau ressenti le besoin de tout chronométrer. Il devait prendre sa douche en huit minutes, se laver les dents en pile trois minutes, pas un aller-retour de brosse de trop, il petit-déjeunait en douze minutes, préparation incluse, en quatorze quand il se faisait un œuf sur le plat, le déjeuner seul lui prenait vingt-quatre minutes, quand il déjeunait avec Marthe, il ne chronométrait plus, il avait essayé et s'était mis à hurler, hors de lui, aucune des phrases maternelles ne faisait la même longueur, aucune régularité, ça le rendait dingue. Il mettait des alarmes sur son téléphone, toute sa journée entrait dans un tempo, quand ça sonnait, il arrêtait ce qu'il faisait pour passer à l'action suivante. Depuis ça, il allait un peu mieux. Mais ces courriers allaient l'achever. Il se gratta virulemment derrière l'oreille. Saigna sans même s'en rendre compte. Heureux, feliz, happy, dans toutes les langues. La vie créait de nouvelles racines en eux. Ils parlaient d'espoir, d'attachement, de famille, d'émotions, de joie, tout ce qui débectait Rémi. Rien que d'y repenser, il en eut la nausée. Il tabla de nouveau sur un bonbon acide. Comme son humeur. Il rédigea trois lettres du 1er mars. Trois. Une d'insultes. Une qu'il tenta d'écrire calmement, en étant bienveillant (son mot préféré, vous vous en doutez) et une dernière qui n'était qu'une succession d'ordres. Rien ne lui convint. Il n'enverrait pas de lettre ce mois-ci ! Il jeta ses bonbons à la poubelle, les recouvrit de Coca, pour que personne ne les récupère. Il devait établir un plan. De temps en temps, il serait content de connaître quelqu'un d'aussi brillant que lui, un autre lui qui pourrait le conseiller pendant ses rares moments de faiblesse. Avec cette absence de lettre, il rêvait de provoquer l'angoisse, et surtout refusait de relayer cette liste écœurante de bonnes nouvelles.

Gilbert, Armand, Jacques et Martial ne s'aperçurent que mi-mars qu'aucune lettre du mois n'était arrivée. Gilbert ayant de nouveau cédé à l'envie de spas portugais et à la douceur de Monchique ensuite, Martial lisant et cherchant enfin une voiture, capable désormais de suivre la règle suprême « Tu ne céderas pas à la tentation » d'aller tataner de la bonne sœur, Jacques perçant les nuages tous les jours, son budget de fin de vie le lui permettant, Armand taché de peinture, la tête dans les couleurs. Quand ils prirent conscience que Rémi n'avait pas écrit, ils passèrent tous par les mêmes phases mais pas dans le même ordre. Le soulagement : l'un d'entre eux devait rebrousser chemin, finalement ils avaient le choix de continuer ou d'arrêter ; la crainte : l'un d'entre eux était malade et Rémi ne savait pas comment l'annoncer ; l'angoisse : que manigançait donc le fils bizarre de leur ami ? Puis l'attente, que faire d'autre ?

Jacques reçut le 15 mars un courrier de Richelieu, un courrier personnel. Pas la lettre commune. Rémi lui envoyait trois scénarios de détresse et une liste des réactions à éviter en cas d'accident imminent. Puis il reçut un appel :

— Jacques, as-tu reçu ma lettre ?

— Oui.

— Tu te demandes pourquoi je t'appelle ?

— Oui.

Jacques avait perdu de sa verve.

— C'est la merde, Jacques. La merde. Tu es le premier sur ma liste et je vais aussi contacter les autres, crois-moi !

Jacques imagina le pire.

— Tu m'inquiètes… est-ce qu'ils vont tous bien ?

— Oh oui ! Ils vont bien ! Très bien ! Heureux, ils sont heureux et c'est bien ça le problème…

— Ah…

— Et toi aussi tu es heureux, non ?

— Bof, pas tant que ça. À part voler…

— Voler, oui, ta nouvelle passion. Ça ne te rattache pas trop à la vie, rassure-moi ?

— Non, non, répondit Jacques, je maintiens mon objectif.

— Mourir le 1er août ? Mettre fin à tes jours de façon spectaculaire et héroïque ?

— Faire chier Laurence, surtout !

Rémi raccrocha, soulagé, un peu plus léger, presque heureux dites donc. Jacques avait de solides raisons de maintenir à flot le projet. La vengeance est destructrice à souhait. Rémi aimait la vengeance. Un qui continuait. Rémi sortit la fiche de Jacques et la compléta, satisfait.

Allez, au tour de Gilbert.

— Où es-tu, Gilbert ?

Quand notre petit vieux reconnut la voix de Rémi, il eut le réflexe de regarder autour de lui. Il l'imaginait tout à fait capable d'être là et de faire l'innocent. De surgir de derrière un poteau.

— Chez Maria. Et toi ?

Rémi fut surpris.

— Moi, je suis chez moi, où veux-tu que je sois ? Je t'appelle de chez moi, voilà.

— Très bien.

— J'en sais rien si c'est bien, c'est comme ça. Mais toi, par contre…

— Moi ?

— Toi, tu files un mauvais coton ! Tu déstabilises l'édifice, tu fais n'importe quoi. N'importe quoi ! Déjà sauver une vie quand on est en train d'étouffer la sienne, c'est pas très futé mais ces relations que tu as… ces nombreuses relations… la Belge, Maria, sa famille…

— Les choses arrivent tu sais Rémi, dans la vie.

— Dans la vie, dans la vie ! Tu dois te ressaisir et mettre un pied dans la mort, il est temps. Dans même pas cinq mois, tu seras décédé et enterré.

— Même pas cinq mois, répéta Gilbert, ah oui, déjà.

Gilbert se gratta la tête. Cinq mois. Il avait cessé d'afficher les cartes au-dessus de son lit. Le temps passait bizarrement ici. Au loin, dans le combiné, il entendait Rémi parler. Il fit comme il l'avait fait des années durant, avec sa mère. Attendre que l'orage passe sans écouter vraiment. Rémi changea de rythme, Gilbert lui dit simplement :

— Écoute, Rémi, je vais me reprendre, d'accord ? Ne t'inquiète pas, si tout le monde joue le jeu, je ne quitterai pas le plateau. Pas question de rentrer à l'écurie, j'avance sur les cases, mon dé, ces derniers temps m'a juste fait un peu ralentir mais…

— Bon, bon, le coupa Rémi qui n'adhéra pas à cette comparaison douteuse de son projet événementiel international avec une simple partie de petits chevaux.

— Allez, Rémi, je t'embrasse !

Et Gilbert raccrocha, effrayé par cette marque d'affection déplacée dont il venait de faire preuve. Embrasser Rémi Fléchet… Il se joignit de nouveau à la petite famille, comme il l'appelait, pour finir l'apéro. Ensuite, c'était ragoût maison, concocté par la grand-mère. Gilbert sourit à Amélie, alla étreindre Maria et conclut pour lui-même :

— Cinq mois…

Rémi dévora un pancake. Le sucre, le sucre. Puis, il prit son courage à deux mains et contacta Martial. C'était le coup de fil qu'il redoutait le plus. Il craignait vraiment que Martial ne quitte l'aventure. Côtoyer la misère insuffle aux gens des pulsions de vie ridicules. Et Martial avait un caractère relativement doux mais savait prendre des décisions et ce Léké mettait vraiment en danger l'harmonie globale.

— Rémi ? Rémi Fléchet ?

— Oui, oui, celui-là même.

— Il y a eu un drame ?

— Non, enfin ça se profile…

— Jacques est malade ? Une leucémie ?

— Non, pourquoi une leucémie ?

— J'en sais rien, ça m'est venu comme ça.

— Jacques va bien, enfin, heureusement pas si bien que ça. Il est sérieux, lui.

— Moi aussi je suis sérieux, rétorqua Martial, moi aussi…

— Oui, enfin, envisager d'adopter un enfant cinq mois avant sa mort, c'est du suicide !

Rémi secoua la tête pour se remettre les idées en place.

— Ça suffit ces conneries ! cria-t-il, efficace.

— Je ne l'adopte pas et j'étais en train de lire, figure-toi, j'avance. Je reste sur les rails, si c'est ça qui t'inquiète, je ne perds plus d'énergie dans des projets de vie désormais, je me concentre sur l'intérêt commun.

— Très bien, très très bien, conclut Rémi.

Il raccrocha puis désamorça le dictaphone qu'il avait enclenché avant l'appel au Cameroun. On ne sait jamais. Si Martial perdait pied la veille du grand saut, il pourrait lui faire écouter de nouveau sa promesse, son engagement moral. Plus qu'un coup de fil. Quel travail ! Il faudrait qu'il précise dans la fiche de poste qu'il allait créer sur l'étudiant.fr que c'était un job chronophage, Coordinateur de mort volontaire, un métier d'avenir mais qui demande un gros investissement personnel. Pas fait pour ceux qui cherchent un job 9 heures-17 heures, sans bosser les week-ends. Pour lui, pas de RTT mais un investissement profond, presque de tout instant.

— Armand ? !

À travers le brouhaha ambiant, Armand tenta de discerner qui l'appelait. Il changea de salle, quittant son vernissage pour une pièce toute blanche du sol au plafond et dans laquelle ne se trouvait qu'une seule œuvre, un immense trait noir sur une toile beige. Enfin, Armand supposa que c'était une œuvre.

— Rémi… Rémi Fléchet ?

Mais qu'avaient-ils à la fin ? Ils en connaissaient beaucoup, des Rémi ? C'était possible après tout, puisque, rien qu'en 1987, 2 616 Rémi étaient nés, contre 2 446 l'année suivante et 2 536 l'année précédente. Il recadra.

— Oui, le fils de Lucien. Où es-tu Armand ? C'étaient quoi, ces bruits ?

— Oh, je suis à mon vernissage, c'est génial, les gens aiment mes peintures. Je suis aux anges !

Rémi se dit qu'Armand Poupineau le narguait, que ce comportement n'était pas innocent, impossible.

Il voulait titiller la corde sensible, jouer avec ses nerfs, le faire passer au stade 3.

— Je… je ne suis pas content, pas content du tout Armand !

— Ah bon ? Tu aurais aimé être invité ?

— Certainement pas, je m'en fiche de tes peintures. Ce qui m'intéresse, moi, ce sont tes projets… notre projet plutôt. Comment va ton cœur ?

— Oh très bien, répondit Armand sans réfléchir.

— Très bien ?

Rémi fut un peu soufflé mais reprit :

— Et tu ne comprends pas en quoi c'est un problème ?

— Si, dit Armand, penaud.

— Je dois avertir tes amis, qui ont confiance en toi, que tu quittes le projet, que tu les lâches alors qu'eux sont courageux ?

— Non ! Ne fais pas ça, je me ressaisis, promis !

Rémi raccrocha au nez d'Armand, comme pour valider la menace. Personne ne comprit pourquoi Armand Poupineau quitta son vernissage comme un voleur. Mais les gens restèrent jusqu'à épuisement du buffet gratuit.

Rémi, à Richelieu, où voulez-vous bien qu'il soit autrement ? Rémi, à Richelieu, donc, se mit à réfléchir. Il pensa très fort au zona. Purulent. Douloureux. Récidivant. Très courant chez les personnes âgées. Il appela de nouveau chacun des candidats pour leur lister, sans préambule, les désagréments de cette maladie de peau atroce, de cette défaillance qui se nourrit de la fatigue, du corps qui s'épuise à force de vivre. Une fois la liste déroulée, il coupa la communication. En écho depuis le Portugal, depuis les États-Unis, depuis la Suisse et le Cameroun on entendit résonner un : « Ce gosse est taré. »

Rémi se sentit soulagé d'avoir rappelé à l'ordre ses soldats, de les avoir ramenés à leur loyauté.

Martial replongea dans son livre après avoir vérifié que sa porte était verrouillée, on ne sait jamais, le fils Fléchet était bien capable de débarquer.

Gilbert oublia aussitôt l'appel, absorbé par un jeu de société à tendance hypnotique.

Jacques se contenta de hausser les épaules et de mettre son téléphone en mode avion.

Armand continua à feuilleter ses livres de peinture.

35

Ils rédigèrent presque tous une lettre de fin mars on ne peut plus plate. Pas d'effusions de vie, de réminiscence de joie.

Martial envoya à Rémi des dizaines de fiches de lecture avec son courrier, prouvant sa bonne foi, il lui joignit également un emploi du temps détaillé de ses deux dernières semaines, jour après jour, mettant en évidence une baisse réelle dans le divertissement. Il avait adopté exprès une vie presque monastique. Et il avait acheté la voiture. Les fiches de lecture barbèrent Rémi. L'acte de propriété de la voiture l'enthousiasma beaucoup. Enfin, il esquissa un sourire, tout au plus. Mais l'emploi du temps le fit exulter. Pourquoi ne pas y avoir pensé avant ? Pourquoi ne pas le leur avoir demandé tout de suite ? Il aurait aimé tout savoir de ce qu'ils faisaient, une lettre par mois, quel idiot ! C'était ça, la faille, ce pour quoi ça avait failli capoter. Avec le groupe suivant, il serait bien plus strict, bien plus dur, dans un contrôle ferme. Il manquait à tout cela un ordre militaire ! Jacques ne raconta presque rien, en même temps, il ne cacha pas grand-chose non plus.

Une rencontre agréable, une femme, envoûtante, mais avec laquelle il n'avait pas donné suite. Il avait réveillé son corps l'espace d'une nuit. La chaleur dans le bas-ventre l'avait ramené à la vie sexuelle, à ce pan délaissé depuis bien trop longtemps. Mais quand il avait senti sa tête se réveiller… il avait coupé toute communication. Cette femme… Une beauté. Un charme dingue. Et très très loin d'être sotte. Dangereuse, en ces temps de suicide collectif. Il n'avait rien dit à Rémi, sa vie intime ne concernait personne d'autre que lui, après tout. Et il craignait fortement une chose, que le petit Fléchet mette en place de vraies mesures, comme leur imposer une GoPro par exemple, une de ces caméras que Jacques utilisait en vol. Rémi n'y avait encore simplement pas pensé. Tout voir en direct de ce que les vieux faisaient. Jacques imagina soudain la tête ahurie du gamin en le voyant batifoler… Dans sa lettre, il raconta les nuages, encore, et son entraînement discret pour suivre un des scénarios proposés par Rémi. Ce qui gonfla d'orgueil le fils de Lucien.

Gilbert s'inventa une retraite spirituelle dans les collines de Monchique alors qu'il était parti en escapade en Algarve avec la famille de Maria de las Piedras qui continuait à l'aduler. Il avait bien pensé à une solution pour s'extirper de tout ça. Un mois avant sa mort programmée, il deviendrait exécrable. Odieux. Grincheux. Et il couperait toute relation. Ça correspondait à la date de départ d'Amélie, même si, avec elle, rien n'était vraiment figé.

Armand parlait peinture et surtout efforts physiques. Ça y est, il s'y mettait sérieusement. Il avait remplacé deux de ses séances de pinceautage, comme les appelait Rémi, par un vrai avancement dans le projet commun. Rémi apprécia fortement d'éplucher les courbes de performance d'Armand, de constater que celui-ci prenait enfin à cœur sa participation. Il était grand temps qu'il cesse d'être égoïste.

C'est donc un petit Fléchet enjoué qui s'attela à la rédaction de la lettre d'avril. Pour remercier Armand pour son implication tardive mais intense, il concocta un bonbon saveur carrot cake. Rémi était capable de gâter, de rendre la pareille comme on dit. Et le bonbon était délicieux, pour une fois, il le goûta.

Cher groupe,

Ce mois-ci, je suis fier de vous, tous. Et ce n'est pas peu dire. Martial travaille d'arrache-pied pour clore sa liste dans les temps, il fait même des fiches de lecture. Prof un jour...

Oui, Rémi Fléchet était enjoué.

Et il a eu une idée brillante, qu'il aurait pu avoir avant, mais on ne peut pas être parfait, d'ailleurs je n'y ai pas pensé non plus et le regrette amèrement. Pour le prochain groupe, je l'imposerai à coup sûr. Il me détaille son emploi du temps. Qui est plat comme un lac.

On ne peut pas toujours réussir ses comparaisons. Il avait le mérite d'avoir essayé.

Bien, Martial, vraiment bien. Fini les jérémiades d'enfant, place à la vraie ambition, mourir en chœur. Gilbert a opéré une retraite spirituelle avant le grand jour, qui arrive dans quatre mois, je vous le rappelle. Quatre mois ! Un battement de cils et vous serez en boîte ! Réunis. C'est merveilleux. Bref, Gilbert se recentre sur son objectif et c'est une bonne chose. Quant à Jacques, l'avion, l'avion, l'avion. Il prend du plaisir en maîtrisant l'engin qui aura l'honneur de le tuer, je n'y vois pas d'inconvénient. Je suis confiant. Et enfin, Armand, qui a enfin compris que l'intérêt commun devait prévaloir sur l'individuel. Armand est passé à la phase fatigue cardiaque et nous pouvons nous en réjouir.

Ici, si vous saviez comme ça avance. J'ai trouvé une méthode d'accélération de pliage. Vraiment, la déco de vos funérailles vaudra le coup de venir. Vous ne la verrez malheureusement pas donc je prends des photos, à chaque étape. J'ai d'ailleurs une surprise pour vous. Je vais vous confectionner un carnet déco, avec des images et des légendes. J'espère que cela vous fera plaisir.

Ce 1er avril, Rémi boucla les lettres pour ses candidats en se disant que c'était une chouette journée d'anniversaire.

36

Martial, Jacques, Gilbert et Armand lurent le courrier du fils Fléchet en riant. Tous convaincus d'avoir adopté la même stratégie, à savoir ne rien raconter d'excitant pour calmer Rémi et, par conséquent, éviter un nouveau coup de fil ou, pire, une visite. Dieu seul sait de quoi il est capable (et l'auteure, mais c'est une autre histoire).

Bien sûr, la lettre finissait sur cinq dégénérescences avec des photos. Ils les regardèrent tout de même, varices gonflées, mains recroquevillées, pieds déformés… et Rémi partait ensuite dans une théorie étrange, celle d'un programmateur qui aurait créé la machine humaine et qui raconterait. « Je vais faire une fin difficile pour éviter les regrets… le corps pourrait décliner, et s'il rapetissait ? Si les muscles s'affaiblissaient ? Ce serait rigolo, un bras tout raplapla… allez, va pour ça. Puis, il coda quelques autres lignes, la vue qui baisse pour oublier au fur et à mesure la beauté, il se trouva très empathique sur ce coup-là, puis l'ouïe, comment accepter de mourir en étant encore capable d'écouter comme avant la musique du monde ? Ensuite, il s'enflamma et fut lui-même surpris par la rapidité de ses doigts sur le clavier… il coda, il coda, il coda et dérapa mais valida le programme quand même. Il venait de concevoir les maladies… Sans qu'il pût rien contrôler, l'écran déclinait à l'infini des maladies auto-immunes et des cancers. Oups. »

Oui, le fils Fléchet était en forme ! Sur un nuage.

Au Portugal, après la lecture de la lettre, la vie reprit son cours. Douce, ensoleillée, joyeuse.

À Sion aussi. Jacques pilotait, lisait et marchait. Une belle retraite. On va pas se plaindre.

Au Cameroun, Martial grattait du stylo, il avait pris goût aux fiches de lecture. Toute sa carrière, il s'en était privé de peur d'être ridicule. Un prof de lettres qui, le week-end, faisait des fiches-résumés de romans… Mais maintenant, il pouvait. Il pouvait tout. Il mourrait dans quatre mois. Libre à lui de se lâcher.

À Miami, Armand lut la lettre deux fois. Il se sentit flatté. Il est vrai qu'il s'était bien investi dans le projet final. Lui aussi avait su calculer qu'il ne restait que quatre mois. Il avait fortement hésité à tout arrêter. Son quotidien américain le satisfaisait pleinement. Il parlait espagnol, se reposait beaucoup et la peinture commençait à lui rapporter pas mal d'argent. Ses toiles étaient presque toutes parties. Il ne savait pas encore combien il avait récolté mais ça risquait de faire un sacré paquet. Si on le lui avait raconté quelques années avant, jamais il ne l'aurait cru. Vivre à Miami, gagner tous ces dollars ! D'ailleurs, il faudrait qu'il fasse un testament. Avant le 1er août, sait-on jamais. Il donnerait tout à la Ligue contre le cancer, tout. Il peindrait pendant encore quatre mois, vendrait des toiles et récolterait assez pour aider, un peu, les malades. Puis, il ferait un ultime saut, le saut de la mort, et il rejoindrait sa Carmen, avec ses copains. Il était de plus en plus dedans. Et en plus il souffrait d'une douleur intercostale depuis quelques jours. Sans doute le sport. Mais cette peine lui rappelait, par pulsions électriques, que Rémi avait raison. Le corps a ses limites et quand il commence à dérailler… Armand échapperait à ça. Tant mieux. Quelques jours plus tard, il obtint un rendez-vous chez un notaire, grâce au vieillard. Par piston. En appelant seul, on lui avait donné un créneau pour le 3 août, il avait ri puis refusé. Trop tard Gaspard, avait-il pensé. Le testament rédigé, il fut pris d'une envie subite d'aller s'inscrire pour sa dernière activité. Il cochait des cases et surfait sur le bonheur du projet qui avance. Sur sa vespa, Armand profitait de la vue mer. Il longeait les cocotiers, apaisé. Il dit à sa montre, sous son casque mais peu importait :

— Carmencita, dans quatre mois mi amor. Nos vemos pronto.

Au bout d'une dizaine de minutes, il atteignit le spot de saut à l'élastique. Il voyait la cahute à quelques mètres devant lui, il décida de se garer juste à côté mais se gara plutôt dedans. En effet, d'un seul coup, il perdit la vue et l'audition, au revoir monsieur, on ferme, eut-il le temps de penser avant de foncer au ralenti dans le stand de réservation de saut à l'élastique. Raide mort.

37

Rémi découpait, pliait, collait. Il s'appliquait à faire les légendes. Les carnets de décoration d'enterrement destinés à ses candidats à la mort programmée devaient être parfaits. Tout faire en quatre exemplaires, c'était du boulot. Pour le groupe suivant, il se demanda s'il allait adopter un protocole moins artisanal mais il était partagé. D'un côté, il appréciait la tâche. Il se perdait dans ses pensées et elles étaient drôlement agréables. Plus que quatre mois et tout se passait enfin bien. Mieux. Il avait redressé la barre. Armand ne voulait pas être un peintre reconnu finalement, Martial n'adoptait pas le gamin, Gilbert se réfugiait dans la spiritualité et Jacques, fidèle à lui-même, travaillait sa technique. Rémi décida de faire une pause. Ses yeux pleuraient. Et sans gouttes de citron. À force de minutie. Le scrapbooking demande un investissement physique, mine de rien. Il sortit de la maison sans même saluer sa mère, dans le canapé, qui tricotait. Elle était devenue une excroissance du sofa pour lui. Une excroissance laineuse.

Pousser la porte du cimetière lui procura un plaisir alors inconnu. Il allait tout raconter à son père. Tout. Il était temps. Il avait le droit de savoir désormais. Tant qu'aucun vivant n'entendait sa confession. Il y a des secrets qui se doivent de rester bloqués dans l'entre-deux-mondes. Il n'eut pas le temps de finir son monologue. Il lui manquait trois mots-clés à placer quand son portable sonna.

— Foutue machine ! pesta-t-il.

On avait retrouvé une carte sur Armand, une carte avec le numéro de Rémi. L'interlocuteur semblait s'efforcer de réunir autant que faire se pouvait ses souvenirs de français du collège. L'information passa. Brute, mais elle passa.

— Armand Poupineau, mort. Sorry. Sur moto, Boum. Sorry. Police vient. Pas pompiers, mort.

— Déjà ? répondit Rémi sans réfléchir. Oh non ! Pas maintenant !

Il retint l'envie de jeter son portable dans l'eau des fleurs. Il en aurait besoin pour organiser le rapatriement du corps. Réfléchir, réfléchir.

Arrivé chez lui, après une marche de douze kilomètres en débitant toutes les insultes qu'il connaissait, technique apprise par Lucien pour calmer ses nerfs quand il était gamin, il appela Gilbert, Martial et Jacques.

— On met en pause le projet, Armand a pris de l'avance, annonça-t-il simplement.

Martial comprit immédiatement. Notre bon Gilbert se caressa le ventre, en pleine digestion, et demanda des précisions.

— Il a quoi, Armand ?

— Il a pris de l'avance, il est mort avant vous tous. Raide mort.

Jacques posa bon nombre de questions à notre ami Rémi qui lui donna tous les détails, ou presque. Leur projet venait de s'effilocher. Un projet monumental, cadré, international devenant un projet à franges. Tous ces efforts gâchés… Mais on trouverait une solution, il ne fallait pas se démotiver. Tous les trois firent leur valise, la mort dans l'âme.

Ça ne devait pas se passer comme ça, pensait Jacques, pas comme ça du tout. Aucun d'entre eux ne devait partir avant. Imposant alors un nouveau deuil aux autres. Il en voulut à Armand, honnêtement. Et puis, quelles seraient les conséquences sur leur avenir ?

Martial, lui, envia Armand. D'être mort, d'avoir réussi. Martial quitta le Cameroun la veille de l'enterrement d'Armand. Son taxi klaxonnait comme un fou, très peu aimable. Ce n'était pas l'amoureux de Solena, mince, il aurait dû y penser. C'est incroyable ce qu'un deuil peut embrumer un cerveau. Le chauffeur balança sa petite valise dans le coffre, sans modération et insista du regard pour que le client montât vite dans le véhicule. Il obtempéra. Ce ne serait pas avec lui que notre cher Martial pourrait partager son vague à l'âme sur le chemin.

Jules finissait le bandage d'un gamin du foyer qui s'était battu avec un chat, quelle idée. Le matou ne l'avait pas loupé, toutes griffes sorties, il avait amoché le petit qui serrait les dents, ce qu'il lui restait de dents, tout du moins. Jules se souvint tout à coup que Martial partait le jour même. Il bâcla légèrement la fin du pansement et se mit à courir, dossier bleu sous le bras, jusqu'à la maison de son ami. Il vit le taxi démarrer et eut juste le temps de crier :

— Martial !! Attends ! J'ai… retrouvé Prisca !!

Puis, ses cris s'essoufflèrent et il cessa de courir. Dommage. La veille, le cousin de sa voisine du village était venu à Yaoundé exprès pour lui dire que Prisca était pharmacienne dans un village tout proche. Veuve d'un soldat. Mère de quatre enfants dont la grande avait eu des enfants à son tour. Martial aurait adoré l'idée de Prisca à la tête d'une famille nombreuse. Jules espéra que son ami reviendrait vite, l'information lui brûlait les doigts depuis plusieurs heures déjà. Dans l'avion, Martial dormit, grâce à une tisane étrange que lui avait offerte Solena quelques jours auparavant, lui assurant qu'il dormirait comme un bébé, avec ça. Il nagea dans des rêves où Armand était un superhéros, où il jouait de la guitare flamenco et où Carmen dansait, virevoltait puis Armand s'envolait, littéralement, sourire aux lèvres.

— Au revoir l'ami, murmura Martial dans son sommeil.

Son voisin d'avion était irascible. Il faut dire qu'il en avait marre de ce vieux qui ronflait comme un bienheureux. En plus, il bavait sur son épaule. Il l'en avait délogé plusieurs fois mais rien à faire, la tête de Martial tombait à gauche sur son voisin, accueillant malgré lui.

Jacques empaqueta toutes ses affaires, présageant que cette nouvelle allait changer le cours de leur mort. Il remit tout dans ses cartons d'arrivée, claqua la porte et déposa les clés à la concierge. Il marcha un peu dans le centre-ville, disant au revoir à ses nouvelles habitudes au cas où, figeant dans sa mémoire les vitrines, les coins de rue, les balcons fleuris. Puis, il fit sa dernière randonnée et prit le chemin de l'aéroport. Pendant le trajet, Jacques pensa à Armand. Il se remémora avec exactitude leur dernière conversation à deux, il tenta de revivre dans le moindre détail leurs moments clés ensemble. La mort de Carmen, les larmes d'Armand, les fous rires, les engueulades. Leur bout de vie. Il avait écrit un mot pour l'enterrement. Il ne lui manquerait que le courage de le lire, peut-être.

Après la nouvelle, Gilbert ne cessa de pleurer. Un coup de tristesse et un coup de joie. Son ami était mort, kaput, plus jamais d'Armand, mais ça signifiait aussi qu'il rentrait au pays, qu'il allait revoir Édith et ses enfants et leurs enfants ? Non, ils n'avaient pas eu le temps de devenir parents, même si Gilbert avait l'impression d'avoir fugué depuis une éternité. Il n'avait pas du tout peur de revoir Édith, il prendrait peut-être une belle baffe en public, ou une raclée, il se laisserait faire, il le méritait. Il avait quand même fui plusieurs décennies de mariage, une vie construite à deux, une femme qui l'avait soutenu, aimé, chéri, nourri, câliné sans faillir, sans même se fendre d'une carte postale, d'un Post-it, d'un coin d'enveloppe d'explications. Rien. Il était devenu un fantôme. Peut-être était-il recherché par Interpol ? Il ne savait pas trop si

Interpol recherchait seulement les criminels internationaux ou aussi les vieux qui fuguent pour aller mourir au Portugal. À l'aéroport, il eut peur d'être bloqué, arrêté. Que sa photo soit placardée partout : « Si vous voyez cet homme, ramenez-le à sa femme. Il a quitté le foyer conjugal sans explication, honte à lui ! » Mais, à la sécurité, on jeta un coup d'œil sympathique à sa carte d'identité, on lui demanda de déposer sa valise et on lui souhaita bon voyage. Tout à coup, Gilbert se demanda si c'était un séjour ou un retour en France qui l'attendait. Wait and see, comme dirait Rémi. Oh non, il allait revoir Rémi aussi. Une légère nausée passa, il avait quelque chose de flippant, ce gamin.

Édith avait mis sa robe blanche. La robe qui le rendait fou. Il l'avait repérée tout de suite, devant, à l'église. Les trois compères avaient attendu le tout dernier moment pour entrer, juste après le curé qui défilait dans la nef comme un président qui prend ses fonctions. Ils s'étaient faufilés tout derrière et pourtant leur présence entraîna un souffle murmurant, rang après rang, jusqu'à Édith, qui ne se retourna pas. Gilbert, un peu déçu, se rassura en se disant que ce n'était pas le moment. Il était venu pour Armand, pour dire adieu à son ami, peut-être même à bientôt. Il y croyait de moins en moins. Le prêtre fit un discours très sobre, puis Maryvonne chanta. Sa voix engloba toutes les pensées, arrondit tous les souvenirs et embua tous les yeux. Jacques se demanda comment il était possible que certains chants, certaines tonalités puissent avoir un tel pouvoir. Il caressait, depuis le début de l'office, dans sa poche, un papier, son discours. Prenant son courage à deux mains, il profita d'un blanc pour entamer la traversée de la nef qui lui parut aussi longue que l'Antarctique à Mike Horn. Sur son passage, ça piaillait. Des « Le disparu » répondaient à des « Ah bah, le voilà celui-là » conclus par des « Tu crois qu'ils étaient où, toi ? ». Le premier discours que Jacques avait rédigé racontait toute leur aventure, leur décision commune de se suicider, le rôle de Rémi Fléchet mais il l'avait réécrit. Le prêtre hocha la tête, l'autorisant ainsi à prendre la parole. Depuis le pupitre, Jacques prit son temps. Il observa l'assemblée. Il ne chercha pas Laurence, mais la vit, il n'avait même pas pensé à elle à vrai dire quand Rémi lui avait annoncé la date de l'enterrement. Il commença son discours. Sa voix tremblotait un peu.

— Mon ami, monsieur Armand Poupineau, j'imagine avec délice que tu es aux côtés de ta Carmen, ta douce Carmen. J'espère qu'elle t'a reconnu, que le temps qui vous a séparés n'a pas altéré votre amour. Toi qui la cherchais encore du regard, toi qui la trouvais dans un détail de paysage, dans un mot qui lui ressemblait… ce que tu dois être heureux, mon ami… Nous sommes tous là pour te saluer, pour te dire que tu étais un grand homme, un dandy au cœur de guimauve, un ami fidèle, quelqu'un de bien, et pas seulement parce que tu es mort. À bientôt, Armand, à bientôt.

Il quitta son poste après avoir replié son papier. Combien de petits papiers de la sorte avaient délivré un message en ce lieu ? Combien de discours avaient extirpé des larmes pour finir dans le fond d'une poche puis dans une poubelle ? L'assemblée sanglotait et Maryvonne se remit à chanter. Histoire d'achever tout le monde. Même le curé versa une larme. C'est pour ça qu'il refusait à Maryvonne l'accès au micro pendant les offices du dimanche. Pour qui il passait après ? Pleurnicher à un enterrement, passait encore, mais tous les dimanches matin ? Sa voix réveillait en lui quelque chose de mystique et d'incontrôlable. À la place, il faisait intervenir Micheline qui se vantait partout d'être la préférée du curé. Galvanisée par sa confiance, elle avait même passé le casting de The Voice, sans succès. La messe se conclut sur la musique préférée de Carmen. Une sérénade de Luz Casal accompagna donc la petite trentaine de personnes hors de l'église, direction le cimetière.

Quelle triste nuée noire, pensa Jeannette, mal camouflée derrière ses rideaux en dentelle, zont l'air bien accablés. Tu parles, si j'avais dû me rendre malheureuse à chaque enterrement, j'aurais jamais relevé la tête. Elle prit une lampée de prune et retourna à ses mots fléchés, tremblotante.

Édith s'était planquée sur le côté de l'église, attendant son homme, de retour. Gilbert Petitbon, collé à Martial qui était encore dans un état second à cause de son infusion au cannabis, redoutait quand même la gifle. C'était une chose, la veille, de s'en sentir capable, et le jour même de faire bonne figure. Édith surgit. Elle ne se glissa pas à ses côtés. Elle ne s'approcha pas de lui. Elle surgit. Levant soudain la main droite. Gilbert, au summum de son courage, on parle quand même d'un homme qui a fui sans un mot, ferma les yeux. Que ma sentence tombe, pensa-t-il, suivant le chemin des martyrs. De longs doigts caressant son cou le tirèrent de son état de victime.

— On enterre Armand, puis, toi et moi, on parle, et ne t'avise pas de me cacher quoi que ce soit ! Sinon…

Gilbert acquiesça rapidement, craignant la fin de la phrase. Il accepta la main tendue de son épouse. Martial, à moitié endormi, rit doucement.

La mise en terre fut vite expédiée. Gilbert se retourna vers Jacques et Martial, haussa les épaules et rentra chez lui, penaud. Il murmura un « La robe blanche… peux pas résister ». Petitbon retourna donc chez lui. Avec sa femme. D'abord, il tourna un peu comme un lion en cage devant une Édith inexpressive, puis se lança, il lui raconta tout. Avoir perdu pied à la mort de Lucien, les toilettes, le fait de ne pas être douché, Jeannot et les Indiens, que ça l'avait renvoyé à sa propre mort, qu'ils avaient décidé de se suicider tous le 1er août, comme quand Lucien chargeait le coffre. Qu'il n'était pas parti pour vivre ailleurs mais pour mourir ailleurs. Édith ne répondit pas. Que répondre à ça ? Elle aurait aimé lui demander si elle ne le rendait plus heureux, si elle avait fait ou dit quelque chose mais elle ne le fit pas. Pendant des mois, elle avait ressassé des questions stupides où elle prenait la responsabilité de la fugue de son mari. Elle avait même espéré secrètement qu'il soit mort. Ce qu'il avait démenti en l'appelant à Noël, elle savait bien que c'était lui, pas idiote, tiens. Et elle supposait même où il était. Depuis début janvier. Elle avait entendu la factrice dire que le Fléchet, le bizarre, recevait des courriers de différents pays dont le Portugal. Elle ne savait pas ce qui se tramait mais Édith avait toujours appris que la patience était la meilleure arme dans la vie. Gilbert continua.

— J'ai rencontré des gens, j'ai sauvé une enfant de la noyade, je te raconterai, je me suis fait une amie, belge, Amélie… je ne t'ai pas trompée.

— Moi, si, répliqua son épouse.

Gilbert n'avait jamais imaginé ça, pas entrevu cette possibilité. Ce fut au tour d'Édith de répondre à son silence.

— Il y a longtemps. Moi aussi, j'ai eu envie de m'évader, de fuir, tu vois, mais ce n'était qu'une aventure, une fois, il y a quinze ans.

— Il y a quinze ans… Pourquoi tu me le dis ?

— C'est toi qui as voulu tout remuer… Bon maintenant, on ne parle plus de ça. Mets ton manteau.

Gilbert se figea.

— On va où ?

— On retourne à l'église. Tu vas te confesser.

Il tenta bien de s'opposer mais il sentait qu'il avait comme une dette envers sa femme. Une légère dette. S'il fallait passer par le confessionnal pour la reconquérir… À peine furent-ils rentrés chez eux qu'Édith avoua quelque chose d'autre à son mari. Pénélope était enceinte, un garçon.

Juste après l'enterrement, Jacques et Martial profitèrent d'un moment d'inattention de Rémi pour filer en douce. Enfin, Martial, encore un peu dans les vapes, suivit Jacques sans poser de questions, plus exactement. Rémi les chercha partout mais ne les trouva pas. Ils s'étaient planqués chez le prof de philo, toutes lumières éteintes. Quand Martial se réveilla de sa petite sieste, il vit son copain assis sur un fauteuil à côté de lui, attendant qu'il soit en état d'élaborer une stratégie avec lui. Puis, à la bougie, ils se racontèrent tout ce qu'ils avaient vécu et prirent La décision de leur vie.

Ici, l'auteure vous offre un choix. Si vous désirez une fin bienveillante pour ces deux amis, notre bon Jacques maltraité par Laurence et notre cher Martial, petit bonhomme au demeurant bien sympathique, rendez-vous en 38A. Si vous êtes plutôt d'humeur farfelue voire absurde, allez directement en 38B.

38A

Bienveillance : disposition d'esprit inclinant à la compréhension, à l'indulgence envers autrui.

Jacques raconta donc à Martial, qui lui avait beaucoup manqué, son expérience à Sion, sa notoriété exagérée, son bonheur des avions et du ciel, il conclut que ça avait été une sacrée aventure. D'autant qu'elle avait un goût de dernière aventure. Il lui fournit tous les détails, même ceux de sa rencontre avec la femme sublime comme il l'appela. Cette unique soirée. Martial rit de voir son ami ému comme un adolescent épris d'une minette. À son âge, tout de même ! Ils parlèrent de la Suisse, longuement. De son charme. De ses nombreux avantages. Mais Martial évoqua avec encore plus de passion le Cameroun, l'Afrique, cette terre extraordinaire, Jules, Solena et Léké. Tout ce que le gamin avait remué en lui, tout ce qu'il avait créé aussi. Cette ridicule mais savoureuse envie d'être père. Les deux hommes se retrouvèrent un instant dans un silence troublant. Jacques aussi aurait aimé de la complicité avec un enfant mais, à la place, il avait Victor. Il se le promit, il essaierait de renouer avec lui, vraiment. Ils avaient bien un point commun. Au moins un. Et puis, ces derniers temps, Jacques avait tellement changé. Il avait envie d'y croire et ça changeait tout. Martial reprit.

— Je ne peux pas t'expliquer l'Afrique plus que ça. Tu sais, c'est quelque chose à vivre, à respirer, à goûter, à aimer. Ou non. Mais c'est pas un manuel scolaire ou une description qui pourront te convaincre, c'est l'Afrique…

Martial partit dans ses pensées. Heureux.

— Je suis partant, dit Jacques.

— Partant pour quoi ? Je ne t'ai rien proposé.

Et Martial se rapprocha et fit un clin d'œil à son copain. Éclairés à la bougie, ça fit le plus bel effet sur Jacques.

— Triple buse que tu es ! D'accord pour partir en Afrique, si tu veux bien de moi, enfin je ne m'exprime pas avec les bons termes…

— J'ai compris, le coupa Martial, j'ai compris.

— Demain matin ?

— Oui, mais tôt parce que notre couverture ne tiendra pas très longtemps, Rémi nous mettra la main dessus à coup sûr ! Je lui laisse jusqu'à demain midi pour faire défoncer la porte par les pompiers, sourire satisfait aux lèvres.

Martial avait raison. C'était bien le plan de Rémi Fléchet. Gilbert était retourné au bercail et Rémi ne voyait pas comment l'en extirper. Il n'y avait plus qu'eux et Rémi refuserait de laisser tout s'écrouler pour une foutue crise cardiaque en avance sur le planning ! Le lendemain, donc, Martial et Jacques filèrent comme des voleurs, sans se faire intercepter par Rémi, direction la capitale ! Où ils passèrent une soirée mémorable. Au Moulin rouge.

— On n'a qu'une vie, répétaient-ils à l'hôtel, à moitié ivres.

— Et on a failli y passer ! se répondaient-ils sans s'écouter.

La joie ne les quitta pas dans l'avion. Elle les accompagna jusqu'à la petite maison de Martial. Au Cameroun. Au moment d'ouvrir la porte, Martial manqua de trébucher sur quelque chose. Un dossier bleu. Il le posa sur la table, fit le tour du propriétaire avec son ami qui avait encore du mal avec la sensation d'humidité.

— Ah ça, c'est pas la Suisse, disait-il en boucle. Pas la Suisse, du tout.

Jacques demanda la permission de faire une petite sieste. Acceptée. Pendant ce temps-là, Martial alla se balader. Bercé par l'humidité et encore un peu par les vapeurs d'alcool, il planait. Ce n'est que quelques heures plus tard qu'il prit connaissance du dossier. Il laissa un mot à son copain qui prolongeait sa sieste plus que prévu et fila en direction du village voisin, à la pharmacie. Prisca ne le reconnut pas et ne fut d'ailleurs pas très aimable. Lui qui avait imaginé de nombreux scénarios avec les réactions associées se retrouva idiot. Simplement idiot.

— Je suis Martial.

— En quoi puis-je vous être utile ?

— Je… suis Martial, répéta-t-il avec encore moins d'aplomb.

Il se ratatinait.

— Tiens, j'ai connu un Martial, il y a fort longtemps, dit Prisca. En quoi puis-je vous être utile monsieur ?

— Je suis Martial ! dit-il en haussant soudain le ton.

Prisca recula. Surprise. Puis, elle réalisa sa naïveté.

— Martial ? Bolac ? *Le Vieil Homme et la Mer* ?

— Lui-même ! Enfin Martial, pas le vieil homme.

Elle rit. Son rire avait changé. Martial n'exprima pas sa déception. Ils convinrent de se revoir. Elle prit le petit papier qu'il avait préparé avec son adresse, se plaisant à imaginer qu'un jour, alors qu'il prendrait le café dehors avec Jacques, son nouveau coloc, Prisca se présenterait.

38B

Farfelu : fantasque, un peu fou, extravagant.

Jacques et Martial se racontèrent leurs aventures respectives.

Jacques évoqua le ciel, cette appétence nouvelle à prendre du recul, à survoler la vie, la terre et ses problèmes dans lesquels les gens se lovent avec une délectation malsaine. Il conta la Suisse, l'ordre respecté, l'attentat raté, le silence. Il dit à Martial que, là-haut, à Sion et dans le ciel, le projet de suicide collectif n'avait cessé de lui tenir à cœur. Qu'il appréciait d'être vivant mais que choisir sa fin l'enthousiasmait, lui octroyait ce rôle impensable d'auteur de sa propre vie. Comme si cette décision de mourir comme il l'entendait lui offrait soudain la gomme magique, celle capable d'effacer les éléments perturbateurs, celle capable de faire disparaître les incohérences, celle qui lui permettrait de ne pas mourir vieux et croulant. Et de faire chier Laurence, en bonus.

Martial, comme à son habitude, décrivit en détail le Cameroun, usa de métaphores sublimes, imagea son aventure en n'omettant rien. Ni la quête vaine de Prisca, ni ses rencontres amicales presque familiales. Il ne tut pas son désir d'adopter Léké, un temps. Ni le fait que le gosse était mieux sans lui désormais. Il conclut en disant que l'Afrique lui avait offert ce qu'elle avait à lui offrir mais que cette situation ne pouvait plus durer. Il avait pleinement conscience que, s'il disparaissait maintenant pour de bon, Léké l'oublierait, qu'il resterait un personnage éphémère de sa vie, pas un ami sur le long terme, un ami que l'on pleure un peu, que l'on regrette un temps, mais pas un qui, en mourant, nous plonge dans un brouillard acide. Léké avait déjà bien assez de morts importants dans le cœur. Quant à Jules et Solena, si Martial retournait à Yaoundé, ils se sentiraient obligés de prendre soin de lui. Plus le temps allait passer, plus Martial serait dépendant, rouillé. Ils avaient bien assez à faire. Avec tous ces orphelins. Toutes ces têtes blondes, façon de parler, seules, dont il fallait s'occuper. Pas la peine de leur coller dans les pattes un vieillard décrépissant. Stoppant sa réflexion à voix haute, Martial conclut :

— Donc, on est d'accord ?

— Nous sommes d'accord, dit Jacques, entièrement d'accord.

Jacques alla donc chercher, sur la pointe des pieds, un stylo et un bloc-notes.

— Où ? Comment ? reprit-il.

Et les deux amis décidèrent du lieu de leur mort et de la manière. Ragaillardis par le projet, ils convinrent de partir dès le lendemain, pour éviter Rémi, qui, à coup sûr, était déjà à leurs trousses ! Sept heures tapantes, les deux vieux étaient sur le pont, dans un taxi direction la gare de Poitiers. Si le gamin les attendait à Châtellerault, il ferait chou blanc. Ce qu'ils étaient heureux de fuir ensemble dans un endroit paradisiaque, adapté à leurs moyens, Royan ! Presque les tropiques. Presque. On fait avec ce qu'on a.

Arrivés sur place, ils mangèrent des moules-frites, les premières d'une très longue série. Un bon verre de blanc pour arroser le tout et ils se sentirent enfin en vacances. Façon de parler. Le vent secouait l'océan en un fracas poétique. Les gosses faisaient des châteaux de sable, leurs petits frères les détruisaient, les parents se retenaient de rire et pestaient, pour la forme. Les mouettes jouaient leur rôle. Les cyclistes houspillaient les piétons qui se promenaient sur leur piste, dont Jacques et Martial qui faisaient exprès de s'y trouver. Ils laissèrent le temps s'étirer jusqu'à dix-sept heures, heure à laquelle ils devaient visiter trois maisons meublées en location. Eux qui pensaient devoir vivre quelque temps à l'hôtel furent surpris par l'offre de maisons à louer proposées par les agences. Une retint leur attention tout particulièrement. Surtout parce qu'elle possédait le critère essentiel du couple en voyage de mort et d'autres commodités appréciables : deux chambres, deux fours, deux terrasses, deux frigos, deux congélateurs, tout en double ! Parfait, pensèrent-ils sans même se concerter. Le temps de faire les papiers et ils furent les heureux locataires de ce pavillon en banlieue royannaise.

C'est Jacques qui était aux commandes de l'administratif et des finances. Martial, lui, organisait leurs escapades et leur quotidien. Les deux cuisinaient. Tout était bien calé. Suffisamment en ordre pour ne laisser la place à aucune engueulade. À quelques semaines de la fin (ils avaient établi une date approximative mais avaient décidé de ne pas se mettre la pression), il aurait été idiot de perdre du temps à se chamailler. Le programme était bien plus réjouissant que ça, rire et vadrouiller ! Dans la mesure du raisonnable.

Ils profitèrent de la mer et des différentes plages du coin. Ils mangèrent moules, huîtres et autres coquillages dans les cahutes de pêcheurs. Ils firent quelques excursions en bateau, passèrent quelques soirées bien arrosées à railler Rémi et son organisation macabre. Ils soupirèrent toujours en pensant à Marthe, pauvre veuve. Ils se racontaient leurs guerres, à leur façon, leurs déceptions, leurs bonheurs aussi. Ils ne donnèrent de nouvelles à personne, évidemment. Pour tout le monde, les petits vieux avaient encore fugué. Sans doute à l'autre bout du monde. Au Chili ou Dieu seul savait où. Personne ne se douta qu'ils étaient simplement en Charente-Maritime, personne ne les imagina en train de faire de l'accrobranche en faisant semblant de paniquer pour enquiquiner le gamin censé les initier. Le moniteur avait pourtant hésité à les accepter. Mais les deux avaient rétorqué qu'aucun âge maximal n'était indiqué dans les conditions générales. Ils n'étaient pas encore gâteux et ils savaient lire ! Personne ne pensa à les chercher à La Rochelle, tirant la langue aux requins à l'aquarium et faisant des croche-pieds aux gosses. Personne n'envisagea non plus qu'ils puissent participer à la visite du phare de

Cordouan et faire exprès de monter au ralenti les X marches pour ralentir tout le groupe, notamment le papa courageux qui portait son petit garçon dans les bras tout le long. Qui aurait pu croire qu'ils iraient au Rancho, discothèque mythique de la région dont les murs blancs et arrondis accueillent un public d'habitude légèrement plus jeune ? Personne qu'ils connaissaient ne les vit brandir leurs cartes d'identité au videur en certifiant qu'ils étaient majeurs. Personne ne les surprit à réclamer trois fois au barman de mieux doser leurs cocktails, lui demandant s'il avait eu son diplôme dans un paquet de Bonux.

Un soir qu'ils dînaient dans un restaurant de crustacés, vue mer, Martial interrogea Jaques :

— Où en sont nos finances, mon ami ?

Et Jacques consulta le compte en ligne.

— Selon mes prévisions, il serait judicieux d'anticiper notre fin de projet.

— Ah. Dans quelle mesure ?

— Disons que nous devrions avoir encore environ deux belles semaines, ensuite, il sera temps de mettre fin à l'aventure.

— D'accord, d'accord, dit Martial qui, pour fêter ça, commanda une langouste.

— À force de ce genre de décisions, bel ami, nous devrons avancer encore l'échéance.

Une semaine et demie plus tard, alors qu'ils avaient pratiquement fait tout ce qu'ils désiraient faire dans la région, Martial interrogea Jacques.

— Où en sont nos finances, cher ami ?

Jacques consulta quelques instants son téléphone.

— Après un dernier calcul, mon ami, il est temps de geler nos dépenses.

Ils déjeunèrent comme prévu puis rangèrent l'appartement. Ils burent un grand verre de bourbon avec beaucoup de somnifères. Exactement quarante-deux minutes plus tard, pendant lesquelles ils avaient revu le film de leurs vies, temps optimal pour que les cachets fassent effet, ils se firent une brève accolade et grimpèrent chacun dans leur congélateur.

— Lucien, Armand, on arrive les copains !

Épilogue

Depuis l'enterrement et la nouvelle disparition des retraités étranges, Rémi adoptait des comportements de plus en plus psychotiques. Marthe n'avait eu d'autre choix que de l'envoyer au vert, en cure de repos. En Suisse. Pays idéal pour se ressourcer. Avec l'aide de son généraliste, elle avait trouvé un établissement très bien, à Sion. L'air de la montagne requinquerait le gosse. Il avait le droit de sortir mais profiterait de traitements adaptés et surtout d'activités intéressantes. Depuis quelque temps, il criait beaucoup, tapait contre les murs, elle avait beau monter le volume de son feuilleton, rien à faire. Ça ne pouvait plus durer. Rémi accepta la décision maternelle avec violence mais le sédatif administré par le généraliste le poussa à se laisser convaincre que l'échappée lui serait bénéfique.

Enfin seule, Marthe Fléchet se mit à danser et eut l'impression que son cerveau diffusait vraiment la musique entraînante qu'elle entendait, celle de la liberté. Elle profita de l'absence de son fils pour faire un brin de ménage. Entendre : jeter le superflu.

Elle commença par la chambre de Rémi. Ordonnée. Elle vida la poubelle, dépoussiéra un peu et décida de fouiller. Un carnet attira son attention. Première page : « Si vous me trouvez, appelez le… » avec le numéro de Rémi (que je ne vous donne pas, pour vous protéger, essentiellement). Puis, sur la seconde page, un titre : « Carnet de coordinateur de morts volontaires ».

Marthe s'assit sur le lit et lut. Tout. Rémi y avait tout répertorié, tout raconté. Absolument tout. Elle apprit plein de choses sur son fils et sur les poisons aussi. Peut-être était-il temps de mettre des mots sur sa différence, pensa-t-elle. Sans doute.

À la même époque, Gilbert se trouvait en Algarve, dans la famille de la petite Maria avec Édith, quand son portable sonna. Il refusa un premier appel. On insista. Édith le somma de répondre, bien qu'ils fussent tous ensemble, savait-on jamais… Gilbert craignit tout à coup que leur maison eût brûlé. Pas une flamme. L'inspecteur Hector Oiseux le contactait simplement en tant que témoin principal dans une affaire étrange. Hector Oiseux, inspecteur en chef à six mois de la retraite d'une longue carrière de tourneur de pages (il y avait eu peu de crimes à Richelieu ces trente dernières années), ne s'était toujours pas remis de l'appel de Marthe Fléchet, veuve de Lucien. Grâce ou à cause d'elle, il ne savait pas trop, il s'embarquait dans une enquête à tiroirs. Tout d'abord, il s'agissait de tirer au clair l'implication du fils Fléchet dans un projet d'incitation au suicide de quatre personnes âgées et influençables, puis d'élucider un double meurtre au bonbon empoisonné, celui de Jeannot P. et de Lucien, père du suspect. Hector allait peut-être enfin avoir droit à un encart dans le journal local. C'était inespéré. Et pas au programme. Pour ses six derniers mois de carrière, il avait tout prévu, les nombreux pots de départ, planifiés, les blagues aux collègues, préécrites, les réunions de transmission de ses propres protocoles administratifs, organisées, mais, au lieu de tout cela, il s'apprêtait à tirer un fil et à dérouler la pelote la plus inouïe de sa vie.

FIN

Remerciements

Parce que les lecteurs de *La Vieille qui cassait la baraque* m'ont appris qu'ils étaient plus nombreux que ce que je croyais à lire cette page, je vais faire attention à ce que j'écris.

Je remercie :

Agnès Brochard, ma maman, qui me lit, me (sup) porte, me corrige, m'aide et m'aime et qui écrit aussi d'ailleurs, pour les curieux, vous trouverez ses romans sur Amazon.

Sylvain Besnier, mon amour, pour ses critiques chirurgicales de mes romans et pour tant d'autres choses.

Les gens que j'écoute et qui, sans le savoir, m'offrent une matière précieuse.

Mes enfants pour les (rares) moments où ils ne font pas de bruit et me laissent écrire mais aussi pour leurs encouragements et leur amour.

Mélanie R, mon amie courageuse, à nos futurs moments ensemble, en forme.

Bastien C pour le prêt de son appartement, entre autres.

Frédéric T parce qu'il a cru en moi et qu'il répond patiemment à mes questions saugrenues.
Stéphanie V, cette inconnue toujours présente.
Aïta et Emma pour les nombreux Chuuut qu'elles ont supportés.
La salle polyvalente pour son calme.
Jules, pour ses infos sur le Cameroun.
Olivier G pour son amitié irremplaçable.
Elisabeth Ségard, le meilleur agent littéraire pas vraiment agent que je connaisse, une amie précieuse et une écrivaine très douée.
Lucien, à qui je n'ai pas laissé le temps de s'exprimer et François Détours que je maltraite avec délectation, pardon.
Et les lecteurs et lectrices pour leurs témoignages qui me font toujours verser une petite larme (pour m'écrire, c'est par ici : annelise.besnier@gmail.com)
Retrouvons-nous aussi sur Instagram *annelisebesnier_auteure*, sur Facebook *Anne-Lise Besnier auteure* (parce que, Anne-Lise Besnier, c'est mon nom), sur Twitter *@besnierLise* et sur Youtube *Anne-Lise part en week-end avec* pour des actus, des vidéos et du partage.

LA VIEILLE QUI CASSAIT LA BARAQUE

ANNE-LISE BESNIER

À première vue, Colette est une grand-mère ordinaire : chapeau en plastique sur la tête, napperons en dentelle sur les lampes, belote le mardi et présence régulière chez le médecin pour des maladies imaginaires. En somme, une veuve acariâtre tout ce qu'il y a de plus classique. En réalité, Colette s'est minutieusement forgé ce rôle de petite vieille dans le but de faire enrager son fils qui la voit déjà grabataire… En catimini, elle lit des mangas érotiques, troque son déambulateur contre un skateboard et fréquente des cabarets en bonne compagnie. Tout va bien, jusqu'au jour où elle est confrontée à un mystère : qui dépose en secret des fleurs et un petit mot sur la tombe de son mari ? Pour élucider cette énigme, Colette va devoir trouver des alliés et déterrer quelques secrets. Aux côtés de Madeleine, son amie d'enfance atteinte d'Alzheimer, de Thomas le trentenaire survolté et de Maurice le beau parleur, l'aventure ne fait que commencer…

Drôle et tendre : un roman irrésistible.

city-editions.com

Achevé d'imprimer en mars 2022
sur les presses de la Nouvelle Imprimerie Laballery
58500 Clamecy
Numéro d'impression : 203086

Imprimé en France

La Nouvelle Imprimerie Laballery est titulaire de la marque Imprim'Vert®